Al otro lado del velo

DOYLE VS. HOUDINI

AL OTRO LADO DEL VELO

LUIS MIGUEL SÁNCHEZ TOSTADO

VERSÁTIL
thriller

Título: *Al otro lado del velo*
© 2024 Luis Miguel Sánchez Tostado

Corrección: Rosa Sanmartín
Diseño de la cubierta © Eva Olaya

1.ª edición: septiembre 2024

Derechos exclusivos de edición en español
reservados para todo el mundo:
© 2024: Ediciones Versátil S. L.
Calle Muntaner, 423, piso 2
08021 Barcelona
www.ed-versatil.com

ISBN: 978-84-18883-95-8
Depósito legal: B 15301-2024
Impreso en España
2024 - Estilo Estugraf Impresores S. L.

El jurado, presidido por Inés María Losa Lara,
y compuesto por Sergio Vera Valencia, Rosa Ribas,
Jota Linares y Eva Olaya Martín, con Victoria
Bolós Montero como secretaria, concedió por
unanimidad a *Al otro lado del velo*,
de Luis Miguel Sánchez Tostado, el XXVI Premio
Francisco García Pavón de novela policíaca,
convocado por el Ayuntamiento de Tomelloso.

Este libro ha sido patrocinado por
el Ayuntamiento de Tomelloso.

TOMELLOSO
AYUNTAMIENTO

«La vida es infinitamente más extraña que cualquier cosa
que la mente del hombre pueda inventar».
Sir Arthur Conan Doyle

«Mi mente es la llave que me libera».
Harry Houdini

NOTA DEL AUTOR

¿Murió el Gran Houdini de apendicitis o fue la tapadera para ocultar su asesinato? ¿Por qué se quiso implicar a sir Arthur Conan Doyle? ¿Son los espiritistas una secta de embaucadores o los herederos de la Tercera Revelación donde entes incorpóreos preparan nuestro tránsito al más allá? ¿Supo Conan Doyle quién fue Jack el Destripador? ¿Por qué su creador odiaba a Sherlock Holmes?

La literatura británica situó a sus autores entre los de mayor éxito de ventas en el mundo. Ahí están para probarlo William Shakespeare, Daniel Defoe, Jane Austen, Charles Dickens, Lewis Carroll, J. R. R. Tolkien, Rudyard Kipling, Oscar Wilde, Virginia Woolf, Agatha Christie, George Orwell o, más recientemente J. K. Rowling. Independientemente de sus estilos narrativos, las obras de estos autores forman parte esencial de la literatura universal y siguen inspirando a generaciones enteras. A este selecto grupo perteneció Conan Doyle, de cuya obra *Las aventuras de Sherlock Holmes,* un compendio de doce relatos, se han vendido más de sesenta millones de copias en todo el mundo.

Arthur Conan Doyle y el ilusionista Harry Houdini fueron celebridades muy influyentes en su tiempo, y ambos, pese a sus orígenes humildes, alcanzaron la cima del éxito gracias a su enorme talento. Houdini asombró al mundo con sus prodigiosos escapes y sus desafíos imposibles. No pocos estaban convencidos de sus poderes sobrenaturales. Conan Doyle, por su parte, se convirtió en uno de los literatos mejor pagados de su generación e hizo fortuna con la saga del famoso inquilino del 221B de

Baker Street. Mago y escritor entablaron una gran amistad, sin embargo, el espiritismo de Doyle chocó con el escepticismo del ilusionista y con sus campañas contra médiums y videntes, hasta el punto de aborrecerse mutuamente y entablar una virulenta batalla mediática que tuvo una amplia repercusión.

Pese a sus amargos desencuentros, la inesperada muerte del escapista el 31 de octubre de 1926 sacudirá la conciencia del autor británico quien, ya anciano, en plena decadencia literaria y denostado por la crítica ante su ingenua obcecación espiritista, viajará a Nueva York, donde retomará el viejo método deductivo de Holmes que le conducirá a descubrir la verdad en torno a la muerte de su antiguo amigo.

Aunque el propósito de esta novela no es ser fiel, al pie de la letra, a la verdad histórica, sí pretende serlo con las biografías de los protagonistas, ya que buena parte de los acontecimientos narrados están inspirados en hechos reales. Otros, en cambio, aun siendo especulativos, tal vez no anden lejos de lo verosímil, pues todavía persisten interrogantes sobre las circunstancias que rodearon el final del legendario escapista y su enigmática doble vida.

La historia se desarrolla en los seis años que median desde que se forja la amistad entre Houdini y Doyle, en 1920, hasta la muerte del mago, si bien los frecuentes *flashbacks* nos conducirán a tiempos pretéritos y a situaciones futuras narradas en tercera persona por Alfred Herbert Wood, el secretario personal de Conan Doyle.

Un reto fascinante ha sido conjugar el aporte histórico-biográfico procedente de la vida real de ambos personajes, ambientados con precisión en el tiempo y en el espacio, con la intriga inquietante del *thriller*, y la especial singularidad de que será el propio autor de Sherlock Holmes, no su detective de ficción, quien tratará de resolver la misteriosa muerte de Houdini, cuya verdadera causa, transcurrido casi un siglo, todavía es un enigma.

Durante el siglo xix y principios del xx, el movimiento espiritista tuvo una gran expansión tanto en Europa como en Estados Unidos. El espiritismo se convirtió en una religión alternativa, una suerte de refugio para la élite intelectual, un sistema de creencias de salón que permitía hacer algo hasta entonces anatemizado: discutir sobre el mundo espiritual desde el positivismo. Supuso un desafío a la dicotomía tradicional entre el racionalismo de la Ilustración y las religiones, concibiendo la reencarnación como un camino de perfección y progreso. Sus avanzados planteamientos para la época irían parejos a los avances de la ciencia y la industria. Allan Kardec, principal referente ideológico, abogaba por la reforma social; los grupos espíritas luchaban por la igualdad, y las mujeres médiums, que eran mayoría, desafiaron los roles de género gozando de mayor protagonismo en aquella sociedad patriarcal. El fenómeno se hizo popular, sobre todo tras la Primera Guerra Mundial y la pandemia de 1918, porque los médiums, a través de sus místicas epifanías con el más allá, ofrecían consuelo en épocas donde la muerte bajaba a la tierra a vendimiar. Respondían a viejas cuestiones espirituales, partiendo de un moderno planteamiento compatible con la ciencia, al menos en apariencia. Pero los casos de fraude abundaban y muchos médiums, sabedores de su ascendencia sobre las personas más sugestionables —que no eran necesariamente las menos instruidas—, adquirieron el rol manipulativo tradicional de los gurús y los clérigos. Conocedores de que la ciencia no responde a cuestiones metafísicas, médiums, sacerdotes, astrólogos, echadores de cartas, consultores de cenizas, magos, adivinos y charlatanes en general, a cambio de alcanzar mejor vida, buscaban la mediación con lo trascendente para captar adeptos, condicionar decisiones y hacerse con notoriedad y fortuna. La implantación de nuevas técnicas adivinatorias, pero, sobre todo, la lacra del fraude de los fenómenos paranormales y la determinación del espiritismo como pseudociencia, por no cumplir los requisitos básicos de la metodología científica, fueron determinantes para que el fenómeno se desinflara a mediados del siglo xx.

Al otro lado del velo es una apasionante historia de detectives que va más allá de la tradicional novela-problema. En el propósito de la obra está jugar con la capacidad deductiva de un lector, que se adentrará en las intrigas de la trama de una forma distinta: desde las sombras de la decadencia de personajes reales, y la descarnada pugna entre el razonamiento racionalista, no siempre infalible, y la trascendencia espiritual, consecuencia inevitable de nuestra resistencia a morir sin más, de ser tan frágiles y finitos. La necesidad, en definitiva, de aferrarnos a lo eterno.

Luis Miguel Sánchez Tostado
Jaén, 7 de julio de 2024

I

UNA SILLA PARA SIR ARTHUR

Londres, 7 de julio de 1930

Al ocaso, con el púrpura menguante sobre la campiña de Sussex, pidió que lo levantaran de la cama y lo sentaran junto al ventanal. A lo lejos, una tormenta eléctrica cabalgaba hacia el horizonte encendiendo mantos de luz entre las nubes. Guiado por el presagio de los pájaros en vuelo, barrió con la mirada la rosaleda de Windlesham Manor y se detuvo, como ausente, en los dedos finísimos y transparentes de la lluvia sobre los cristales. Tal vez evocó los días soleados de su infancia, en los que nada se había fracturado aún. Antes de que el mundo se deshiciera como una acuarela bajo el agua, de que sus recuerdos se extinguieran como los bordes de un cuadro inacabado, buscó la mano de su amada. «Mi querida Jean...», siseó. Fue como si respirase la palabra en vez de pronunciarla. La esposa se aferró a su brazo enteco. «Eres maravillosa», le dio tiempo a musitar en el misterioso interregno que separa la vida de la muerte. Le siguió una sibilancia de voces llorosas.

El corazón de sir Arthur Conan Doyle dejó de latir a los 71 años. A decir de muchos, fue en aquel preciso instante, con tres décadas de retraso, cuando terminó la era victoriana. El día 13 de julio, a menos de una semana del finamiento de sir Arthur, diez mil personas asistieron al Royal Albert Hall de Londres con la esperanza de recibir el mensaje prometido desde el más allá.

Su ausencia pendía sobre todos como una opresora sombra.

Sir Arthur había sido deportista, aventurero, periodista, corresponsal de guerra, político, médico y uno de los literatos que menos murió al morir. Fue, sin duda, el escritor más leído y mejor pagado de su tiempo, conocido mundialmente como el creador de Sherlock Holmes, el detective que desató el furor de los lectores con su fina intuición para resolver intrincados crímenes. Los nostálgicos de la sociedad victoriana, la que ponderó en cada británico la arrogancia del Imperio y de la que sir Arthur fue uno de sus máximos valedores, aún seguían afectados por su irreparable pérdida. ¿O no fue del todo irreparable? Digo esto porque Doyle, que había sido un acérrimo defensor de la doctrina espírita y el esoterismo, que llegó a convertirse en un reconocido profeta del *mensaje vital,* que recorrió medio mundo divulgando la *nueva revelación,* prometió en vida regresar portando mensajes del otro lado.

Damas encopetadas y bigotudos caballeros de bombín acudieron intrigados a lo que prometía ser la constatación de cuanto, en vida, divulgó el autor escocés: la existencia de una dimensión de tránsito en la que vagan espíritus que aún no tuvieron acceso al empíreo divino, por lo que pueden comunicarse con nosotros. Algunas damas impresionables se llevaron la mano a la boca cuando vieron en el entarimado una silla para sir Arthur con su nombre escrito.

Los bloques de terracota del Royal Albert Hall, nuestro más emblemático teatro, han acogido desde 1871 a los mejores actores y a los más consagrados artistas. Pocas veces el acero forjado de sus vitrales vibró tan alto al albergar tan numerosa multitud como en la sesión organizada por la Asociación Espiritista Marylebone. Junto a la silla vacía, la triste viuda del escritor permanecía acompañada de sus hijos Denis, Adrian y Lena. También Mary, primogénita de sir Arthur, de su primer matrimonio, asistía sin saber muy bien si se encontraría con algún mensaje de su padre o de su madre, Lousie Hawkins, a quien la tuberculosis quitó la vida en 1906.

Cuando se apagaron las luces, el silencio y la expectación se hicieron dueños del patio de butacas. Estelle Roberts, la médium favorita del escritor, subió al escenario y evocó su recuerdo con sentimiento. Tras los himnos y las lecturas sagradas, Estelle convocó su presencia una y otra vez hasta que pareció caer en trance. Con palabras guturales, casi ininteligibles, musitó nombres y describió a los espíritus que visualizaba, tratando de identificar entre ellos a su antiguo amigo. Una intensa presencia parecía flotar en el aire. Cuando el público se removía y los más impacientes abandonaban sus butacas, la médium gritó:

—¡Aquí está! ¡Lo veo, lo estoy viendo! Su tránsito ha sido apacible.

Un escalofrío estremeció a los circunstantes y se oyeron algunos gritos ahogados. Algo rígida, Estelle se levantó de la silla y, como un autómata, dio unos pasos hasta Jean quien, emocionada, a duras penas contuvo las lágrimas.

—Tengo un mensaje de su esposo. Dice que alguien de la familia entró esta mañana en la cabaña de Crowborough. ¿Es eso cierto?

Entre lágrimas, la viuda asintió.

—He sido yo. ¿Puede preguntarle si sabe por qué lo hice?

Estelle respiró profundamente y le sostuvo la mirada. Se aproximó aún más a Jean y le cogió la mano. Su voz tonante adquirió una inquietante gravedad.

—Dile a Mary que...

En ese momento, como si la ocasión estuviera medida, el organista interpretó los acordes del himno espiritista, lo que impidió que se oyera la voz de la médium, que tuvo que transmitir a Jean el mensaje al oído.

Se desataron murmullos, seguidos del revuelo de un público

dividido entre espiritistas seguidores de Conan Doyle que ba-
tían palmas y lanzaban vítores, y contrariados detractores que
abandonaron el edificio sin haber presenciado el esperado discurso de sir Arthur desde el más allá.

La viuda, a la que minutos antes se veía perdida en el desconsuelo, salió junto a sus hijos más calmada, con una expresión
plácida. Jamás reveló el contenido del mensaje que le transmitió la médium, pero declaró a la revista *Time*: «Aunque no he
hablado con Arthur desde que falleció, estoy segura de que nos
enviará un mensaje, eso sí, a su debido tiempo y a su manera».

Cuatro años más tarde, el 28 de abril de 1934, se organizó una
nueva sesión espiritista en The Aeolian Hall de Londres, en la
populosa New Bond Street. Más de medio millar de espiritistas
asistieron a una sesión en la que el médium letón Noah Zerdin
contactó con unos cuarenta entes espirituales. En aquella ocasión, se aseguraron de grabar las voces de los muertos en vein-
tiséis discos de acetato. En la penumbra, Zerdin entró en trance
y, entre los espíritus contactados, al fin apareció el del añorado
Conan Doyle. Sobrecogidos, los asistentes pudieron escuchar
al difunto escritor escocés en una entrecortada y espeluznante
psicofonía de cincuenta segundos. El fonógrafo registró sus palabras para la posteridad:

Dios... gracias a Dios... la gran ayuda divina a cada cualidad... y
también cuida de mis hijos y mi buena esposa Jean... Dios ayu-
de a nuestro movimiento hacia adelante, más allá... El adelante...
y adelante es el deseo de Arthur Conan Doyle

Tan insólito documento sonoro fue impreso en vinilo por The
Gramophone Company y la voz fue comparada con el discurso
que sir Arthur había grabado en el Small Queen´s Hall de Londres el 14 de mayo de 1930. Las voces eran similares y muchos se

marcharon convencidos de que habían sido testigos del primer mensaje del espíritu de sir Arthur Conan Doyle.

Me asaltó la duda de si Doyle grabó en vida aquel mensaje para fortalecer el movimiento espiritista tras su muerte o si se trató de un simple montaje. El caso es que, aún en su obcecación espiritista en los atardeceres de su vejez, sir Arthur mantuvo hasta el final su honestidad, por lo que deduje que se trataba de un simple imitador conchabado con el médium.

Mi nombre es Alfred Herbert Wood, aunque pueden llamarme Woodie, como con afecto hacía sir Arthur, a quien serví durante más de treinta años. Nos conocimos en Portsmouth, donde abrió una consulta médica. En aquella base naval de la costa sur de Inglaterra se forjó nuestra amistad, en torno al deporte, porque —aunque yo era más joven— ambos compartimos equipo de críquet, el Hampshire Rovers. También coincidimos en la francmasonería, no solo por el librepensamiento y la filantropía de la orden secreta, sino por compartir peto fraternal con influyentes celebridades del mundo de la política y las artes.

Arthur tenía 26 años cuando contrajo matrimonio con Touie, sobrenombre de Louise Hawkins, hermana de uno de sus pacientes, con la que tuvo dos hijos: Mary Louise y Kingsley. El hijo se fue con Dios en 1918, cuando servía a su país en la Gran Guerra, suceso por el que su padre se volcó con más ahínco en el espiritismo, llegando a convencerse de que Kingsley le hablaba desde el otro lado.

Aunque Doyle se especializó en Oftalmología, pronto descubrió que la literatura era su verdadera pasión y, en cuanto despuntaron sus primeras obras, abandonó la consulta médica para dedicarse por completo a las letras. Al principio, las entregas de Sherlock Holmes tuvieron una modesta acogida. Su gran oportunidad llegó el 30 de agosto de 1889, cuando Joseph Marshall Stoddart, editor de *Lippincott's Monthly Magazine,* con sede en Filadelfia, convocó en el lujoso hotel Langham de Londres a Oscar Wilde, por entonces un autor consagrado, y a Arthur Conan Doyle, a los que hizo una tentadora oferta. De aquella cena salió el compromiso de publicación de las dos novelas más importantes de finales del xix: *El retrato de Dorian Gray,* de Wilde, y *El signo de los cuatro,* de Doyle, segunda de las cuatro novelas protagonizadas por Holmes, que se convertiría en el famoso inquilino del 221B de Baker Street y que haría rico a mi patrón.

Tal fue la acogida de Sherlock Holmes que sus obras se representaron en teatro y llegó a enamorar al celuloide, tanto al cine mudo como al sonoro. Muy pronto, sir Arthur se consagró como escritor de éxito y se convirtió en una personalidad influyente aclamada por la crítica. No obstante, desarrolló contra Sherlock una profunda aversión por razones que más adelante comentaré.

Creo que fue en 1900 o en 1901, cuando Arthur me sorprendió con una propuesta inesperada. Los detalles precisos de la conversación ahora no me vienen al recuerdo porque la memoria es un amigo del que más vale no fiarse, y más a mi edad. El caso es que estaba desbordado de trabajo y necesitaba un secretario de confianza que atendiera la correspondencia, gestionara su agenda y supervisara los negocios en sus frecuentes ausencias. Funciones que más tarde se ampliaron a corrector de textos y a consultor de los casos que tuvo a bien compartir conmigo, incluso en noches de tabaco y tertulia sin minutero sobre temas literarios, a la luz argentina de la luna. Y no es casual, según las descripciones físicas del doctor Watson: complexión fuerte, mandíbula cuadrada, grueso bigote, veterano de guerra, inteligente sin ser brillante y entusiasta del deporte, que no pocos exégetas de la popular saga hayan visto en este servidor la matriz con la que sir Arthur modeló la personalidad del ayudante de Sherlock Holmes. Pese a la evidencia, jamás me lo refirió.

En cuanto a la oferta, no pude negarme. A fin de cuentas yo era joven, soltero y sin más compromiso que mis alumnos en la Grammar School. Doyle precisaba un experto en Gramática para la correspondencia y la revisión de sus textos, pero estoy convencido de que fueron mis hábitos refinados, mi pasión por el críquet y el golf y mi intensa actividad social lo que determinó su oferta. Tal vez se vio reflejado en mí, como si mi vida hubiera sido la que a él le hubiera gustado gozar durante su sacrificada juventud. Pertenecer al elitista Royal Albert Yacht Club, participar en sus regatas, ser miembro del Marylebone Cricket Club, haber jugado con los Hampshire Rovers, además de ser francmasón en la Logia de Phoenix n.º 257, de la que fui Venerable Maestro, junto a mi compromiso con el Gran Capítulo Provincial de Hants fueron sin duda aspectos determinantes para su elección.

Así pues, renuncié a mi plaza en la Portsmouth Grammar School y me marché decidido a servirle con lealtad, labor que desarrollé cuanto mejor supe hasta el otoño de 1930, cuando el gran Arthur Conan Doyle pasó a mejor vida. Imaginé que aceptar la secretaría de uno de los personajes más reconocidos y controvertidos del Reino Unido habría de conducirme a innúmeras experiencias, algunas verdaderamente insólitas, sobre todo en los últimos años de su errática decadencia. Y así fue.

Ahora, regresemos al principio de esta historia, cuando el estudio del crimen formaba parte sustancial de la vida de Doyle, antes de que el espiritismo lo arrasara todo.

2
LA CONFERENCIA

Glasgow, 1920

Las zapatas friccionaron las bandas de rodadura y las barras de acoplamiento ralentizaron su vaivén. Cuando las ruedas de la locomotora se detuvieron en la Estación Central de Glasgow, el ilustre pasajero asomó por la puerta del primer vagón y la multitud, enardecida, le tributó un cálido aplauso. Tras el silbido, el gigante de hierro suspiró en blanco y la nube de vapor se proyectó sobre el gentío que se arremolinaba en el andén.

Con los pies en el estribo y aferrado al pasamanos, el caballero pinzó el ala de su canotier a modo de saludo y aguardó paciente las indicaciones posando a estampa quieta para el retrato. Tras los fogonazos de magnesio, pisó el apeadero, se destocó ante las damas que acompañaban a los respetables de bombín y chaqué, y saludó gentilmente a los miembros del concejo que acudieron a recibirlo. Dos policías abrieron pasillo entre la concurrencia y el séquito de bienvenida abandonó la terminal seguido por un buen número de incondicionales. Tras recorrer un breve trayecto, se adentraron en el emblemático hotel Central, en el 99 de Gordon Street, un soberbio edificio estilo reina Ana adosado a la estación ferroviaria.

A sus 52 años, sir Arthur Conan Doyle lucía el donaire meditativo y flemático de los eruditos británicos, con su bigote *handlebar* de picos rizados, su impecable terno a medida y un bastón de empuñadura labrada. Sus ojos zarcos se apretaban en una mirada rapaz, propia de quien lo observa todo sin perder detalle.

La sala de conferencias habilitada en el hotel Central superó su aforo, y tras las presentaciones de rigor, el doctor Doyle departió durante más de una hora sobre sus experiencias en la guerra de Sudán y en la de los bóeres, colonos de origen neerlandés a los que los ingleses se enfrentaron con el fin de controlar un territorio rico en diamantes, hierro y oro. El gobierno trató de acallar las críticas sobre las atrocidades cometidas en los infrahumanos campos de concentración británicos, en los que perdieron la vida setenta y cinco mil bóeres y nativos negros, la mayoría mujeres, ancianos y niños.

Estas cuestiones aún coleaban en los mentideros, y Doyle, que permanecía fortificado en sus antiguas costumbres, pese a su defensa de los derechos humanos, sentía gran apego al honor victoriano y a la grandeza del Imperio. A su regreso de Sudáfrica, su obra *La guerra de los bóeres* contribuyó a limpiar la imagen de la Corona y, en correspondencia, el rey Eduardo VII le nombró caballero de la Orden del Imperio Británico. Además de sir, también fue titulado viceteniente del condado de Surrey.

Pero sigamos con la conferencia de Glasgow. Tras su exposición, se abrió un turno de preguntas en el que ocurrió lo que él temía: al público le importaban un comino las guerras coloniales y la política exterior. Aquel día, el verdadero interés pasaba otra vez por el famoso detective y los rumores que señalaban su inminente final.

Un caballero espigado con aires de mundo se levantó con el índice señalando al techo.

—Bienvenido a Glasgow, sir Arthur. Me llamo Norman Magnus, del clan MacLeod. Le felicito por su magnífica exposición sobre las campañas británicas de ultramar, pero creo hablar por la mayoría de la concurrencia al preguntarle por la continuidad de la saga Holmes. ¿Seguiremos disfrutando de sus aventuras?

En el Reino Unido, la relación de amor-odio entre el autor y su personaje más famoso era un secreto a voces. De la mano de Sherlock, Doyle saltó a la fama y se convirtió en uno de los escritores mejor remunerados del momento. Pese a lograr uno de los personajes de ficción más admirados y rentables de la literatura universal, el autor sentía cierto resentimiento hacia el excéntrico detective de la pipa y gorra *deerstalker,* a quien responsabilizó de que la mayor parte de su fecunda producción literaria, de la que se sentía especialmente orgulloso, se mantuviera en un inmerecido segundo plano.

—Creo que sería mejor centrarnos en los bóeres y... —masculló Doyle.

—Sir Arthur —atajó un corresponsal del *Daily Mail*—, ¿es cierto que su querida madre impidió su primer intento de liquidar a Sherlock Holmes? Después, en 1893, usted acabó con Holmes y el malvado Moriarty en *El problema final.* ¿Por qué ese interés en acabar con un personaje tan querido por los lectores?

—Bueno —carraspeó—, yo amo a todos mis personajes, y en especial a Holmes, que se empeñó en mejorar sustancialmente mi economía —rio—. De hecho, lo resucité en 1903 en *La aventura de la casa vacía.*

—Supongo que algo tendrá que ver que miles de lectores cancelaran la suscripción a la revista donde se publicaban las entregas. ¿Fue presionado por la editorial para resucitarlo? —porfió el reportero.

Sir Arthur recordaba con pesadumbre las consecuencias de acabar con Sherlock en 1893. Tal vez no llegó a calibrar la magnitud del fenómeno ni hasta qué punto el famoso detective había echado raíces en la sociedad británica, porque las presiones no llegaron solo por parte de la editorial, también recibía cientos de cartas de lectores, algunas con amenazas de muerte contra él y su familia si no retomaba sus historias.

—Aunque parezca un contrasentido, y lo digo con cierto resquemor, Sherlock Holmes acaparó por completo la atención de los lectores, que perdieron totalmente el interés por otras obras mías —continuó algo afectado—. Me hizo su esclavo y hasta se apropió de mi tiempo para escribir sobre otros asuntos que me interesaban más. Mi trayectoria literaria es muy amplia e incluye textos de terror, ciencia ficción, novela histórica, teatro, ensayo político, crónicas y hasta poesía, pero la fascinación por Holmes relegó al ostracismo el resto de mis obras, que son, a juicio mío, mucho más valiosas. Por eso a veces me enfado con él, pero no llega la sangre al río —ironizó sonriente.

Los asistentes, encantados con el incentivo de que su héroe se hubiera convertido en el protagonista del debate, se mostraron participativos. Una anciana encopetada, que sostenía en sus brazos un pequeño *terrier* irlandés, se levantó sonriente.

—Buenos días, sir Arthur. Me llamo Aurore Denson. Soy una ferviente admiradora de las intrigas detectivescas de Holmes y Watson. Siempre me he preguntado qué hay de Holmes en usted y cuánto del doctor Doyle en Holmes. Con todos mis respetos, pienso que siempre le resultará imposible desprenderse de Sherlock, sencillamente porque eso significaría renunciar a usted mismo, a su propia esencia.

Sir Arthur sonrió a la distinguida dama.

—¿Se da cuenta, señora Denson, de que acaba de emplear el método deductivo de Holmes?

El doctor Doyle resaltó la importancia de la observación, la lógica deductiva y la evidencia científica para localizar aspectos que, siendo baladíes para la mayoría de las personas, pueden ser clave en la resolución de un crimen. Señaló la similitud entre la medicina y la investigación criminal; ambas, dijo, razonan hacia atrás buscando un síntoma o un axioma. Ambas intentan alcanzar la causa desconocida del mal: una enfermedad o un culpable, un germen o un criminal. La clave del éxito, insistió, se encuentra en la capacidad de identificar y analizar diminutos pormenores mediante la percepción, porque la intuición humana es el detector de peligro más preciso. Y a la intuición le concedía cierto poder telepático, invocador en determinadas situaciones, como cuando pensamos en una persona y, de repente, aparece o contacta con nosotros, como consecuencia de que nuestra actitud determina la marcha de nuestra vida y establece pautas en nuestro destino. Aseguraba que esto se debe a nuestra conexión emocional, mental o espiritual con esa persona. En estos casos, nuestra mente actúa como un emisor telegráfico que hará que el receptor contacte con nosotros.

Humildemente, yo no comparto esta idea, porque, si establecemos una correlación entre las personas que conocemos y el número de veces que pensamos en ellas, es imposible que las dos variables no coincidan alguna vez. Asociamos la casualidad con lo espiritual y no reparamos en todas y cada una de las veces que pensamos en esa persona y en realidad no aparece.

Respecto a la capacidad resolutiva en lo criminal, Doyle confesó que, cuando leía novelas de detectives, le molestaba que lograran resolver los casos más por casualidad que cercando al criminal mediante el empleo de la deducción y la ciencia. En ocasiones, y esto le irritaba sobremanera, los escritores ni se molestaban en explicar cómo el detective descubría la verdad. Lo comentaba en nuestras tertulias a la hora del té, tardes larguísimas incendiadas de oro y literatura. Se planteó entonces introducir el método científico en el trabajo del detective. Esa fue la premisa que lo impulsó a escribir. De ahí la fascinación que producía la mente privilegiada de Sherlock Holmes, que terminó siendo un modelo para la Policía de la época, y no solo en el

Reino Unido. Países como Francia, Egipto o China adoptaron el sistema de Holmes en sus escuelas de detención.

—Tuve un excelente maestro en la universidad de Edimburgo —continuó Doyle—. El profesor Joseph Bell tenía, y aún tiene pese a su edad, un talento especial para el razonamiento deductivo. Con solo mirar a un paciente era capaz de realizar un diagnóstico de la enfermedad, y a menudo deducía su nacionalidad, su profesión, incluso el itinerario que había recorrido hasta llegar a la consulta. Las uñas, las callosidades de las manos, los puños de una camisa, las mangas de un abrigo, las rodilleras del pantalón, las suelas de los zapatos, la expresión de la cara o una mirada inoportuna puede aportar más información de lo que podría pensarse. El método deductivo de Bell está en el detective Holmes, porque el buen investigador, como el buen policía, no debe dejar cabos sin atar. Hacerlo, y es algo que hemos visto a lo largo de la Historia, es el preludio del desastre.

—Lo que dice es fascinante, sir Arthur —replicó la anciana—, pero el detective Holmes no tendría esas facultades si usted no gozara también de ellas. Sería todo un detalle por su parte que nos ilustrara sobre la técnica deductiva con un ejemplo en vivo. —La señora Denson sonrió expectante acariciando a su *terrier*.

La propuesta cogió por sorpresa al doctor Doyle, que miró a su alrededor buscando algún recurso ilustrativo.

—¿Me podrían facilitar de la guardarropía alguna prenda tomada al azar, por favor?

El director general del hotel, que hasta ese momento había ejercido de anfitrión, hizo una señal al conserje, que entró en el guardarropa y apareció con un sombrero que depositó en la mesa del conferenciante.

—¿Será capaz de averiguar quién es el propietario de ese sombrero? —preguntó entusiasmada la señora Denson.

Doyle se levantó y entregó el chapeo a la anciana.

—¿Por qué no prueba usted? Obsérvelo con atención y díganos qué ve —la invitó el conferenciante.

Sorprendida, entregó el perrito a su joven criada y examinó el sombrero por todos sus lados.

—Pues... no sé... es... es un sombrero de fieltro de ala ancha, algo sucio y un poco manchado. El forro es de seda roja. Lleva adherida una etiqueta donde se lee: «L & Co. Hatters-London. Founded 1676».

—¿Ve algo más?

—Pues la verdad es que no. —La anciana se encogió de hombros y devolvió la pieza a Doyle antes de tomar asiento.

Se hizo un silencio expectante. Tras un resignado «veamos», sir Arthur examinó la copa, el pellizco, la banda, las alas y el interior. Elevó una ceja y miró al público.

—El propietario es un hombre inteligente y avispado. Hasta hace tres años gozaba de una economía desahogada, pero en estos momentos atraviesa una mala racha. Su esposa ya no lo... —se contuvo reparando en que el propietario estaba presente— ...digamos que su relación con ella no pasa por su mejor momento, aunque solventa las apariencias con cierta dignidad. Es de mediana edad, las canas pueblan su cabello, estuvo en la peluquería hará unos tres días, se cortó el pelo a navaja y utiliza fijador. En su casa no dispone de instalación de gas.

Estupefactos, los asistentes se miraron los unos a los otros. Habían quedado perplejos por el ingenio y la agudeza del ponente.

—¿Cómo es posible inferir tanta información de un sombrero? ¿Ha utilizado la clarividencia? —preguntó el periodista del *Daily Mail*—. ¿Por qué lo considera inteligente?

El doctor Doyle se colocó el sombrero en la cabeza y se le hundió hasta la nariz.

—Nada de clarividencia. Solo es una cuestión de capacidad

cúbica. Un hombre con un cerebro tan grande debe de tener algo dentro —arguyó con sorna arrancando las risas de la concurrencia.

—¿Y su declive económico? —se interesó el bigotudo brigadier de la primera fila.

—Este sombrero tiene tres años. Las alas planas y curvadas por los bordes se pusieron de moda entonces. Es una pieza de la mejor calidad. Fíjense en la cinta de seda con remates y en la excelente tela del forro. Está fabricado por la prestigiosa casa Lock and Company Hatters, en el 6 de Saint James's Street, cuyos precios no son precisamente populares. Si el propietario se podía permitir un sombrero tan caro hace tres años, y desde entonces no ha adquirido otro, es evidente que ha sufrido un revés económico. Hay fragmentos de cabello gris cortado a navaja adheridos al forro por el fijador.

—¿Y lo de su esposa? —se interesó la señora Denson, algo ruborizada por la indiscreción.

—Este sombrero no ha sido cepillado en semanas. Si su consorte le permite salir con él en semejante estado, es un indicio de que ha perdido su afecto.

—¿Cómo sabe que su casa carece de instalación de gas? —retomó el reportero.

—¿Ven estas pequeñas manchas de sebo en las alas? Una o dos podrían ser casuales, pero tiene no menos de cinco, lo que me lleva a pensar que su propietario debe de estar en contacto frecuente con sebo derretido. Probablemente sube las escaleras por la noche con el sombrero en la mano y una vela goteante en la otra. Un aplique de gas nunca provocaría manchas de sebo.

Tras los murmullos de fascinación, los asistentes se arrancaron en un entregado aplauso. El director general dio por concluido el acto y agradeció la presencia de sir Arthur y de la distinguida concurrencia. El público fue abandonando la sala tras los saludos de rigor y el personal del hotel se dispuso a recoger el mobiliario. Mientras se despedía del director, el doctor Doyle reparó en que un tipo solitario continuaba en su butaca y lo miraba fijamente. Era un hombre corpulento de cabello canoso y cara de pocos amigos que tamborileaba los dedos sobre su pierna. Cuando todos los asistentes se marcharon, aquel individuo se levantó y se aproximó a sir Arthur. Le dedicó una mirada sombría antes de recoger su sombrero de la mesa y ajustárselo. Salió de la sala sin pronunciar palabra.

—¿Quién es? —se interesó Doyle.

—El detective John Pyper, de la Policía de Glasgow.

3
EL TAXISTA

Dover, 1997

Los imponentes acantilados de Dover mostraban al mundo sus entrañas de caliza de Creta. Desde aquel bello enclave se dominaba el estrecho de Calais, la reserva de Samphire Hoe y, a poniente, la East Wear Bay. Una abrupta escarpadura vertical, nívea como un iceberg, delimitaba el vacío y a sus pies rompían espumas claras de aguas turquesas. Como cometas, las gaviotas se balanceaban en el aire dorado de noviembre.

La anciana apretó contra su pecho la pequeña urna funeraria, respiró hondo y miró a su alrededor, girando la cabeza para abarcar el mar de punta a punta. A su lado, el viejo Alfred, sentado en una roca con las manos sobre sus rodillas, se perdía en añoranzas de otros tiempos.

Los ojos de Jeanie, octogenarios y opacos, contrastaban con su pecho constelado de condecoraciones, entre las que destacaban la de Ayudante de Campo Honorario de la reina y la de Dama de la Orden del Imperio Británico. Aunque le quedaba algo grande por la mengua natural de los años, Jeanie se había empeñado en acudir ataviada con su antiguo uniforme de comandante, con fajín, guantes blancos, gorra de plato con la insignia de la Royal Air Force y el cordón dorado de edecán sobre el pecho. La ocasión, dijo, lo merecía. Alfred, más pragmático, vestía una levita sobria con lazo a juego, camisa blanca y pantalones negros, sin más pretensión. El anciano perdió la mirada en su pasado.

—Cuánto añoro aquellos años —musitó con un deje de melancolía.

—Buenos tiempos, sí. Fuimos afortunados —respondió Jeanie con la mirada perdida en la línea del horizonte, donde el cielo se funde con el mar.

El viejo Woodie se llevó un pitillo a la boca y fumó recuerdos tras una honda calada. Se sonrió cuando recordó un polvoriento episodio.

—¿Te conté lo que nos pasó en París?

—A ver, cuenta. —A Jeanie se le iluminó la cara intuyendo alguna anécdota divertida.

—Si la memoria no me falla, fue en 1911. La editorial francesa que tradujo su obra *El crimen del Congo belga* le propuso impartir una conferencia sobre las violaciones de los derechos humanos perpetrados por Leopoldo II de Bélgica, de cara a promocionar el lanzamiento del ensayo. Ese día llegamos a la estación de París y cogimos un taxi.

***

París, 1911

París resplandecía bulliciosa aquella mañana festiva. Guirnaldas y banderolas tricolores colgaban de balcones y centros oficiales. Por la *rue* de Saint Pères, el Renault Type petardeó y se detuvo en la intersección con la calle Perronet. El mostachudo *chauffeur* se apeó, se colocó unos guantes, abrió la portezuela del motor y desenroscó la bujía.

—¡*Merde*!

—Los coches de caballos no tenían problemas de bujías —bromeó sir Arthur tras la ventanilla.

—Ninguno de los veintidós caballos de mi Renault se caga por las calles, *monsieur* —replicó el cochero mientras miraba a contraluz el electrodo de la bujía, que volvió a enroscar en la culata tras limpiarla de carbonilla.

—Nos apeamos aquí. Estamos cerca de nuestro destino. ¿Qué le debo?

—*Rien, monsieur* Doyle. Solo una entrada para su conferencia de mañana.

—¿Cómo me ha reconocido? —se extrañó.

Sir Arthur estaba seguro de que en ningún momento le había dicho su nombre al cochero, pues habíamos tomado el primer vehículo de alquiler que encontramos al salir de la Gare du Nord. Allí, el conductor cargó las maletas en el compartimento del techo sin cruzar con él más palabras que la dirección de nuestro destino.

El chófer le abrió la puerta y bajó las maletas del portaequipajes.

—Muy sencillo. Lleva una pequeña mancha de torta de acelgas, postre típico de Niza, en la pernera derecha del pantalón, su corte de pelo sigue el estilo de Marsella, sus zapatos tienen restos de arcilla de la ribera del Ródano, en Lyon, y la solapa de su abrigo está arrugada, señal de que ha estado sometido al acoso de los reporteros parisinos. Según la prensa, estas ciudades formaban parte de la gira del escritor sir Arthur Conan Doyle, por lo que sería mucha casualidad que usted fuese otra persona.

Impresionado, sir Arthur no daba crédito a que un humilde taxista se aplicara con tanta pericia en el razonamiento deductivo.

—Caramba, es usted más intuitivo que Sherlock Holmes.

—Es posible, *monsieur* —repuso el *chauffeur* dando vueltas a la manivela para arrancar el motor—, pero hay un detalle más que no he mencionado: su maleta está etiquetada con su nombre.

Mientras reíamos la ocurrencia del francés, sir Arthur le ofreció su tarjeta de visita.

—¿Le gustan las novelas policiacas? —Sir Arthur quiso salir de dudas.

—¿Policiacas? No son de mi gusto, señor. Prefiero la trascendencia poética de Bécquer, Rimbaud o Rubén Darío, pero con mucho gusto asistiré a su conferencia. Me interesa conocer más sobre la masacre del Congo.

Contrariado, Doyle se quedó pensativo. Aquel taxista inquieto, leído y sensible era el arquetipo de lector al que siempre quiso dirigirse, pero no era él quien decidía las tendencias del mercado literario, sino las editoriales con su afán por obtener beneficios. Volvió a maldecir a Holmes por eclipsar su auténtico talento literario. Nunca llegó a aceptar que sus ensayos políticos, sus obras de teatro o sus novelas históricas fueran ensombrecidas por un detective repelente que encandilaba a un público mediocre. Había abordado todos los géneros literarios con igual maestría: el profesor Challenger, en la aventura y la ciencia ficción o sir Nigel y el brigadier Gerard en la novela histórica, pero Sherlock Holmes los engulló a todos. Sus seguidores, obcecados con el crimen y las peripecias deductivas, obviaban la variedad y calidad de los otros géneros del doctor Doyle, incluso su faceta lírica. Sus antologías poéticas no las publicaría hasta los años veinte, precisamente por el hostigamiento del malcriado Sherlock, cómplice de sus editores, que insistían en dirigirse a las masas y no estaban nada interesados en publicar obras que él consideraba excelentes, pero que estaban destinadas a un puñado de excéntricos interesados en temáticas menos frívolas que las intrigas detectivescas. La cuestión es que, al final, siempre aparecía el petulante Holmes, observándole desde la penumbra con su pipa y su Stradivarius, como el sayón que acecha desde el patíbulo con su media sonrisa de sempiterno engreído. Suspiró y se consoló con la idea de que valemos más por nuestras aspiraciones que por nuestras obras.

4
UN DON SOBRENATURAL

Crowborough, 1920

El invierno esperaba oculto como un gazapo. Un martes, cuando el sol oblicuo apuntaba por el costado de la tarde, sir Arthur en persona me recogió en la estación de Crowborough & Jarvis Brook. Noté la impaciencia en sus ojos zarcos.

—«Woodie, habla de una maldita vez» —pensó—. ¿Y bien? —fue lo que en realidad dijo.

—Ese hombre es de todo menos normal —lancé como un anatema inexorable tras mi regreso de Edimburgo—. Nadie se explica cómo puede desafiar tantas veces a la muerte y salir airoso. Lo conocen como el «rey de las esposas» y no precisamente por haberse casado muchas veces, sino por su habilidad para librarse de grilletes, candados y ataduras de toda especie. Se liberó de una camisa de fuerza reforzada con cadenas mientras permanecía suspendido por los pies en la cornisa de un rascacielos. Consigue escapar de barriles encadenados, de baúles sellados, de jaulas, incluso de cárceles, aun estando completamente desnudo. En una ocasión, logró salir de un bidón metálico lleno de leche totalmente clausurado con seis candados. En otra, permaneció hora y media en el interior de un ataúd metálico sumergido en el fondo de la piscina del hotel Shelton de Nueva York. Nadie entiende cómo es posible.

Medió un silencio que sir Arthur aprovechó para perderse en cavilaciones mientras el chófer ponía rumbo a su residencia en

Windlesham. El Lorraine-Dietrich petardeaba y la grava crujía bajo las ruedas. Cuando el automóvil pasó ante la iglesia de Todos los Santos, reanudó la conversación.

—Creo saber cómo lo hace —soltó inopinadamente.

—Nadie lo sabe —repliqué contrariado—. El público revisa los candados y las cerraduras. Un médico se asegura de que no porte en su cuerpo llaves ni ganzúas, y todo se hace ante la presencia de los periodistas y de un juez. Una vez agujerearon el cauce congelado del río Detroit y lo arrojaron al interior del agua helada, completamente inmovilizado con grilletes y cadenas atadas al cuerpo. El «Clavado de la muerte», lo llamó. Pasó un buen rato y no había rastro de él. Todos creían que había muerto, pero emergió ocho minutos después, ante el asombro de miles de personas. El público se estremece con sus arriesgados desafíos, unos gritan, otros rezan y, al fin, suspiran aliviados cuando lo ven aparecer tras unos angustiosos momentos. Es una celebridad mundial y las entradas a sus espectáculos se agotan con meses de antelación.

Aquel prodigio humano no era otro que Harry Houdini, el mejor escapista de todos los tiempos, el vivo paradigma del sueño americano. Su verdadero nombre era Erik Weisz y procedía de una humilde familia judía de origen austrohúngaro que emigró a Estados Unidos cuando el pequeño Erik tenía cuatro años. Su padre, Samuel Weisz, aceptó un puesto de rabino en una nueva congregación hebrea en el estado de Wisconsin. En Appleton no encontraron la Tierra Prometida ni calles empedradas de oro, y en casa había pocas bambalinas, pero no faltaban las menorás de siete brazos para iluminar la estancia ni tampoco la fe. Todos los miembros de la familia debieron contribuir para paliar la miseria.

Erik vendía periódicos y trabajaba de limpiabotas con solo ocho años, hasta que un día quedó fascinado al presenciar el número del doctor Lynn, un mago ambulante. Un año después, pasaba la gorra tras unos números de trapecio y contorsionismo en un pequeño circo de barrio, anunciándose como Erik, el Príncipe del Aire. Ya entonces se interesaba por la magia. En plena adolescencia, se marchó con un circo en busca de fortuna y empezó a actuar en espectáculos ambulantes, pero fracasó y regresó con su familia, que por aquel entonces había fijado su residencia en Nueva York. Allí trabajó en empleos ocasionales mientras estudiaba magia e ilusionismo. Un libro de memorias de Jean Eugène Robert-Houdin, considerado el padre de la magia moderna, cambió su vida, hasta el punto de que terminaría adoptando su apellido en su nombre artístico, añadiendo una «i» al final: Houdini. Aunque trabajó como trapecista y mago chistoso, fueron las prácticas de escapismo las que lo catapultaron a la fama gracias a un severo entrenamiento físico y a su habilidad para diseñar estrategias publicitarias, con las que consiguió cotas de popularidad que ningún mago había alcanzado nunca. Acompañado de periodistas, solía presentarse en cualquier ciudad ante el jefe de Policía o el alcaide de la cárcel, retando a escapar de toda sumisión y aseguramiento. Los desafíos eran publicados por la prensa y, ante las presiones, las instituciones aceptaban, pero él lograba superar todas las pruebas por difíciles que fueran, por lo que su popularidad se propagó como el fuego en la hojarasca.

Sir Arthur tuvo oportunidad de ver un par de proyecciones de sus películas: *Houdini defeats Hackenschmidt*, en 1905, y *The master mystery*, en 1918. Eran filmes de cine mudo donde Houdini, héroe de la trama, hacía algunas proezas. Pero Doyle quería información de primera mano y desconfiaba de los montajes del celuloide.

—En una ocasión pensaron que si lo enterraban vivo a tres metros bajo tierra no podría liberarse —continué mi relato sin encubrir mi asombro—, pero salió arrastrándose como un gusano dejándose las uñas y la ropa en el intento. También consiguió volar en un aeroplano manteniéndose de pie sobre una de las alas. Me han llegado a contar que un día se lanzó desde el piso setenta del Empire State sin ninguna sujeción. En su caída rebotó en una cama elástica que lo impulsó cincuenta metros hacia arriba para acabar desapareciendo por el aire mientras saludaba a la concurrencia. Se ríe de la muerte.

—¿Es verdad que atraviesa los muros? —se interesó sir Arthur, fascinado.

—Fue impresionante. Durante una de las actuaciones que tuve ocasión de presenciar, unos albañiles iban levantando un muro de ladrillo en el escenario mientras él hacía otros números. La obra estaba siendo supervisada por técnicos y por varios espectadores que salieron voluntarios. Logró atravesar el tabique sin derribar un solo ladrillo. En otro de sus números, fue esposado y encadenado, y, posteriormente, encerrado en un baúl asegurado con cadenas y candados, pero en un santiamén lo vimos libre y la que apareció encadenada en el baúl era su ayudante. Pero hay más...

—¿Más?

Saqué del bolsillo un ejemplar del *New York Times* y le mostré la noticia: «Houdini hace desaparecer un elefante ante miles de personas». Sus cejas se catapultaron a medida que iba leyendo la crónica.

El espectáculo que el Gran Houdini presentó en el día de ayer en el Hippodrome Theatre de Nueva York, considerado uno de los teatros más grandes de América, no tiene parangón. El famoso ilusionista nos tiene acostumbrados a sus impactantes números, pero este fue verdaderamente espectacular y desató la fascinación del público. Cuando subió el telón, apareció el mago junto a un gran cajón de madera del tamaño de un vagón de tren. Houdini se acercó al proscenio y señaló hacia la esquina opuesta del escenario al tiempo que exclamaba: «Permítanme presentarles a mi nueva amiga ¡Jennie!». Para desconcierto del respetable, una elefanta de cinco toneladas, acicalada con un bonito lazo de seda azul, entró en escena guiada por su adiestrador. El paquidermo se acercó al mago, le dio un beso con la trompa y él la premió con un terrón de azúcar. «Esta noche, damas y caballeros, les ruego presten mucha atención, porque usaré mis poderes para que Jennie desaparezca delante de sus ojos», añadió el popular escapista. Mientras la orquesta tocaba un tema circense, varios asistentes hacían rotar el cajón sobre sus ruedas, con la intención de que el público pudiera comprobar que el interior estaba vacío desde todos los ángulos. A continuación, Harry Houdini hizo una señal al adiestrador, quien condujo al animal al interior del cajón, que fue herméticamente cerrado. «Cuando cuente tres, Jennie desaparecerá», anunció. El mago sacó una pistola, se dirigió a una esquina del escenario, contó hasta tres y disparó a las paredes del cajón. La bala atravesó las maderas y sus paredes cayeron ante el asombro del auditorio. La elefanta y su adiestrador habían desaparecido. En un primer momento, muchos sospecharon que el animal había sido conducido por una trampilla hasta el sótano por un falso suelo, pero el cajón se encontraba apoyado sobre ruedas, de modo que había un espacio visible de más de un palmo sobre el suelo, además de que el cajón había sido colocado justo en el centro del escenario, lejos de cualquier telón. El nuevo número del Gran Houdini, junto al resto de las representaciones que componen su *show*, hizo las delicias de grandes y pequeños.

Sir Arthur se sacó la pipa de la boca y asintió convencido.

—Creo conocer su secreto —afirmó.

Pensé, ingenuo de mí, que su mente analítica había intuido

las artimañas empleadas por el prestidigitador en sus números, pero me salió con una inesperada hipótesis.

—Él mismo lo confiesa aquí. —Señaló una frase de la noticia que leyó literal—: «Usaré mis poderes para que Jennie desaparezca delante de sus ojos». Po-de-res —deletreó sílaba a sílaba, para enfatizar la palabra—. Utiliza uno de sus poderes.

—¿Qué poder? —le pregunté intrigado.

—La desmaterialización.

—¿Cómo dice?

—Desmaterializarse, evanescerse, querido Woodie. Hay personas con habilidades extrasensoriales muy desarrolladas capaces de atravesar con su mente las barreras del tiempo, el espacio y la materia. Los hay dotados para la telepatía, la psicometría o la clarividencia, fenómenos que contradicen los principios básicos de la comprensión científica. Lo he visto muchas veces, pero solo unas pocas personas en el mundo gozan del don sobrenatural de desmaterializarse a voluntad, con la particularidad de volver a recomponerse en otro lugar. También pueden desmaterializar animales y cosas. Tus exhaustivos informes no hacen sino ratificar lo que he ido leyendo sobre este portento. ¿Qué persona puede resistir hora y media bajo el agua helada, desaparecer por el aire o atravesar muros sin gozar de poderes sobrenaturales?

Hizo el silencio previo a sus decisiones salomónicas. Sabía que algo tramaba.

—Quiero conocer a Houdini aprovechando su gira por las islas Británicas —resolvió—. Le escribiré invitándole a casa.

Lo de la desmaterialización me pareció una teoría extravagante, pese a que la idea gozaba de cierto predicamento entre espiritistas y amantes del esoterismo. Sir Arthur me habló de los fascinantes descubrimientos de Max Planck, profesor de Física de la Universidad de Berlín, que demostró la discontinuidad de la emisión y la absorción de la energía a través de la revolución cuántica, lo que obligó a replantear toda la Física a nivel atómico. La ciencia, decía, no puede negar la existencia de Dios, de lo inmaterial, de los espíritus. Ahora que puedo reflexionar sobre ello, caigo en la cuenta de que solo era una verdad a medias, pues si bien es cierto que la ciencia no podía demostrar de forma directa la existencia de Dios, sí podía hacerlo de manera indirecta demostrando la necesidad de su existencia a través del absurdo de su ausencia. Una ausencia tan elocuente como aquella silla vacía para sir Arthur en el Royal Albert Hall de Londres seis días después de su muerte. Atribuir a Houdini la facultad de desmaterializarse era comparar su poder con el de Jesucristo, que, a criterio de no pocos, también se desmaterializó en la resurrección, quedando impresa su energía en el sudario de Turín.

Quise plantarle cara a su argumento de forma tajante, «lo de la desmaterialización es ridículo», pensé decirle, pero no atiné a pronunciar ni una sílaba. Aquel día, camino de Windlesham, guardé un silencio prudente para no contradecir a sir Arthur, pero empecé a tomar conciencia de que la mente racionalista del creador de Sherlock Holmes, con su fascinante método deductivo, se desvanecía como la bruma del Támesis, para mi desconsuelo y el de buena parte de sus seguidores. Su empirismo fue mutando en una doctrina más radical incluso que el fideísmo cristiano, con el convencimiento de la inmortalidad del alma, la interacción de los mundos espiritual y terrenal, y una mística en torno a las leyes morales, el presente y la vida futura, según las enseñanzas que espíritus superiores comunican a los mortales a través de los médiums. Más pronto que tarde me di cuenta de que ese sendero no le llevaría a la gloria, al menos a la terrenal.

La doctrina espiritista se había originado en Francia a mediados del XIX y rápidamente se extendió por Europa, su máximo exponente fue Allan Kardec. Con la entrada del nuevo siglo, los avances en la ciencia, la implantación de la electricidad, pero, sobre todo, tras los millones de muertos de la Primera Guerra Mundial hubo un resurgimiento de lo paranormal y cuando se barajó la fascinante posibilidad de contactar con los difuntos en el más allá.

En mi papel de secretario, ni quitaba ni otorgaba razones a mi patrón, si bien intuí que aquella doctrina, en cuya defensa sir Arthur se involucró personalmente hasta la ceguera voluntaria, se convertiría en un síntoma de su progresiva decadencia, pues ni las mentes más brillantes son ajenas al tiempo del eclipse. Me vinieron las palabras de Gustave Flaubert que leí no sé dónde: «Me acuso por este orgullo demente que me hace jadear en pos de una quimera». Algo así veía en sir Arthur, que se había autoproclamado apóstol de la doctrina espiritista a la que convirtió en una religión. Actuaba como el hierofante de Eleusis en el Ática, como el sumo sacerdote de los cultos mistéricos, un maestro de nociones recónditas. Dilapidó una fortuna impartiendo conferencias por los ámbitos del mundo. Recorrió miles de kilómetros convirtiendo a incrédulos y señalando, como un profeta, la verdadera revelación, el nuevo camino de la humanidad. Decía que Dios le había dado una visión clara de lo que estaba por venir, axioma que hubiera mantenido incluso con el dogal de los ahorcados oprimiendo su cuello. Tal punto alcanzó su fe ciega en el espiritismo que, cuando se enteró de que la médium irlandesa Hester Dowden había contactado con el espíritu de Oscar Wilde, fallecido en 1900, sir Arthur le escribió con el ruego de que le diera recuerdos de su parte y le dijera que quedaría muy honrado si visitaba su casa y se comunicaba con él a través de su esposa Jean, que también era médium especializada en escritura automática, pues «hay algunas cosas interesantes que me gustaría comentarle».

Lo que sir Arthur no sabía —o más bien se negaba a admitir—

era la evidencia de que en la ciencia espírita proliferaban los charlatanes y los falsos médiums, que se hacían pasar por personas sensitivas cuyo único objetivo era el dinero, la notoriedad o ambas cosas.

Doyle veía en Houdini a un elegido con poderes sobrenaturales y lo quería para su causa. Consideraba que si un hombre capaz de realizar prodigios que nadie puede explicar y que conseguía evadirse de cualquier cerramiento sin haberlo forzado se dedicara al espiritismo, podría convertirse en el mayor médium de todos los tiempos.

Pero yo sabía, por los informes que recabé, que Harry Houdini no era demasiado condescendiente con el mundo espírita. En los últimos años, como presidente de la Sociedad de Magos Americanos había declarado la guerra a los embaucadores. Se propuso desenmascararlos y arruinar su negocio, ya fueran competidores que intentaran imitar sus números o médiums que estafaran a un público ingenuo. En varias ocasiones, haciéndose acompañar por un periodista y un oficial de Policía, los tres disfrazados, asistió a sesiones psíquicas para destapar sus trucos denunciando ante la concurrencia que no eran más que estafadores que habían elaborado de forma artificiosa efectos como apariciones, levitaciones de objetos, que habían manipulado grabaciones simulando voces de personas muertas o habían trucado fotografías. Por ello, cuando sir Arthur insistió en su deseo de invitar a Houdini a Windlesham, temí que las dos grandes leyendas chocaran con puntos de vista tan enfrentados. Más aún cuando Houdini guardaba un dolor interno que pronto se desataría y daría lugar a un escandaloso enredo y a misteriosas intrigas.

Pero no adelantemos acontecimientos.

5
EL MUSEO MÁS FELIZ

Dover

Le gustaba gozar de aquella tranquilidad, abstraerse, quedarse atrapada en los pliegues del tiempo, en el fuego y el oro del cénit del crepúsculo. Se deleitaba asistiendo al canje de los dos mundos: morir y volver a la vida, nacer y renacer, como el deseo etrusco de Sharon. Adoraba ser testigo del contraste entre el calor de la tierra y la furia del mar, del duelo eterno entre los cielos claros, con sus nubes perdidas, y el manto negro de la noche, con sus peces acurrucados en un abismo sin colores vivos. Y en aquellos lapsos colmados de nostalgia, aguardaba en vano que la marea púrpura de su vida le devolviera algo más que recuerdos. Con cada puesta de sol tomaba conciencia de que el tiempo no rehace lo perdido, porque la eternidad se lo guarda para siempre como un tributo por haber vivido. Y uno de sus primeros recuerdos es estar en los brazos de su madre, escuchando sus latidos, mientras entonaba *La canción de cuna,* de Johannes Brahms.

—¿Te acuerdas de The Psychic Bookshop, la librería espiritista que sir Arthur abrió en 1925? —La voz poderosa de Woodie la devolvió al presente.

Jeanie abrió los ojos y el ensueño se esfumó.

—Claro que me acuerdo, aunque yo no era más que una niña.

—Estaba en la calle Victoria, detrás de la abadía de Westminster —añadió Woodie.

—Sí. Era un local sórdido. Recuerdo a una empleada, una chica desgarbada y pálida. Y el encargado tenía gafas, un tal... ¿Montiel?

—*Miss* De Morgan y el doctor Monier.

—Eso, Monier. Diligente pero muy serio. Siempre tuve la impresión de que allí dormían todos los espíritus de Londres. —Jeanie asintió con el rostro embargado de nostalgia.

—Su diligencia no evitó que tuvieran que clausurar la librería. En realidad, más que una librería era una biblioteca, porque cedía obras en préstamo para los que andaban escasos de recursos.

—Recuerdo el olor a tinta y a Monier con manuscritos de un lado para otro —evocó la anciana.

—Porque también era la sede de The Psychic Press, la editorial que sir Arthur creó porque los sellos editoriales de la época eran reticentes a publicar obras sobre espiritismo.

—¿Aquello era entonces un centro de propaganda espírita?

—Tal cual —confirmó el antiguo secretario—. Monier era miembro de la Société Lorraine de Psychologie Appliquée.

—Cuando mi madre iba a la librería, me insistía en bajar al sótano para ver el museo psíquico, pero yo me resistía porque me daba miedo. ¿Tú lo llegaste a ver?

—¡Claro!, y sustituí al doctor Monier en más de una ocasión. Sir Arthur lo llamaba «el museo más feliz del mundo». —Sonrió Woodie.

—¿Qué había en el museo?

—Fotografías, cuadros, reliquias... Ya sabes, todo lo relacionado con las actividades espiritistas. Había objetos curiosos que los espíritus habían arrojado sobre la mesa en las sesiones: peniques turcos, un jarrón sirio, una tablilla babilónica, incluso cristales con huellas dactilares de fantasmas. También se exhibían pruebas de prodigios inexplicables, como la pizarra con el texto en griego antiguo que escribió el médium Slade en 1876. Allí podías encontrar guantes espirituales y otras cosas insólitas.

—¿Guantes espirituales? —preguntó extrañada.

—Me contaron que un espíritu introdujo las manos en un molde de cera de parafina, luego rellenaron la parte hueca con yeso y obtuvieron el molde de sus manos. También se mostraban fotografías de los espíritus de personas muertas que aparecían en los revelados, o las que, en 1874, hizo sir William Crookes a una espíritu llamada Kate King. En fin, un poco siniestro para los no creyentes.

—¿Tú crees en esas cosas, Woodie?

—La mía fue una posición de esperar y ver, pero con el tiempo comprendí que nacer y morir, sin más finalidad que la combinación azarosa de átomos y moléculas, no tenía mucho sentido y terminé convenciéndome de que la muerte no es final. Sin embargo, estoy convencido de que los objetos del museo psíquico eran obra de embaucadores, no de espíritus. Los impostores siempre hallaron en las mentes obcecadas el caldo de cultivo donde aderezar sus propósitos, pero sir Arthur confiaba plenamente en su autenticidad. En sus últimos años, el espiritismo le nubló la razón y acabó relatando experiencias delirantes.

—Por ejemplo...

—En una ocasión, en una entrevista para *The Strand Magazine,* contó que en una sesión con la médium Florence Cook, le cogió la muñeca al espíritu de la fallecida Katie King y le tomó el pulso; es más, que acercando el oído a su pecho, llegó a oír los latidos de su corazón.

—¿En serio? ¿No sospechó que pudiera estar ante una impostora? —preguntó sorprendida.

—De hecho, la gira terminó cancelada y la falsa médium detenida. Otro tanto ocurrió con las hadas de Cottingley.

—Lo de Cottingley sí me acuerdo, porque el asunto coleó muchos años —evocó Jeanie—. ¿Eran esas dos primas adolescentes que fotografiaron hadas en los bosques de Bradford?

—Sí. Elsie y Frances, de 16 y 10 años, dos niñas traviesas capaces de atarle una lata al rabo del mismísimo demonio. Engañaron al gran Conan Doyle, que dio por auténticas las fotografías que mostraban los posados de las chicas junto a unas pequeñas hadas. Esas fotografías se tomaron entre 1917 y 1921. Sir Arthur dio crédito a la versión de las niñas y escribió un artículo confirmando su autenticidad. El pobre se convirtió en el hazmerreír de la comunidad científica y literaria y le llovieron críticas por todas partes, pero él no se amilanaba. Estaba tan entregado a la causa que no le importaba demoler su reputación intelectual internacional ni su prestigio literario forjado con la saga Holmes.

—Debía de tener una gran fe para creer fervientemente en algo así —resolvió Jeanie, que mantenía la mirada ausente, perdida en evocaciones.

—Creía que la aparición de las hadas era un regalo del cielo que abría el camino hacia verdades más profundas que transformarían el mundo materialista. Estaba convencido de que las hadas harían que otros fenómenos psíquicos fuesen masivamente aceptados.

—¿Entonces, todo fue un montaje? —Quiso saber Jeanie.

—No eran más que unos dibujos recortados sobre una base de cartón junto a los que posaron para divertirse. Todo hubiera quedado en una broma de dos traviesas pueblerinas de no ser porque, al ser conscientes de que habían engañado al autor de Sherlock Holmes, se dejaron llevar y no se atrevieron a decir la verdad hasta sesenta años después, cuando casi todos habían muerto. En 1981, Elsie confesó que fue ella quien dibujó las hadas, inspirándose en las ilustraciones de *El libro de regalos de la princesa Mary*, de Claude Shepperson. Menos mal que sir Arthur no vivió para ver aquella confesión.

Se trazó un silencio en el que Jeanie se apercibió de que hacía rato que se habían desviado del tema.

6
LA ESCRITORA TÍMIDA

Torquay, Devon, 1920

Fue justo antes de su largo viaje por Australia y Nueva Zelanda. Aquel día nos desplazamos a Torquay, una bonita villa costera de Devon, al suroeste de Inglaterra. *La muerte y el más allá* era el título de la conferencia que sir Arthur debía impartir. La disertación, como otras muchas que dio a lo largo de la última década, tenía como propósito demostrar la supervivencia del alma tras la muerte, la posibilidad de comunicarse con los espíritus y la divulgación de las dos obras que Doyle había escrito sobre la materia: *La nueva revelación* y *El mensaje vital*.

La concurrencia abarrotó el salón del ayuntamiento, y cuando se apagaron las luces, sir Arthur proyectó sobre una sábana blanca diferentes fotografías de espíritus, fantasmas y emanaciones de ectoplasma que a muchos les parecieron burdamente trucadas, pero que él consideraba auténticas y utilizaba para apoyar sus tesis.

El ponente realizó un recorrido por los orígenes del espiritismo señalando que la humanidad tenía conciencia de la espiritualidad desde el *Homo sapiens* y que desde hacía más de cien mil años se organizaban rituales fúnebres para ayudar a conducir el alma del difunto en su camino al mundo espiritual, al universo de los chamanes. Ilustró a la audiencia exponiendo que los muertos fueron invocados en todas las culturas para pedir protección a los vivos desde el origen de los tiempos. Egipto, Persia, Grecia o Roma ya creían en la inmortalidad del alma. Puntualizó con tono reprobador que, sin embargo, las religiones abrahámicas como el judaísmo, el cristianismo y el islam consideran que solo Dios se comunica con las almas y Yavé abomina a los consultores de espíritus e invocadores de muertos. En el Antiguo Testamento hay numerosos repudios hacia los espiritistas y adivinadores. En el capítulo 20 del Levítico incluso se insta a lapidarlos y matarlos.

—Sin embargo —Doyle levantó el índice, dedo de las acotaciones—, en el Primer Libro de Samuel, el rey Saúl pidió a la pitonisa de Endor que invocara el espíritu del profeta Samuel para consultarle sobre el resultado de la batalla contra los filisteos. También en el Nuevo Testamento encontramos referencias al espiritismo, y resulta curioso cómo el cristianismo primitivo no parece prestar atención a las prohibiciones del Antiguo Testamento, que condenaba preservar las prerrogativas espiritistas para uso exclusivo del clero.

Progresando en una línea diacrónica del tiempo, citó casos de mediumnidad en la Edad Media, «si bien fue en el XVII cuando surgió un mayor interés». A mediados del XIX, el fenómeno de las mesas parlantes hizo furor en París y prácticamente en todas las casas había una donde se reunían para hablar con los espíritus, costumbre que se extendió a otros países de Europa y Estados Unidos. La proliferación de médiums fue espectacular y rara era la ciudad que no contaba con uno o varios. En Inglaterra era habitual entre la aristocracia organizar sesiones espiritistas tras el té de las cinco. Que la reina Victoria y el príncipe organizaran sesiones en Buckingham Palace supuso un espaldarazo al movimiento espírita.

Sir Arthur expuso el caso de las hermanas Fox, dos adolescentes impulsoras del espiritismo en Estados Unidos. En 1848 divulgaron que en su casa de Hydesville había una entidad espiritual y se producían fenómenos *poltergeist*. Se comunicaban con el espíritu de *mister* Splitfoot, un buhonero asesinado en aquella casa a la edad de 31 años, mediante un sistema de preguntas respondidas con un golpe para «no» y dos para «sí». Según contaba el señor Splitfoot, estaba enterrado en el sótano, pero el suelo de la bodega fue excavado y no se encontró nada.

—La sorpresa surgió en 1904, diez años después del fallecimiento de las hermanas, cuando apareció enterrado un esqueleto humano. De modo que las hermanas Fox decían la verdad —indicó el conferenciante, que arrancó un escalofrío entre el público de Torquay.

En su disertación, sir Arthur refirió a célebres médiums con extraordinarios poderes psíquicos, como los hermanos Davenport, que se exhibían con su número de invocación, encerrados y atados dentro de un armario junto a instrumentos musicales que supuestamente sonaban solos.

Citó las espectaculares materializaciones del popular Daniel Home, médium que nunca cobraba por sus servicios, o Eusapia Palladino, célebre psíquica italiana, o el caso de Ann O'Delia Diss Debar, que impresionó al mismo zar de Rusia. Hay muchos otros ejemplos, como Henry Slade y sus pizarras donde los espíritus se comunicaban mediante la escritura, o el gran William H. Mumler y sus fotografías, en las que, en los revelados, aparecían rostros de difuntos conocidos junto a los asistentes en las sesiones de espiritismo.

»Esos entes que no vemos nos observan de forma constante, están ahí vigilándonos y saben en todo instante los movimientos que hacemos. Los avances tecnológicos del siglo xx demuestran que el contacto con los espíritus es una realidad —advirtió Doyle—. Los fonógrafos registran psicofonías y la sensibilidad de los camarógrafos detecta presencias que el ojo humano no percibe, tal y como pueden comprobar en las proyecciones. Ya existen máquinas prodigiosas de rayos X, con una radiación de frecuencia más alta que la luz, capaces de plasmar el interior de nuestro cuerpo en placas fotográficas. Esa radiación es invisible, lo que demuestra que no solo debemos creer en lo que ven nuestros ojos, pues existen fuerzas y planos que se nos escapan. ¿Por qué negar la posibilidad de comunicarnos con los muertos? El famoso inventor Thomas Edison considera que la complejidad de nuestra personalidad sobrevive después de la muerte, retiene la memoria y los conocimientos adquiridos en este mundo, por lo que es razonable deducir que los espíritus deseen comunicarse con las personas que han dejado aquí.

Sir Arthur reconoció ante el público que durante los años que ejerció la Medicina fue un materialista convencido. Pero hacia 1886 se topó con el libro *Las reminiscencias del juez Edmonds*. Este jurista era miembro de la Corte Suprema de Justicia de Nueva York, y en su obra contaba que durante varios años mantuvo contacto con su esposa muerta a través de un médium. Doyle se confesó intrigado, lo que le empujó a asistir a varias sesiones de las que, al principio, no sacó opiniones concluyentes, pero se animó a seguir leyendo sobre el tema. Le sorprendió conocer que un gran número de científicos creían en el espiritismo, como Williams Crookes, el químico más eminente de Inglaterra, o Camille Flammarion, el astrónomo más reconocido en Francia, por lo que empezó a plantearse la intervención divina en la creación del universo y la vida más allá de la muerte. Al año siguiente, empezó a experimentar con la *ouija* y se sintió atraído por la transmisión de pensamiento y el mesmerismo. Hasta que, en julio de 1887, un médium en trance le dijo al doctor Doyle antes de que él preguntara: «No leas el libro de Hunt».

—¿Cómo demonios podía saber aquel individuo que tenía pensado leer el libro *Comediógrafos de la Restauración,* de Leigh

Hunt, si no lo había comentado con nadie? —se preguntó sir Arthur ante un público absorto.

A raíz de aquella experiencia, Doyle escribió el artículo «Un mensaje de prueba» en la revista espiritista *Light* donde, por vez primera, mostró públicamente su interés por aquella doctrina, reconociendo, al mismo tiempo, que la muerte de sus seres queridos determinó su conversión definitiva.

—Concluyo mi intervención con una certeza: la muerte no es el final —remató—. Nuestro cuerpo físico no es una mera carcasa, sino el valioso contenedor del espíritu que, finalizada esta vida, lo dejará atrás como la mariposa que se libera de la crisálida. Ahora sabemos que hay una realidad que no necesita describirse en términos físicos, ni en el espacio, ni en el tiempo. Y en ese «no tiempo» entenderemos lo que no comprendemos en nuestra vida temporal, por lo que hemos de cruzar el velo esperanzados y sin atisbo de temor.

Tras su exposición, encendidas las luces, el moderador abrió un turno de preguntas. Se puso en pie un tipo flaco y relamido con aspecto de notario, que se ajustó los lentes de alambre antes de intervenir.

—Admirado sir Arthur, de un tiempo a esta parte, la ciencia y la crítica bíblica han empezado a cuestionar las Sagradas Escrituras. Parece que religión y ciencia son incompatibles y ello me genera un gran dilema: ¿Creo en mi religión o creo en la ciencia? ¿Es posible creer en ambas?

—Interesante cuestión la que plantea, señor...

—Goodrich.

Sir Arthur entornó los ojos como recordando.

—¿Edwin Stephen Goodrich? ¿Zoólogo y miembro de la Royal Society?

El oyente asintió con la cabeza y todas las miradas confluyeron sobre él.

—No sabe cuánto me satisface que relevantes científicos asistan a mis charlas. Los espiritistas armonizamos lo racional de la ciencia con lo irracional de la religión, dos fuerzas aparentemente contradictorias —arguyó el ponente—. Las apariciones de personas muertas pueden ser comprobadas científicamente. Soy médico y creo en la ciencia, pero también en el espiritismo, porque aporta la posibilidad de contactar con los muertos, demostrando que la muerte no es el fin de la vida, sino el tránsito a un plano superior. Uno tiene fe cuando algo no puede demostrarse y cree cuando hay evidencias, pero yo creo en la vida después de la muerte porque tengo esas evidencias.

El zoólogo levantó la ceja de la suspicacia y tomó asiento.

Un joven reportero con trazas de seminarista levantó la mano.

—Teodosio Zárate, del periódico carlista *El Correo Español*. Usted ha reconocido que en la Santa Biblia hay numerosos repudios contra espiritistas y adivinadores. ¿Por qué considera ilegítima la oposición de la Iglesia si la magia espiritista contradice la palabra de Dios revelada en las Sagradas Escrituras? ¿Acaso no son los santos los únicos mediadores reconocidos para interceder ante el Padre Eterno?

—Lo primero, que el espiritismo no es magia ni brujería, sino una realidad revelada. Lo segundo, que la Iglesia embiste contra esta doctrina, no porque haya repudios en textos de hace casi tres mil años, sino por el temor a perder feligresía. Por eso advierten de los peligros de acercarse a prácticas que, según la curia eclesial, ofenden a Dios. El catolicismo nos tacha de sectarios cuando su propia historia está colmada de fanatismo.

El joven reportero se santiguó para conjurar la malignidad de lo inexplicable y anotó algo en su cuaderno, al tiempo que negaba con la cabeza.

—Me temo que perderá seguidores en la España católica cuando publique sus ofensas a la verdadera religión.

—En su España católica, el obispo Antonio Palus organizó un Auto de Fe donde incautaron y destruyeron en la hoguera cientos de obras espiritistas. Ejemplares de revistas como *Revue Spirite* y volúmenes de Allan Kardec, del barón de Guldentubbé o del doctor Grand, entre otros muchos, fueron pasto de las llamas ante una multitud indignada que gritaba: «¡Abajo la Inquisición!». ¿No es eso fanatismo? Lejos de acabar con el espiritismo, consiguieron que la noticia tuviese repercusión mundial y aumentara la curiosidad del pueblo, que se preguntaba qué era el espiritismo y por qué la Iglesia le tiene tanto miedo. Ocurrió en Barcelona el 9 de octubre de 1861. Poco antes hizo lo mismo el obispo de Cádiz. ¿Qué religión es esa que si fallas en esta vida te condena en la siguiente? Esto también debería incluirlo en su crónica.

El autor respondió a la ovación y a los bravos de los seguidores con un discreto asentimiento, en tanto el periodista español tomó asiento simulando su encono. Le relevó un octogenario menudo con levita, dientes saltones y barba blanca, que se levantó con la ayuda de su bastón. Su penetrante mirada azul sugería una personalidad observadora, acaso achicada por cuestiones últimas a las que no encontraba respuestas.

—Señor Doyle, me llamo Liam y soy judío. —El anciano parpadeó varias veces seguidas. Tosía y su voz era flemática, algo ronca. Doyle estiró el cuello para intentar divisar a la persona que había hablado—. ¿Me permite que lea un fragmento de una de sus obras?

Sir Arthur notó, por su tono de voz, que no le iba a gustar lo que estaba a punto de escuchar.

—Por supuesto, adelante —autorizó Doyle con la prevención de quien aguarda una emboscada.

Con parsimonia, el viejo Liam sacó unos pequeños lentes y los acomodó sobre el caballete de su nariz. Extrajo un ejemplar mediano del bolsillo de su chaqueta, lo abrió por una página marcada y leyó con alguna dificultad:

—«Al consumirse la vela, la luz se apaga; cuando la centella se extingue, la corriente cesa; cuando el cuerpo perece, la materia desaparece. Cada cual puede sentir en su fuero interno que debe sobrevivir; ahora bien, si se tiene en cuenta el tipo medio común de hombres, ¿qué razón podría descubrirse en favor de la supervivencia de su personalidad? Esto es una ilusión y estoy convencido de que la muerte pone fin realmente a todo». —Se oyó un murmullo de voces sorprendidas. El anciano miró al orador por encima de sus lentes—. Así pensaba usted hace años. He seguido su trayectoria y no consigo entender cómo el creador de Sherlock Holmes, el epítome del hombre analítico, la máquina de observación y razonamiento más perfecta que se adelantó a la ciencia forense, ha sido seducido por espíritus, hadas, gnomos y seres fantásticos. ¿Cómo ha pasado del racionalismo científico a la espiritualidad más ortodoxa?

—Porque el ser humano, precisamente si es observador, evoluciona. Es innegable que los espíritus se comunican con nosotros, son los amigos y familiares que hemos perdido. Hacernos los sordos ante los mensajes que nos envían es llevar la prudencia a los límites de la sinrazón. Los fenómenos psíquicos han sido demostrados con evidencia indudable y nos brindan un vasto campo de conocimiento que modificará nuestras concepciones religiosas actuales.

Al anciano le temblaron los párpados y pestañeó sucesivas veces. Observó la sonrisa de suficiencia del bigotudo orador, guardó el libro y volvió a preguntar:

—No ando bien del oído y hace un momento me pareció que usted destacaba los poderes de famosos psíquicos como la familia Fox, los hermanos Davenport, Daniel Home y otros como Palladino, Debar, Slade y Mumler, ¿me equivoco?

—No se equivoca —asintió el orador.

—Tengo entendido que, años después, las hermanas Fox y los hermanos Davenport confesaron que los prodigios que atribuyeron a los espíritus los hicieron ellos mismos. También he leído que Daniel Home se enriqueció desplumando a herederas ricas y que Eusapia Palladino amasó una fortuna con levitaciones de mesas trucadas.

—Vaya. ¿Y qué más ha leído? —preguntó incómodo.

—Que O'Delia Debar se hacía pasar por aristócrata y estuvo encarcelada. Dicen que apuñaló a un asistente e intentó matar a un médico. Se casó con un general y fueron arrestados por intentar poner a su nombre las escrituras de las propiedades del abogado Luther Marsh por orden de un supuesto espíritu llamado Eva. También leí que ese tal... ¿cómo se llama? Slade, sí, Henry Slade también terminó confesando que, aprovechando la oscuridad en las sesiones, intercambiaba las pizarras por otras con mensajes escritos previamente, que atribuía a los espíritus. Y de William H. Mumler se dice que sus retratos de fantasmas se deben a dobles exposiciones fotográficas. ¿Qué opina usted sobre la impostura en la ciencia psíquica, sir Arthur?

Por unos instantes se impuso un silencio oneroso hasta que las miradas confluyeron sobre el orador, que endureció el gesto.

—Respetado Liam, entiendo su escepticismo, pero créame que todos los sensitivos, por honrados que sean, por ejemplares y acreditadas que sean sus vidas, incluso los que nunca cobraron un solo penique, se han visto vilipendiados por los enemigos del espiritismo. Sobre ellos se han vertido delirantes acusaciones con el fin de desacreditar la ciencia psíquica, sobre todo por una parte de la prensa vinculada a los credos tradicionales. No niego que, como en todo, existan aprovechados, pero la mayoría de los médiums que conozco no solo gozan de mi crédito, sino también del de reputados comités de científicos independientes.

—Para la ciencia, solo es verificable lo que puede demostrarse empíricamente, y la existencia del alma aún no ha sido demostrada por los científicos, que yo sepa —alegó el anciano.

—Usted se confiesa judío y cree en un dios del que tampoco hay evidencia científica. Los incrédulos se contradicen, creen que todo tiene una explicación física, pero lo esencial es invisible a los ojos —replicó Doyle—. Le contaré una anécdota. Un día, unos colegas ateos del eminente científico Louis Pasteur se burlaron de él diciéndole: «Usted habla con frecuencia del alma, pero hemos abierto miles de cadáveres y nunca encontramos ni rastro de ella». Pasteur les replicó: «Cuando muera su madre, pártanla en mil pedazos y traten de encontrar el amor inmensurable que tuvo por ustedes». Fíjese que por un amor invisible nació usted, y yo ahora puedo verle perfectamente. En lo que no vemos están las certezas.

El público aulló de entusiasmo y no pocos se arrancaron en un efusivo aplauso.

—Las certezas reconfortan, pero solo se aprende dudando —remató el anciano.

—Dígame —continuó Conan Doyle— cómo se explica que unas reacciones químicas entre partículas de materia, que reaccionan entre sí en las neuronas, como demostró el eminente Premio Nobel Santiago Ramón y Cajal, den como resultado una actividad anímica que no tiene sustrato material como el pensamiento, el recuerdo, la memoria o los sentimientos. ¿Cómo se explica que un enfermo con parada cardiaca y sin riego cerebral regrese a la vida contando exactamente lo que está ocurriendo en otra dimensión? El método científico no explica esta transferencia de información, que es independiente del espacio y del tiempo. Hay miles de casos documentados. —Sir Arthur hizo una pausa al tiempo que se alzaron voces de: «¡Bravo!», «¡así se habla!» de algunos incondicionales—. ¿Desea preguntar algo más o damos la oportunidad a otros intervinientes? —zanjó sir Arthur sin el menor atisbo de humor.

El anciano vio manos impacientes levantadas por lo que, sin decidirse a renovar sus embestidas y tras una ojeada resentida al público, tomó asiento.

Varias preguntas más se sucedieron hasta que, agotado el tiempo previsto, un apuesto militar de cabello engominado y hoyuelo en la barbilla musitó algo a su esposa y la instó a intervenir, pero la extrema timidez de la joven le impedía levantar la cabeza y se aferró al bebé que tenía en los brazos.

A la conclusión del acto, el militar del hoyuelo se aproximó a sir Arthur, mientras su esposa se quedó unos metros atrás. En la casaca lucía varias condecoraciones, entre ellas la orden del servicio distinguido y la cruz de san Miguel y san Jorge.

—Buenos días, sir Arthur. Disculpe el abordaje. Me llamo Archibald, soy oficial de la Royal Flying Corps. Permítame felicitarle en nombre de mi esposa y en el mío propio. Mi consorte es una entusiasta de Sherlock Holmes, incluso ha escrito una novela de detectives.

—Oh, eso es fantástico. ¿Dónde está su esposa?

—Es algo tímida.

El militar se giró y la llamó con un movimiento de mano. La joven bajó la cabeza y se aproximó con las mejillas arreboladas. Debía frisar la treintena y portaba un vestido de cintura baja y corte holgado, guantes hasta el codo, collar de perlas de tres hileras y un sombrero charlestón con plumas. Ella tomó aire y, con el gesto, una decisión.

—Es un placer, *milady*. —Doyle besó su mano—. Su esposo dice que somos colegas de oficio.

—No, por favor, solo soy una aficionada. Me apasionan sus relatos y los de Collins, Poe y Chesterton. He escrito mi primera novela policiaca.

—Gran autor Allan Poe. *Los crímenes de la calle Morgue* es el primer relato de detectives de la Historia de la Literatura. ¿Cómo se titula su obra?

—*El misterioso caso Styles.*

—Suena bien.

—La escribí durante la guerra, mientras ejercía de enfermera en el Voluntary Aid Detachment. He tardado cuatro años en concluirla. Mi personaje es un detective que, en cierta forma, nació de una costilla de Sherlock Holmes.

—¿Ya está a la venta?

—Aún estoy buscando editor. Me la han rechazado en Hodder & Stoughton y en Methuen Publishing. Ni se molestan en leer el borrador si la autora es una mujer —se lamentó con un rictus de tristeza.

—¿Cómo ha dicho usted que se llama?

—No lo he dicho. Me llamo Agatha Christie.

—Yo tenía aproximadamente su edad cuando publiqué *Estudio en escarlata,* mi primera novela. —Ella asintió sonriente, dando a entender que la había leído—. La primera obra es difícil de colocar, pero no se rinda. Si no encuentra salida en el Reino Unido pruebe con editoriales estadounidenses. En Norteamérica existe en la actualidad una gran demanda de novelas policiacas —la animó sir Arthur—. ¿Qué nombre eligió para su detective?

—Hércules Poirot, un antiguo oficial de Policía belga refugiado en el Reino Unido tras la invasión alemana.

—Creo recordar... —Doyle miró al techo haciendo memoria—. ¿La escritora Marie Lowndes no tenía un personaje llamado Hercule Popeau? Suena parecido.

—Sí. Hércules Poirot es una mezcla, ahora pienso que no muy afortunada, entre el Hercule Popeau de Lowndes y el Jules Poiret de Frank Evans, otro detective belga. Pero le aseguro que mi personaje es muy distinto.

—Y tan distinto: un enano repulsivo, con bigote negro engominado y cabeza en forma de huevo. ¡Solo a ella se le ocurre presentar a un héroe así! —rio sarcástico Archibald.

—Archie, por favor —musitó ruborizada, lanzándole una mirada cargada de reproche.

Sir Arthur clavó los ojos en el desconsiderado esposo.

—Tal vez usted prefiera al héroe que le devuelve el espejo, pero los detectives brillan por su inteligencia, no por su apariencia. Sherlock Holmes es flaco, narigudo, obsesivo, solitario y drogadicto y ha batido récords de ventas —zanjó sir Arthur.

—¿Drogadicto? —preguntó sorprendido el militar.

—Adicto a la cocaína y a la morfina —concluyó sir Arthur, que miró su reloj de cadena en un deseo de poner fin a las impertinencias del engominado oficial—. Debo marcharme.

—Le ruego nos disculpe. Es que mi esposa, además de tímida, es caprichosa y se empeñó en acudir a la conferencia solo para conocer al autor de Sherlock Holmes —se disculpó Archibald estrechando su mano.

—Pensé que acudieron porque les interesaba el espiritismo —adujo Doyle recogiendo sus notas. El escocés volvió a sentir el habitual aguijonazo de encono cuando, una vez más, Sherlock se inmiscuía en cualquier ámbito de su vida sin venir a colación.

—Somos anglicanos practicantes, no creemos en el espiritismo —zanjó el militar.

—Le confieso —salió al quite Agatha ante el marcaje de su esposo— que hay días que me asalta la curiosidad sobre el destino de las almas en el más allá. Es un tema muy sugerente, con independencia de la religión que se profese.

—Una pena que no disponga de tiempo para aportarle más información, señora Christie, pero la invito a leer mis últimas obras sobre la cuestión o, mejor aún, las de Allan Kardec —concluyó sir Arthur, despidiéndose cortés de la pareja.

Cuando montamos en el vehículo que nos conduciría a la estación, sir Arthur soltó un inesperado vaticinio:

—Esa pareja está condenada al fracaso.

El misterioso caso Styles se publicó en Estados Unidos a finales de 1920, y al año siguiente, en el Reino Unido. Fue todo un éxito. En sus sucesivas obras, aquella tímida autora sería la máxima exponente del *whodunit*, subgénero policiaco en el que el autor presenta sucesivamente los indicios para que el lector elabore sus propias hipótesis sobre quién cree que es el asesino antes de conocer su verdadera identidad. Con el tiempo, las aventuras de Poirot superaron en ventas a Sherlock Holmes, y Agatha Christie se convirtió en la novelista más vendida de todos los tiempos.

***

Dover

Si había un rasgo de Woodie que Jeanie admiraba era su prodigiosa memoria. Claro que ella, durante los años en activo en la Royal Air Force, vivió ajena a lo que acontecía en el condado y, tras su jubilación, no albergaba demasiados recuerdos de aquellos años que parecían sepultados bajo un manto de bruma. Por eso disfrutaba cuando Woodie le contaba historias junto a las espumas agitadas del Canal de la Mancha.

—No sé dónde leí que Agatha Christie se hizo multimillonaria y llegó a tener ocho mansiones a la vez —adujo abrazada a la urna funeraria de la que no se separaba—. Me encantaban sus novelas. *Diez negritos* era mi favorita.

—¿Te acuerdas cuando desapareció? —preguntó el viejo.

—¿Quién?

—Agatha Christie.

—Ahora que lo dices... —La anciana se quedó pensativa un instante, como rebuscando en la sentina de su prístina adolescencia—. Recuerdo cierto revuelo que nunca llegó a aclararse del todo.

—Fue el 3 de diciembre de 1926, seis años después del fugaz encuentro con sir Arthur en Torquay. Aquel día Archibald le comunicó que quería divorciarse de ella para unirse a Nancy Neele, una joven de veinticinco años.

—Vaya golpe. ¿Y qué pasó?

—Todo empezó unos años antes —continuó con tono cadencioso—. Tras el nacimiento de su hija, empezaron las estrecheces económicas. Los Christie necesitaban una fuente de ingresos adicional y Agatha pensó que podía obtener algún extra escribiendo relatos policiacos, muy populares por aquellos años.

Woodie prosiguió relatando cómo, en los meses previos al incidente, el destino zarandeó a la escritora con malas noticias. En abril falleció su madre, golpe del que le costaría reponerse. En agosto, su esposo le pidió el divorcio. Carcomida por el desaliento y los celos, el otoño se convirtió en un infierno. El 3 de diciembre, Archibald, perdidamente enamorado de la joven Nancy, anunció a Agatha que pasaría el fin de semana fuera con su joven amante. Esa misma noche, trastornada por los celos y sumida en una profunda depresión, la escritora se levantó del sillón y subió las escaleras de su casa de Berkshire, dio un beso de buenas noches a su hija Rosalind, de siete años, que siguió durmiendo sin percatarse de nada, tomó su automóvil y no regresó.

Su Morris Cowley gris, continuó Woodie, apareció estrellado en una cuneta de Newlands Corner, junto al lago Silent Pool, a unos ochenta kilómetros de su casa. En el interior del vehículo apareció su abrigo de piel, una maleta pequeña y el permiso de conducir, pero ni rastro de ella. Pasaron los días y la señora Christie no aparecía. La prensa era un clamor y la noticia ocupó la portada de muchos periódicos, incluso la del *New York Times*. Ante la presión de los medios, el ministro del Interior, William

Joynson-Hicks, lector confeso de sus obras, exigió a Scotland Yard redoblar esfuerzos para encontrarla. Varios aviones, un millar de policías y un sinfín de voluntarios, se llegó a decir que hasta 15 000, rastrearon con perros palmo a palmo un amplio perímetro de terreno, sin éxito. Un tabloide ofreció una recompensa de cien libras a cualquiera que pudiese aportar algún dato sobre el paradero de la escritora. Incluso Dorothy Leigh Sayers se desplazó hasta el barranco donde apareció el vehículo buscando pistas que reconstruyesen el suceso.

—¿Sayers? ¿La creadora del detective Lord Peter Wimsey?

Woodie asintió y detectó que había despertado su curiosidad. Por la atención con la que lo escuchaba era evidente que deseaba conocer más sobre aquel fascinante episodio.

—Sayers utilizó aquel incidente como base de su novela *Muerte no natural*, publicada al año siguiente. La víctima también se llamaba Agatha. Agatha Dawson —apostilló.

—¿Y encontró alguna pista?

—El automóvil de Christie apareció en un barranco de Newlands Corner, una reserva natural muy cercana a la casa donde Archibald fue a pasar el fin de semana con su joven amante. Sayers sugirió la escalofriante posibilidad de que el marido, impaciente por conseguir que Agatha firmara los papeles del divorcio, la hubiera asesinado. Pero no fue la única hipótesis que se barajó —añadió el antiguo secretario de sir Arthur—. La gente se preguntaba si Agatha Christie decidió acabar con su vida arrojándose al lago o si fue asaltada por algún delincuente que se topó con ella en su desesperada huida hacia ninguna parte.

—Parece una trama sacada de una de sus novelas. Solo faltaba Hércules Poirot.

Woodie asintió y añadió que sir Arthur, afectado por la misteriosa desaparición de su colega, se hizo con un guante de Agatha y se lo entregó a Horace Leaf, un médium de su confianza. El clarividente lo tomó en sus manos y cerró los ojos. Al cabo de unos segundos, dijo: «Hay un problema con esta prenda. La persona a la que pertenece está mitad consciente y mitad dormida. Al contrario de los que muchos piensan, no está muerta. Oiréis noticias suyas el próximo miércoles».

—No te lo vas a creer, pero el médium acertó.

—¿Sí? —Jeanie abrió la boca con desmesura. A pesar de su cabellera blanca y los pliegues de su piel octogenaria, sus ojos aún brillaban como los de una niña llena de curiosidad.

Efectivamente, el miércoles 15 de diciembre, tras once días desaparecida, varios periódicos abrieron portada a grandes titulares: «La señora Christie ha sido encontrada viva». Un músico la identificó como una huésped del Swan Hydropathic, un lujoso hotel *spa* en Harrogate, en el condado de Yorkshire, a cuatrocientos kilómetros al norte. Se había registrado como Teresa Neele, apellido de la amante de su esposo.

Cuando Archibald llegó al hotel con la policía, la escritora actuó como si el asunto no fuera con ella, decía no recordar por qué estaba allí, y ni reconoció a su marido. Según la versión oficial, el accidente en coche le había producido un *shock* y una profunda amnesia, todo ello agravado por la depresión que padecía tras la muerte de su madre ese mismo año y las infidelidades de su marido, lo que justificaba su estado de ausencia, como de trance, que incluso le impidió reconocerse a sí misma en los periódicos. Dicen que durante ese tiempo actuó mecánicamente, como un simple espectador sin un registro real de los hechos. Después, Christie se refugió en Abney Hall, el domicilio de su hermana, donde aguardó a que el revuelo mediático se disipara.

Conforme Woodie hablaba, Jeanie iba haciendo memoria y empezó a recordar cómo los medios de comunicación cargaron contra la escritora por el esfuerzo, las molestias y el dispendio que provocó su búsqueda, así como por la sospecha creciente de que su amnesia pudo ser fingida por otros motivos. Se preguntaban si chocar y abandonar el coche junto al lago fue un acto deliberado, una artimaña para vengarse de su esposo infiel y dirigir sobre él las sospechas de asesinato.

Jeanie miró a Woodie y asintió convencida.

—Para mí, la hipótesis de la venganza por despecho es la más verosímil. Agatha Christie era experta en tramas de misterio, por lo que no debió de costarle trazar un plan de crimen imperfecto como en una de sus novelas. Pretendió que la Policía considerase a su marido sospechoso de su desaparición. Y lo consiguió, porque fue detenido y lo cosieron a preguntas durante varios días.

—¿Tú crees? —cuestionó Woodie, reticente.

—Consiguió fastidiarle la romántica escapada con su amante —continuó Jeanie, convencida de la lógica de su tesis.

—¿Y la amnesia?

—Pudo exagerar su afectación mental. Médicos y periodistas lo atribuyeron a una enajenación pasajera. Ahora lo llaman una fuga psicogénica. ¿Qué otra explicación podría tener? Además, el hecho de utilizar el apellido de la amante para registrarse en el hotel tenía la intención de humillarlo públicamente.

—Es una posibilidad —zanjó Woodie, encogiéndose de hombros.

—Una vez leí un artículo de Lombroso donde aseguraba que las mujeres delinquíamos menos que los hombres a causa de nuestra inferioridad física. Eso nos obliga a elucubrar técnicas criminales más concienzudas y cerebrales.

—Retorcidas sí que sois —bromeó el anciano.

La antigua comandante de la Royal Air Force reflexionó unos instantes. Después, volvió a los ojos de Woodie.

—¿Nunca dio Agatha Christie ninguna explicación sobre aquel extraño incidente? —preguntó, extrañada.

—Estuvo un año inactiva, viajando, esquivando a la prensa,

con la prerrogativa de que seguía convaleciente, pero regresó al ruedo literario con un gran éxito: *El misterio del tren azul*. Nunca mencionó su sonora desaparición, ni públicamente ni en su biografía, salvo unas tibias alusiones a la pena, la desesperación y a un corazón roto por aquellos años.

—Y tú, ¿qué opinas? —reclamó ella mirándolo con aquellos ojos grises de querer saberlo todo.

—No lo sé a ciencia cierta, pero siempre creí que se trató de una campaña para promocionar el lanzamiento de su última novela, *El asesinato de Roger Ackroyd*, publicada unos meses antes. A raíz de aquel episodio su popularidad creció a nivel mundial, las ventas de sus obras se dispararon, sobre todo las inmediatas al suceso: *Los cuatro grandes*, *El misterio del tren azul*, *El misterio de las siete esferas* y *Muerte en la vicaría*. En realidad, nunca se llegaron a conocer los verdaderos motivos de aquella misteriosa desaparición, porque tanto la autora como su esposo, del que finalmente se divorció en 1928, mantuvieron un obstinado silencio durante toda su vida. Él se casó con Nancy poco después y siguieron juntos 30 años, hasta la muerte de ella.

—Qué complejo es el ser humano, querido Woodie —se lamentó la anciana abrazada a la urna.

7
EL ENCUENTRO

Crowborough, 1920

A *lady* Jean no se le borraba la sonrisa de la cara desde que supo que los Houdini iban a cenar en casa. Nada menos que Harry Houdini, el ilusionista más famoso y mejor pagado del mundo. Harry y Arthur llevaban tiempo intercambiando correspondencia de mutua admiración hasta que, aprovechando la gira del mago por el Reino Unido, sir Arthur lo invitó a su casa y Jean, pletórica, organizó al personal de servicio para que todo estuviera en perfecto estado con el fin de agasajar a tan ilustre invitado.

La intención de sir Arthur iba más allá del mero capricho burgués de querer darse nota. Doyle tenía verdadero interés en conocer a la persona que desataba la admiración de las masas con sus dones sobrehumanos. Estaba convencido de que alguien con poderes psíquicos tan excepcionales podría ser un elemento extraordinariamente valioso para la causa espiritista. Su prodigiosa habilidad mental, que incluso lo hacía capaz de desmaterializarse, podría ser una eficacísima herramienta para contactar con el más allá. Sus dotes mentales lo convertirían en el médium más efectivo y creíble del mundo. De igual manera, la voluntad de Houdini en aceptar la invitación de Doyle se inclinaba más por las puertas que podría abrirle una amistad con el célebre escritor que por la mera cortesía. Con aquel interés recíproco, ambos decidieron conocerse.

Debió de ser muy a finales de 1920, porque la escarcha tapizaba los llanos. Al apearse del vehículo quedó a la vista la diferencia física entre ellos. El corpulento anfitrión, con su 1,85 metros y sus 100 kilos, parecía un coloso al lado del ilusionista: un duendecillo menudo y fibroso, con las piernas ligeramente arqueadas y cuya cabellera negra, dividida por una crencha central, llegaba a la altura del hombro de sir Arthur. Vestía un traje sastre de espiguilla, holgado en los hombros, y un abrigo de tela recia. Tenía un rostro anguloso de rasgos vivos, bien afeitado, la barbilla afilada y la mirada hipnótica. Su inquietante sonrisa le concedía un carisma convincente, inevitablemente escénico. Pese a su fondo enigmático, a decir de no pocos reporteros, transmitía un poder seductor con su cálida amabilidad y una enorme confianza en sí mismo, por lo que, en conjunto, se le percibía como un hombre fuera de lo común.

Wilhelmina Beatrice Houdini, Bess, como la llamaré a partir de ahora, era su esposa, aún más menuda que él. Su expresión severa se veía compensada por unas pestañas largas y una voz reconfortante. Tenía el cabello corto y ondulado, la nariz respingona, la boca tímida y sus rasgos, finos y delicados, recordaban a los de las hadas de Warwick Globe, que hicieron célebre a Dora Owen. Bess, de soltera, Beatrice Rahner, había nacido en Brooklyn. De adolescente trabajó en una sastrería, pero su pasión por el canto, el baile y su gusto por la vida nómada la llevaron a un circo ambulante donde, junto a dos compañeras, se unieron en The Floral Sisters, un grupo que interpretaba bailes y canciones populares, la más conocida era *Rosabelle.* Houdini la conoció en el circo, se enamoraron y no tardaron en casarse en secreto en 1894. La señora Rahner, muy enfadada porque su hija se hubiera desposado, sin avisar, con un desconocido, se negó a admitir a Houdini hasta doce años después. Bess reconocía con hilaridad que se casaron tres veces: la primera en secreto, la segunda por el rito católico y la tercera por el judío, conforme a la religión de cada uno. Nunca tuvieron hijos, y aunque quedó encinta en dos ocasiones, las gestaciones no llegaron a buen término. Bess acompañó a Harry durante toda su vida y se convirtió en su fiel ayudante en las funciones. Fue la única persona que tuvo acceso a los secretos del ilusionista.

Uno de los números más populares en los que Bess participaba era el conocido como *Metamorfosis*. Houdini era maniatado e introducido en un saco que se aseguraba con cadenas y candados; luego era encerrado en un baúl, también clausurado con herrajes y cerraduras. Al baúl cerrado se subía Bess y elevaba una cortina. «Ahora voy a dar tres palmadas. Les pido que a la tercera observen el milagro». Bess soltaba la cortina y aparecía, en su lugar, Houdini, que rápidamente abría el baúl, desvelando, ante la sorpresa del público, que era su ayudante la que estaba entonces dentro del saco, atada con las mismas cadenas y candados que le habían puesto a él. *Metamorfosis* fue el número estrella de Houdini durante muchos años.

En tono cadencioso, casi académico, con modestia algo impostada, sir Arthur mostró a sus invitados los jardines y las espléndidas vistas de Windlesham Manor. Hizo un gesto amplio con la mano, como si exhibiera todos los alrededores y las ventajas de residir en la campiña de Sussex. Jean salió al encuentro y los saludó efusiva con su sonrisa predilecta. Orgullosa, les mostró la mansión, relatando en cada rincón divertidas anécdotas protagonizadas por las celebridades que habían pasado por la residencia: Rudyard Kipling, H. G. Wells, Lord Kitchener, sir Edward Marshall Hall, Winston Churchill...

Los Doyle alabaron la merecida fama del mago y sus asombrosas facultades escapistas, y los Houdini, agradecidos, ensalzaron, cómo no, la obra literaria de sir Arthur y la saga Holmes, de la que se declararon incondicionales. Durante la opípara cena, Doyle contuvo su impaciencia por sacar el tema y prefirió que los invitados se sintieran cómodos y que el selecto jerez y su hospitalidad desinhibieran el adusto carácter del escapista.

Durante la tertulia, el mago se perdió en sus orígenes humildes, en el orgullo de su procedencia migrante y semita, en el mérito de hacerse a sí mismo, de levantarse de la nada. Que el hijo de un rabino no hubiera recibido ninguna formación demostraba el grado de pobreza de la familia Weiss, lo cual era una buena prueba de su perfil autodidacta y buscavidas. El escapista austrohúngaro poseía una arrolladora personalidad forjada a fuerza de enormes sacrificios. Desconfiado, intuitivo, tozudo, carismático, audaz y temerario, su mirada penetrante y su personalidad arrolladora le hacían crecer en pocos segundos, compensando con creces su menguada estatura. Tenía ese halo especial que conseguía que asintieras con la cabeza dijera lo que dijese sobre cualquier tema. Era, como reconocería sir Arthur en privado, un enano tan solemne que parecía un gigante.

Su mayor complejo, que él mismo reconocía, era su falta de estudios, algo que remediaba con abundantes lecturas. Llegó a hacerse con una fastuosa biblioteca considerada una de las más extensas del mundo sobre magia, fenómenos psíquicos, espiritualismo, brujería y demonología, que incluía incunables del siglo xv. Cuando su agenda se lo permitía, se encastillaba en aquella sala buscando sosiego y saberes.

Harry era consciente de que las cartas que enviaba a un literato como Conan Doyle podían contener incorrecciones, algo que lamentaba pero no escondía, al no pretender mostrar una imagen de sí mismo que no se correspondiera con la realidad. Solo a la hora de plasmar sus experiencias en los libros que escribió para el círculo mágico, y por exigencias editoriales, echó mano de los llamados *negros* o *autores fantasma,* como su amigo Walter

Gibson, en el que se apoyaba para las obras que el ilusionista publicaba con su nombre en la cubierta.

—¿Es cierto que usted fue la primera persona que pilotó un avión en Australia? —preguntó Bess con una amplia sonrisa.

—Lo concebí como una campaña publicitaria para mi gira australiana. Había comprado un avión Voisin de dos hélices, con motor Antoinette V8 de cincuenta caballos, que llevamos desmontado a mi gira. Conseguí hacerlo volar tres kilómetros y mantenerlo en el aire un par de minutos, un logro irrisorio comparado con las marcas actuales, pero sí, efectivamente, fui el pionero en las Antípodas.

—Hemos visto algunas de sus películas, pero desconocíamos que también fuera una estrella del celuloide y que tenga su propia productora de cine —comentó Jean.

—Hay que innovar —asintió Harry, que sonrió al descubrir la expresión fascinada de la esposa de Conan Doyle—. El cinematógrafo es el futuro.

—En *The Grim Game* es portentosa la secuencia aérea en la que usted se descuelga desde su aeroplano en pleno vuelo para caer en la cabina del avión del villano. Tengo entendido que la colisión de los aviones y el impacto contra el suelo fue real. Una vez más, salió ileso —apuntó sir Arthur.

—El accidente fue real, sí.

—¿Lo ve? Nadie hubiera sobrevivido a sus peligrosos lances, pero a usted la muerte nunca lo alcanza. No podrá negar que posee dones sobrenaturales —añadió el anfitrión.

Harry miró a Bess y suspiró. Los rumores y las críticas públicas sobre la involución racionalista de Conan Doyle eran ciertas. Houdini se preguntaba qué le había hecho abandonar sus planteamientos científicos y la lógica deductiva para caer en el fideísmo espiritista.

—¿Sabe? Aunque me prometí no desvelar mis secretos, hoy

haré una excepción para demostrarle que las cosas no son siempre como parecen —decidió Harry—. Les contaré qué ocurrió en aquella secuencia rodada en los cielos de Santa Mónica.

—Oh, sí, por favor —aplaudió Jean entusiasmada.

—Habíamos contratado dos aeroplanos Curtis JN, a los que llamamos *Jennie*, como la elefanta que hice desaparecer en el Hippodrome Theatre de Nueva York. Eran biplanos de doble asiento con un motor de cinco caballos. La escena requería que, en el aire, los dos *Jennie* se situaran en paralelo para que yo pudiera descender por una cuerda de uno a otro avión. Cuando se alinearon, una repentina ráfaga de viento empujó el avión de arriba, pilotado por David Thompson, hacia el biplano inferior, que controlaba Christopher Pickup. Nuestro tren de aterrizaje se enganchó en el ala superior del avión que volaba a menos altura; el impacto provocó que diera media vuelta, quedando bocabajo mientras ambos aeroplanos caían —describió Harry, imitando con las manos el movimiento de las aeronaves.

—¡Qué espanto! —Jean se llevó la mano a la boca.

—Cuando solo faltaban sesenta metros para impactar contra el suelo, los aviones consiguieron liberarse y pudieron aterrizar, aunque el avión de Thompson siguió boca abajo y tuvo un aterrizaje aparatoso en el que, por fortuna, nadie resultó herido. Pasado el susto, se decidió modificar el guion para incluir aquel accidente, que quedó muy vistoso. De cara a la publicidad, se habló de «proeza», por el peligro que había corrido el intrépido Houdini.

—No es para menos. Lo suyo es un don del que muy pocas personas disfrutan. Una vez más, burló a la muerte y la seguirá esquivando con sus poderes —insistió el escritor escocés.

Harry miró fijamente a su anfitrión e hizo una pausa intrigante, como calibrando si merecía la pena desvelarle la verdad. Se aclaró la garganta y prosiguió.

—Yo no iba en ese avión. Se trataba de Robert Kennedy, un valiente instructor de la fuerza aérea que contratamos. Fue mi doble para la peligrosa escena del abordaje aéreo. Fue él quien salió indemne.

Sir Arthur y Jean se miraron desconcertados.

—El cine es el arte más hermoso de contar mentiras —se lamentó el estadounidense—. Son muchos los que sospechan, y con razón, que mis números en las películas son trucos de cámara, cambios de plano o dobles de acción. Tengo 46 años y ya me cuesta hacer algunas acrobacias. Pensé que los artificios cinematográficos me permitirían mayor difusión con menos esfuerzo, pero el público prefiere mis números en vivo. Les cuento este pequeño secreto para que desconfíen de los poderes sobrenaturales de magos e ilusionistas. Todos, sin excepción, utilizamos trucos perfectamente explicables.

—Los trucos en el cine no tienen nada que ver con sus poderes psíquicos —acotó el bigotudo anfitrión.

Houdini le explicó que el único poder psíquico para ejecutar sus números más peligrosos consistía en concentrarse, aguardar al momento de escuchar su propia voz interior y tragarse la cobardía.

—Y no hay más. Mi querida madre me inculcó que la honestidad es un valor que nunca debemos perder. Me han engañado demasiadas veces, incluso mis colegas copian mis ideas y contratan a ladrones profesionales para robar mis dispositivos, arrogándose su invención.

—¿Por qué no los patenta? —la idea se le cayó a Doyle del pensamiento.

—Para patentar mis números tendría que presentar una memoria detallando el funcionamiento de los artilugios, lo que supondría desvelar mis secretos, y eso jamás lo haré. Solo conseguí patentar la cámara de tortura de agua en 1911, realizando una función en exclusiva para el lord Advocate en el Hippodrome de Southampton, quien, finalmente, certificó la propiedad de mi invento y pude así protegerlo de los plagiadores sin escrúpulos. Pero los magos de medio pelo te lo copian todo, incluso el nombre. He tenido que desenmascarar a muchos intrusos, abochornándolos ante su audiencia, y demandar a otros.

Los anfitriones se miraron sorprendidos, como si no creyeran del todo la justificación de Houdini. ¿Por qué perder el tiempo persiguiendo a impostores y no centrarse en los proyectos propios? ¿Cuáles eran los verdaderos secretos del Gran Houdini?

—Lo lamento de veras —intervino Doyle, conciliador—, pero no podrá negar sus dones especiales.

A Harry le vino a la cabeza una anécdota previa a una actuación en Francia.

—Hay personas que piensan que magos y prestidigitadores gozamos de poderes ocultos, incluso de la capacidad de hacer milagros. No hace mucho coincidí en París con la gran actriz Sarah Bernhardt, a quien, en 1915, le amputaron la pierna derecha casi a la altura de la ingle.

—¿La Margarita Gautier de *La dama de las camelias* de Dumas? —Quiso saber Doyle.

—La misma. Sarah me suplicó: «Houdini, tú que haces cosas maravillosas, ¿no podrías devolverme la pierna que perdí?». —Harry sonrió y levantó las manos, resignado—. Le dije que eso era imposible, pero ella insistió en que yo era muy capaz de hacerlo.

—Algunas personas elucubran, por supuesto, pero los poderes resultan tan evidentes que ni con excesiva modestia se pueden disimular. He conocido médiums con una fuerza psíquica extraordinaria. Le sorprendería las cosas que he visto —concluyó Doyle.

Sir Arthur había pronunciado la palabra clave: «médiums».

Harry los detestaba. Llevaba casi treinta años acudiendo a sesiones espiritistas, investigando las manifestaciones mediúmnicas y solo se había topado con farsantes. Tras una pausa reflexiva, decidió abrir la caja de los truenos.

—He desenmascarado a no pocos médiums que decían contactar con el mundo de los espíritus. Los espectadores que vieron mi película quedaron convencidos de que era Houdini el que realizó aquella arriesgada acrobacia. Los espiritistas también están convencidos de que los médiums contactan con sus ancestros fallecidos. La diferencia es que el ilusionista no juega con el dolor de su público dando pábulo a falsas esperanzas de hablar con familiares muertos. ¡No hay derecho! —concluyó Harry alzando el tono lo justo para ganar arrogancia sin ir demasiado lejos.

De repente, el aire del comedor se tornó espeso. A Bess le pareció descortés que su esposo calificara de fraude las creencias de sus anfitriones justo en el día en que se habían conocido, pero la sinceridad de Harry era tan afilada como una navaja barbera. Sus palabras no solo podían ofender a Doyle, también a su consorte, pues recordaba que, en alguna de las cartas que intercambiaron, sir Arthur refirió que su esposa también poseía cualidades sensitivas y solía hacer de médium espiritual. Azorada, Bess dio una patadita a su esposo bajo la mesa e intentó matizar.

—Cariño, en todas las disciplinas existen farsantes que se aprovechan de los demás: en la política, en la judicatura, la Policía o las religiones, pero eso no significa que no debamos creer en ellas.

—Sabias palabras las de su esposa, Harry —soltó sir Arthur, limpiándose el mostacho con la servilleta de lino—. El espiritismo es algo mucho más trascendente. Todo el mundo conoce mi paso de una severa formación jesuita, desde mi más tierna infancia, a un agnosticismo escéptico en mis años de médico. Pero en la madurez he visto cosas que solo pueden explicarse desde la intervención del otro lado del velo.

—Les ruego disculpen mis experiencias si con ellas hiero una simpatía —se excusó Houdini, que siempre se mostraba tirante cuando hablaba de médiums—. He destapado farsas de sensitivos de pacotilla, y los espiritistas, en lugar de agradecer que desenmascare a los farsantes, me lo reprueban y me impiden la entrada en las sesiones.

Sir Arthur, que había escuchado a Houdini con considerable paciencia, ya no pudo contenerse.

—Tengo entendido, y no lo tome como una justificación y menos como un insulto, que en sus comienzos usted sustituyó su espectáculo de magia por un número de falso espiritismo. Presentaba a su esposa como médium y clarividente, cuando no lo era. Y cobraban por ello. ¿Me equivoco?

Ni Harry ni Bess esperaban que su anfitrión estuviera tan bien documentado. ¿Cómo había conseguido esa información de dos décadas atrás? Bess, noqueada por la inesperada salida de Doyle, miró a su esposo, que permaneció un instante en silencio recordando cuando, en 1899, la compañía itinerante del doctor Hill ofreció a Houdini el acto *Hablando con los muertos,* en el que él hacía de «Profesor Houdini» y presentaba a la médium y clarividente «Mademoiselle Beatrice Houdini». Al fin, Harry habló.

—Está en lo cierto, por eso sé de lo que hablo. Éramos jóvenes y lo hacíamos por un mísero sustento. Cuando llegábamos a un pueblo, visitaba el cementerio, tomaba nota de las defunciones recientes y buscaba noticias atrasadas en los periódicos locales, material que utilizaba en las sesiones y me servía para convencer a la audiencia de que nuestra conversación con los espíritus era auténtica. Desconocían que el pasado, aunque ya no exista, siempre permanece. Lo peor era que se creían absolutamente todo lo que decíamos. El número tuvo un gran éxito, pero no tardamos en renunciar, porque sentíamos que estábamos frivolizando con algo tan sensible que rozaba lo criminal: los sentimientos y la esperanza de gente sencilla. Pudimos enriquecernos con el espiritismo, pero preferimos renunciar y retomar habilidades más honrosas hasta que la fortuna nos sonriera. Desde entonces, no soporto que manipulen a gente ingenua y cobren por ello.

—¿Considera gente ingenua a todo el que cree en el espiritismo? ¿Acaso cree ingenuos a doctores, filósofos o científicos de talla mundial como sir William Crookes, sir Oliver Lodge, William James, el astrónomo Camille Flammarion o el premio Nobel Charles Robert Richet? —preguntó sir Arthur, restando puntos a su flema británica—. Ellos y muchos más, dueños de mentes analíticas y sensatas, abrazaron el espiritismo como filosofía. No creo que se les pueda considerar ingenuos. ¿Cómo explica eso, Harry?

—Los eruditos que ha citado viven en un ambiente donde la honestidad se da por supuesta. Les resulta inconcebible que puedan engañarlos y creen lo que ven, ajenos a las artimañas. Recuerde que otros eminentes científicos como Charles Darwin o Ramón y Cajal han criticado abiertamente el espiritismo.

—Creo que considera cándida a demasiada gente. Supongo que yo también le parezco ingenuo —observó Conan Doyle con una sonrisa, cargada de sorna, entre los labios.

Jean y Bess, azoradas por la deriva de la conversación, se miraron con ojos de disculpa sin atreverse a interrumpirlos.

—Le aseguro que creo en el Todopoderoso y en una vida ultraterrenal. Un día, cuando me encontraba de gira por los países nórdicos, me comunicaron la muerte inesperada de mi querida madre. Ha sido la persona que más he amado en mi vida. Cuando pude regresar a Estados Unidos ya estaba enterrada. Necesitaba hablar con ella o, al menos, despedirme. Su pérdida me sumió en un profundo abatimiento. Durante un tiempo perdí el interés por la magia, por mi trabajo. Comencé a asistir a casas de médiums y a sesiones espiritistas, tanto en Estados Unidos como en Europa, con la esperanza de contactar con ella a través de las mesas de adivinación, el trance o la *ouija*. Hubiera dado todo lo que tengo por hablar con ella un solo minuto. Nunca he negado lo sobrenatural, tengo la mente abierta, pero necesitaba pruebas convincentes. Le aseguro que asistía a las sesiones dispuesto a creer, pero los que decían contactar con su espíritu me daban los típicos mensajes ambiguos que valen para cualquiera. No logro entender por qué las ánimas son incapaces de expresar su identidad sin generalidades ni adivinanzas, ni por qué necesitan oscuridad y no se manifiestan a plena luz del día.

—Tal vez no supo interpretar esos mensajes que recibió —propuso sir Arthur.

—Le haré una demostración.

Intrigado, Doyle enarcó las cejas preguntándose qué ocurrencia improvisaría el famoso mago. Harry se aproximó a Jean. «¿Me permite su mano, *milady*?».

—Dígame, ¿me conocía antes de hoy?

—En persona no. Hoy ha sido la primera vez que le veo.

—Menos mal. —Hizo un hilarante ademán de secar su frente—. Si hubiera respondido otra cosa nos hubiera puesto en un serio aprieto a los dos —la broma arrancó una carcajada a Doyle—. Ciertamente, yo tampoco he sabido nada de usted hasta hoy mismo. Ahora cerraré los ojos y trataré de averiguar cosas sobre usted. Con el permiso de nuestras queridas parejas aquí presentes, prescindiré de obviedades que saltan a la vista, como su gran atractivo, por ejemplo, por lo que me centraré en detalles íntimos de su personalidad que solo conocen familiares muy allegados. La información psíquica partirá de su mente y pasará a la mía a través de nuestras manos, por lo que ruego silencio para poder concentrarme.

Después de unos segundos en los que el mago gesticulaba para mostrar que la energía psíquica fluía hasta su cerebro, y tras una fingida agitación por el esfuerzo, soltó a Jean y la miró fijamente.

—¿Y bien? Dígame cómo soy —clamó Jean, impaciente.

—Desde este momento estoy en condiciones de afirmar que usted es una mujer luchadora, femenina, coqueta, sensual, incluso apasionada en los momentos que debe serlo. Es tozuda, perseverante, en ocasiones impulsiva, con algún momento esporádico de soberbia, aunque se le pasa pronto. Destaca por su extraordinaria sensibilidad, se emociona con facilidad, le afectan mucho los problemas de los demás, y ante ciertas situaciones, no puede contener las lágrimas. También me ha llegado un punto de tristeza que intenta disimular, tal vez una frustración callada o una herida del pasado que aún no ha cicatrizado del todo.

Jean, ruborizada, se llevó la mano a la boca.

—¡Dios mío! ¡Ha acertado en todo sin conocerme! ¿Cómo es posible?

—¿Cómo cree que lo hice? —preguntó el mago a Doyle.

—Con sus dotes de clarividencia, está claro. Percepción extrasensorial, sin duda —concluyó Doyle.

Harry, con las manos en jarras, negó con la cabeza.

—No, querido amigo. La información sobre su esposa no me llegó de su mente. ¿Qué mujer no se ve a sí misma como luchadora, sensual, sensible, apasionada, a veces impulsiva y con algún problema que le preocupa? En mis palabras se verían reflejadas todas las mujeres del condado. La sugestión y la atribución propia de cualidades generalistas han sido suficientes para hacerle creer que poseo el don de la clarividencia. Esa es la técnica habitual de los médiums con los mensajes de los espíritus, o los mensajes generalistas de los lectores del cinturón zodiaco, que pueden servir para cualquiera, sea del signo que sea, porque todos se verán representados por los perfiles y los vaticinios.

—Permita que discrepe. Llevo muchos años en esto y he sido testigo de cómo las entidades incorpóreas proporcionan información personal únicamente conocida por el asistente que pregunta —aseguró sir Arthur.

—Las entidades incorpóreas no facilitan esa información, la consigue el médium y la pone en boca del espíritu de turno —atajó Houdini, conteniendo su indignación—. Cuando el concurrente escucha al psíquico en trance dar detalles personales de su vida, el impacto es tan grande que refuerza su fe ciega. Desconoce que, días antes, el psíquico o sus ayudantes han acopiado información sobre él. Se conocen numerosos casos en los que estos embaucadores leían la correspondencia de los buzones abriéndola con vapor, se informaban en diversos registros, se enteraban de chismes en peluquerías, barberías y eventos sociales, anotando enlaces, compromisos de matrimonio, defunciones, nacimientos, divorcios, vacaciones, negocios, hipotecas o empeños. Sobornan a funcionarios, chóferes, sirvientes y empleados de hotel, incluso compran confidencias a prostitutas. Acuden a los entierros sonsacando información del muerto con una gran sutileza. Todo se prepara con esmero para embaucar a los ingenuos y obtener favores, dinero, joyas, testamentos e incluso propiedades, por indicación del supuesto espíritu, al que identifican con algún difunto muy querido.

—No quisiera parecer presuntuoso, pero si poseo una cualidad destacable, es precisamente mi aguda capacidad de análisis, la misma que incorporé a mi personaje Sherlock Holmes. No hay detalle que se me escape y le aseguro que, salvo deshonrosas excepciones, los espíritus nos comunican detalles de nuestra vida sin el concurso del médium, más allá de su mediación psíquica para la transmisión del mensaje —concluyó Doyle sin perder su serenidad de homilía ecuménica.

—¿Sabe? —El mago suspiró, sabía que tratar de sacar a Conan Doyle de su obcecación, por muy observador que se considerase, era una batalla perdida—. Con mucho gusto abrazaría el espiritismo si pudiera probar sus afirmaciones, pero no estoy dispuesto a dejarme engañar. He desenmascarado a demasiados embaucadores. Últimamente tengo que disfrazarme, porque en muchos foros espiritistas me han impedido la entrada —concluyó Harry, parpadeando repetidas veces.

De repente, aquella idea, como un fogonazo de magnesio. Doyle parecía vivir un momento ya vivido. Le vino a la memoria la conferencia que impartió en Devon, cuando conoció a Agatha Christie. En el turno de preguntas, un anciano divulgó los escándalos en los que célebres médiums se vieron involucrados. La misma mirada azul, idéntico parpadeo. Su referencia a su hábito de disfrazarse lo sacó de toda duda: aquel anciano judío llamado Liam no era sino el propio Harry Houdini perfectamente caracterizado. Sir Arthur se aproximó y escrutó sus ojos. Evocó sus postizos octogenarios, sus cejas de araña, sus dientes saltones, falsos y grises, y la poblada y nívea barba.

—Así que era usted —musitó sir Arthur.

Bess, que intuyó a lo que se refería, se llevó la mano a los ojos temiendo un incómodo desencuentro.

—¿Quién?

—El anciano que leyó un fragmento de una de mis obras en la conferencia en Torquay, en el condado de Devon.

Durante un instante Harry valoró la posibilidad de negarlo, pero, tras un segundo de vacilación, ofreció un gesto lacónico de asentimiento.

—Si no me llego a disfrazar, me hubieran prohibido la entrada. Habría sido increpado como en otros foros espiritistas.

Contrariado, el escritor reparó en lo insólito de que una celebridad mundial tuviera que ocultarse para asistir a actos de su colectivo.

—Aproveché mi gira para asistir a su conferencia. Confieso que acudí con la intención de reventar el acto para, seguidamente, desprenderme del disfraz y darme a conocer, como otras veces. Pero noté que sus palabras eran sinceras, que creía absolutamente en todo lo que decía sin ánimo de engañar a nadie, y lo hacía con deferencia y compostura. Renuncié a mi pretensión por respeto a usted. No merecía el agravio —confesó el mago.

—Celebro su caballerosidad —agradeció Doyle, que sonrió al recordar al más grande prestidigitador de todos los tiempos caracterizado como un viejo gruñón al que incluso clavó la voz, las toses y los andares de un perfecto octogenario—. ¿Sabe? Si es verdad que tiene la mente abierta, estoy convencido de que encontrará la ocasión de comunicarse con su querida madre. Estoy dispuesto a ayudarlo.

Jean se percató de que el ánimo de Houdini menguaba cuando alguien mencionaba a su madre. En esos momentos, sus ojos brillaban más de lo habitual. Entonces era él quien exhibía un punto de tristeza que intentaba simular, una frustración callada o una herida del pasado sin cicatrizar. La señora Doyle hizo una señal a Amelia para que recogieran la mesa y sirvieran el postre y los licores junto a la chimenea. Las dos parejas se levantaron y Houdini, tras un hondo suspiro, perdió su intensa mirada azul en los trofeos de especies africanas que pendían de las paredes del salón, recuerdos de los viajes de sir Arthur por tierras de bóeres.

Doyle invitó a Harry a acomodarse en un butacón junto a la chimenea. La calidez de la luz dorada y el crepitar del fuego calmaron los pulsos. El ama de llaves depositó una bandeja con licores y dulces en la mesita. Sir Arthur escanció *whisky* en dos vasos y ofreció uno de ellos a Houdini.

—De la destilería más antigua de las Tierras Altas. No probará un escocés mejor.

Aunque era abstemio, Harry se llevó el vaso a los labios por cortesía, lo paladeó con delectación y asintió complacido. Sir Arthur tomó de la repisa de la chimenea un retrato con marco de carey, lo miró unos segundos y se lo pasó al mago. Era una fotografía de un joven vestido de militar, que posaba con las manos sobre la mesa.

—Kingsley, el segundo hijo que tuve con mi primera esposa. Era cariñoso y risueño. Quería dedicar su vida a la Medicina, como su padre. Comenzó los estudios en la St. Mary's Hospital School de Londres, pero estalló la Gran Guerra y tuvo que servir a su país entre 1914 y 1917. Combatió con valentía con el primer regimiento Hampshire y resultó herido en la sangrienta batalla de Somme. Se había licenciado con honores y tenía toda la vida por delante, pero la gripe española, que sumó cincuenta millones de muertos más, me lo arrebató. También se llevó a mi hermano Innes. Hace unos meses, perdí a mi querida madre.

—Lo lamento, Arthur —musitó Harry pasándole el retrato a su esposa.

—Cuánto lo siento —se sumó Bess—. Era muy apuesto, tenía sus mismos ojos.

—El espiritismo me ayudó a entender que ninguno de ellos había muerto, sino que cruzaron la frontera hacia una nueva realidad donde nos encontraremos con ellos —continuó sir Arthur—. Mucha gente no entendió mi paso al espiritismo, de hecho, desde hace años sufro críticas voraces que están afectando a las ventas de mis obras, pero he encontrado pruebas más que suficientes de la existencia de vida después de la muerte. Estamos ante una nueva revelación que nos ofrece mensajes vitales de salvación, una realidad constatable dictada por la observación y la experiencia, con mensajes palpables. Sí, digo bien, palpables y audibles. El espiritismo nos permite contactar con nuestros seres queridos y ofrece un enorme consuelo a los que aún quedamos en la Tierra.

Houdini, que hacía rato luchaba contra un ímpeto que en otras circunstancias no hubiera reprimido, buscó los términos que creyó menos lesivos.

—Le ruego disculpe mi reticencia, sir Arthur, pero ¿no ha pensado que la expansión del espiritismo se debe al dolor de millones de familias rotas por las víctimas de la guerra mundial y la pandemia europea? La necesidad de volver a contactar con un familiar difunto y aferrarse a ese consuelo conduce a una predisposición cegadora cuando la añoranza te acosa. La gente se entrega, baja la guardia sin reparar que están siendo manipulados por truhanes con falsos poderes psíquicos. Por supuesto, no digo que todos lo sean —matizó mirando a Jean, que bajó la cabeza sintiéndose aludida.

Sir Arthur tomó el retrato de su hijo de manos de Bess y le dedicó una mirada turbia.

—Hace unos meses, Kingsley contactó con nosotros.

—¡Oh! —Impactada, Bess se llevó la mano a la boca.

—¿Cómo contactó? —se interesó el mago.

—Al ser invocado, la mesa se elevó y comenzó a dar golpes en el suelo. —Doyle no dejaba de mirar el retrato de su hijo—. Respondía con golpes a nuestras preguntas. Un golpe para «no», dos para «sí». Luego, la *ouija* trazó palabras y frases. Nos dijo que estaba bien en el más allá y que había coincidido con varios amigos míos fallecidos. Fue uno de los momentos más felices de mi vida.

—Conozco las mesas parlantes. ¿Cómo sabe que esos golpes no los provocaba el propio médium o un cómplice?

—Porque dijo cosas que solo sabíamos él y yo.

Houdini, aprovechando que Doyle miraba la foto de su hijo, puso los ojos en blanco y optó por callar. Jean se levantó, tomó el retrato de la mano de su esposo y se lo cambió por el vaso de *whisky*.

—¿Cariño, les has dicho que pronto viajaremos a Estados Unidos para una gira de conferencias? —zanjó Jean—. Podríamos coincidir allí.

—Oh, qué gran idea. Les debemos una invitación, además me gustaría mostrarles mi biblioteca. —Harry levantó el vaso—. Brindo por eso.

Sir Arthur mantuvo unos segundos la mirada perdida hasta que se giró y chocó su vaso con el de su invitado.

—Harry, es usted un gran tipo. —Doyle llevó la mano a su hombro. Había en su tono una cadencia conciliadora—. Se muestra sin dobleces, tal y como es, lo cual dice mucho de su honestidad. Estoy convencido de que no desvela sus trucos porque no los tiene, porque son facultades especiales que Dios le ha concedido por alguna razón, aunque lo niegue para no sentirse diferente. Pero esas prodigiosas virtudes carecen de sentido si no se emplean para hacer el bien. Con su inigualable capacidad psíquica podría ser el mejor médium del mundo y ayudaría a muchas personas. Debería planteárselo.

Atónito, el mago no se atrevió a pronunciar palabra. Tenía ante sí a un gigantón entrañable, erudito, educado, de carácter vivaz y talento ágil, pero insospechadamente ingenuo. Cuando aceptó la invitación, Harry imaginó que conocería al genio racionalista creador de Sherlock Holmes, pero se topó con un espiritista obtuso, empecinado en otorgarle poderes sobrenaturales. Y no era el único que lo pensaba. Cuando en 1918 sir Arthur publicó su tratado espiritista *La Nueva Revelación,* en el que asumía el papel de apóstol de la verdad suprema, *The Times* lo acusó públicamente de ingenuo y le aconsejaron tomarse un descanso. En *Sunday Express* se preguntaron si había perdido la cabeza obviando los numerosos fraudes detectados en el círculo espiritista. A muchos lectores les costaba entender la deriva que había tomado y se preguntaban cómo un escritor de su talla se había rebajado a una superstición tan sectaria. En los últimos años Doyle se convirtió en objeto de insultos y menosprecio, pero nada ni nadie le haría cambiar sus creencias.

—Supongo que será inútil preguntarle cómo hizo desaparecer a la elefanta Jennie, aunque lo imagino —musitó Doyle ofreciéndole la tabaquera, que el mago la rechazó.

—Piensa que la desmaterialicé, ¿verdad? —preguntó Harry, conteniendo su crispación.

Doyle asintió al tiempo que encendía su pipa.

—Lo supe desde el primer momento. No es posible aguantar sumergido en el agua hora y media, o escapar de un bidón de leche hermético sin abrir los candados de la tapa, o de una cabina de agua manteniendo los cierres intactos, ni atravesar un muro de ladrillo. A mí puede confesármelo, soy una tumba —musitó Doyle con una voz opaca por el tabaco y el humo.

Harry miró a Bess como pidiéndole ayuda, y ella trazó un imperceptible movimiento de cabeza al tiempo que entornaba los ojos. «Somos sus invitados», parecía advertir. No era el único espiritista que sostenía tamaño disparate. En 1917, el conocido parapsicólogo y presidente del Colegio Británico de Ciencia Psíquica, James Hewat McKenzie, en su libro *Relaciones con los espíritus: teoría y práctica,* también consideraba que Houdini, nada más echar la cortina, se desmaterializaba durante el número de la cámara de tortura, para volver a materializarse a la velocidad del pensamiento y aparecer al fondo del patio de butacas. En Rusia, en 1903, tras fugarse del furgón blindado que trasladaba a los deportados a Siberia, fue llamado para actuar en privado ante la familia real en el Palacio de Invierno de San Petersburgo. Fue tal el impacto que causaron números como *Metamorfosis* que quedaron convencidos de que podía desmaterializarse. La emperatriz Alexandra, cuyo único hijo varón estaba enfermo de hemofilia, quiso recurrir a las fuerzas espiritistas por el inminente peligro de falta de sucesión de la dinastía. Convencida de que Houdini poseía dones sobrenaturales, le ofreció un puesto de consejero que el mago se negó a aceptar. La zarina no tardó en encontrar una alternativa, un mago con supuestos poderes: Grigori Rasputín, protagonista de trágicos episodios que precipitaron su ejecución, el fusilamiento de la familia del zar y el fin de la dinastía de los Romanov. Nicolás II y la emperatriz Alexandra fueron ejecutados en un sótano, en 1918. Antes de morir, él dijo: «Cuando termine esta vida nos reuniremos de nuevo en el otro mundo para seguir juntos toda la eternidad».

Harry buscó en el fuego de la chimenea la forma más adecuada de hacer ver a su anfitrión que estaba en un error.

—No pierda el tiempo. La vida no es un problema que deba ser resuelto, sino un misterio para ser vivido —soltó el mago, observándolo con ambivalencia—. Y como usted mismo escribió: «No se fíe nunca de las impresiones generales, amigo mío, concéntrese en los detalles».

—*Las aventuras de Sherlock Holmes*, 1892 —confirmó Doyle, que enseguida reconoció su autoría.

—Usted puso esa acertada reflexión en boca de su detective. El secreto de todo mago está en jugar con la atención del público para conseguir que, durante unos instantes, crea lo increíble. Cuando nos concentramos en algo, el entorno se difumina y es, en ese fondo turbio, donde pesca el ilusionista. La solución consiste no en mirar, sino en escrutar. A diferencia de los falsos médium, los ilusionistas engañamos a nuestro público solo un ratito. Cuando baja el telón, los espectadores se sienten maravillados, no estafados. Esa es la diferencia.

Inquieta, Bess salió en defensa del anfitrión, en un intento de templar ánimos.

—Mi frase favorita de sir Arthur la leí en *El capitán del Polestar*: «He aprendido a no ridiculizar nunca la opinión de nadie, por extraña que me pueda parecer». Un hermoso alegato a la tolerancia, ¿no te parece, cariño?

Sus palabras y la inflexión de su voz causaron el efecto de un codazo en las costillas. Harry captó la indirecta y asintió. Apuró de un trago su *whisky* y se levantó.

—Es tarde y mañana hemos de continuar con la gira. Les estamos enormemente agradecidos por su hospitalidad y nos sentimos en deuda. Sería un honor que fueran nuestros invitados en Nueva York en su próximo viaje a Estados Unidos. ¿Cree que será posible?

—Cuente con ello. Estoy deseando ver su famosa biblioteca.

En la despedida, los hombres se dieron un afectuoso abrazo con palmeo de espaldas y besaron las manos de las consortes. El chófer, que había sido llamado por Amelia, dispuso el vehículo en la entrada. Los cuatro agitaron la mano antes de que el vehículo se perdiera por la brumosa carretera que los conduciría, a lo largo de 45 millas, hasta su hotel junto al puerto londinense de Tilbury.

Frente a la chimenea, sir Arthur dio las últimas caladas a su pipa mirando de nuevo el retrato de Kingsley, que parecía sonreírle desde el otro lado.

—¿Has creído alguno de sus pretextos? —preguntó Jean.

—Niega la evidencia de sus poderes, pero solo es cuestión de tiempo. Si conseguimos convertirlo, será un paso decisivo —musitó sir Arthur vaciando la cazoleta de la pipa en el cenicero.

Las intrigas entre Conan Doyle y Harry Houdini no habían

hecho más que empezar. Durante los dos años siguientes, el intercambio epistolar fue abundante y cortés, y ambos evitaron el choque ideológico hasta que, en 1922, tras la gira estadounidense de Doyle para difundir el espiritismo, volvieron a coincidir. Nadie imaginó entonces cuán antojadizos fueron los derroteros del infausto destino.

8
THE CRIMES CLUB

Hotel Cecil, Londres, 1921

La idea se fraguó allá por las postrimerías de 1903, cuando Harry Irving organizó en su casa una distinguida cena. Su intención era provocar una primera toma de contacto para, en encuentros posteriores, organizar debates de alto nivel sobre temas controvertidos. Harry era abogado y había publicado varios libros sobre crímenes. Entre los invitados de aquella noche hubo reconocidos miembros de la judicatura, la medicina forense y la literatura de misterio. De aquella velada nació el compromiso de crear un club de caballeros que se reuniera con regularidad para debatir polémicos casos de homicidio y asesinato, si bien se exigían tres requisitos: haber sido invitado, ser miembro de la alta sociedad londinense y tener experiencia en el arte de la conversación.

—A veces olvidas, querido Woodie, que gracias a la reina Victoria somos el Imperio más poderoso del mundo. Diez veces el Imperio Alemán —apostillaba sir Arthur cuando, a propósito de algún caso de asesinato, me aventuraba a sugerir que la desdicha social era la nodriza que amamantaba a muchos monstruos.

Ciertamente, el reinado de Victoria de Inglaterra, emperatriz de la India, fue de gran prosperidad para muchos, pero no para todos. En el Reino Unido se desarrolló la industria más potente de Europa, lo que dio lugar a una floreciente clase media. Londres pasó de un millón de habitantes en 1800 a casi siete millones a finales de siglo, convirtiéndose en la capital mundial de las finanzas. Pero la expansión industrial funcionó como un reclamo de migrantes, sobre todo irlandeses, judíos y paquistaníes, que acudieron en masa provocando una superpoblación que superó con creces las ofertas de trabajo. Ello indujo a un drástico empeoramiento de las condiciones de vida, surgiendo barrios marginales sumidos en la más absoluta pobreza, donde la miseria, el alcoholismo, la prostitución y la violencia campaban a sus anchas, mientras los grupos privilegiados forjaban inmensas fortunas. Paradojas de aquel siglo infame.

Por aquellos años se produjeron terribles crímenes al tiempo que crecía la fascinación por lo criminal. La incorporación de nuevas técnicas de ilustración, con la aportación de dibujos escabrosos del suceso, contribuyeron a la proliferación de las populares *penny dreadfuls*, novelas baratas, a penique el ejemplar, que relataban la vida de siniestros personajes como Dick Turpin, cuatrero ahorcado en el siglo XVIII, o William Burke, autor de dieciséis asesinatos que vendía los cuerpos a la escuela de medicina y acabó en la horca en 1829, o el descuartizamiento de Julia Martha Thomas a manos de su sirvienta Kate Webster, ahorcada en 1879.

—¿El Club de los Crímenes? ¿Asesinan a gente por encargo? Si es así, desearía que liquidaran a uno o dos por mí —bromeé con sir Arthur cuando me informó que había ingresado en una sociedad privada con un nombre singular: The Crimes Club.

Dieciocho años después, en aquella selecta sociedad se seguían debatiendo crímenes tras una suculenta cena, primero en el Gran Hotel Central, en Marylebone Road, después en el hotel Cecil, a donde mudaron sus encuentros. En cada sesión, uno de los integrantes debía exponer un caso, y tras la ponencia, se analizaban las investigaciones judiciales, las fotografías de las víctimas y las pruebas de convicción, copias en ciclostil que algunos de sus miembros ponían a disposición del grupo con gran reserva. La estricta confidencialidad, establecida a partir de 1927 como Regla de Chatham House, era innegociable y su incumplimiento suponía la expulsión inmediata de la Sociedad.

Tiempo atrás, Doyle expuso los casos Edalji y Slater, gracias a cuya implicación personal se pusieron al descubierto graves errores judiciales, lo que provocó el escándalo y las críticas hacia el sistema judicial británico. George Edalji era un joven abogado inglés de ascendencia india a quien, en 1906 y por un sesgo racista, condenaron a tres años de trabajos forzados por el supuesto envío de una serie de cartas anónimas en Great Wyrley, un pequeño pueblo del condado de Staffordshire, ubicado en el centro de Inglaterra. También se le acusó de las muertes a cuchilladas de varios animales, como vacas o ponis. Por su parte, Oscar Slater era un judío alemán a quien condenaron a pena de muerte, conmutada por reclusión perpetua a trabajos forzados. Fue acusado del asesinato de la anciana Marion Gilchrist, cometido en 1908 en Glasgow. Los dos desdichados escribieron al padre de Sherlock Holmes clamando su inocencia y solicitando su ayuda. Doyle se implicó y, tras su investigación, demostró en ambos casos que eran inocentes, lo que denunció a través de artículos, folletos en mimeógrafo y libros que tuvieron gran repercusión. Con Edalji consiguió que se anulase la sentencia y que volviera a ejercer de abogado. Slater fue liberado en 1928, tras diecinueve años picando piedra en la prisión de Peterhead. También se anuló su sentencia y fue indemnizado con seis mil libras. Sus iniciativas propiciaron la instauración del Tribunal de Apelación Penal en Escocia.

Pero aquel noviembre de 1921, se abordó un caso sin resolver desde hacía 32 años: Jack el Destripador, el asesino en serie más infame de todos los tiempos, que sembró el terror en las sórdidas calles del Londres victoriano. Entre abril de 1888 y febrero de 1891, once mujeres fueron asesinadas en el suburbio de Whitechapel, en el East End londinense, pero cinco de los asesinatos presentaban un *modus operandi* casi idéntico, por lo que fueron atribuidos al mismo asesino, que se abalanzaba sobre sus víctimas como una gárgola siniestra a la espera de la noche.

Whitechapel era el barrio más deprimido y conflictivo de Londres. El distrito sufría un brutal hacinamiento de inmigrantes, y el desempleo, el alcoholismo y la miseria se adueñaron de sus calles dickensianas. Sobre sus adoquines húmedos y sus tristes edificios renegridos por el hollín pendía una tristeza difusa. Callejas oscuras escamoteadas por la bruma, despojadas de color, con sombras contrahechas que se movían a la luz mortecina de los faroles de aceite y que el miedo transformaba en bestias mitológicas.

Muchas mujeres se vieron obligadas a recurrir a la prostitución, y buena parte de la población carecía de vivienda. La vida en el barrio se limitaba a la búsqueda desesperada de las monedas necesarias para pagar la habitación de algún albergue insalubre. Y en entornos tan degenerados, donde los desventurados conviven en el abismo, no sorprende la aparición de personajes como Jack el Destripador, fruto de una realidad despótica y hosca.

Scotland Yard llegó a tener trescientos sospechosos, pero ni una prueba de cargo contra ninguno de ellos. Se recibieron casi doscientas cartas anónimas, supuestamente escritas por el asesino, en las que se mofaba de la investigación y desafiaba a la Policía, pero solo se concedió cierta credibilidad a tres cartas conocidas por sus encabezamientos: la carta *Querido jefe,* la postal *Descarado Jacky* y la misiva *Desde el infierno.* En *Querido jefe,* remitida el 25 de septiembre, se utilizó por vez primera el apodo de Jack el Destripador con el que se conocería a partir de entonces. Sir Arthur no daba credibilidad a esas epístolas, y estaba convencido de que fueron escritas por periodistas para incrementar las ventas de sus publicaciones con el propósito de prolongar aquel tenebrismo que hacía las delicias de un público atrapado por el sensacionalismo gacetillero.

A la cena de aquel domingo asistieron el médico forense Samuel Ingleby Oddie, el magnate Alfred Harmsworth, conocido como lord Northcliffe, propietario del poderoso *The Times,* y los famosos escritores de novela policiaca sir Arthur Conan Doyle, Max Pemberton, Alfred Woodley Mason, William Le Queux, Arthur Lambton, que actuaba como secretario, y el excéntrico George Robert Sims, uno de los pioneros en incorporar a un personaje femenino como protagonista, la detective Dorcas Dene, lo que causó controversia en su tiempo. También estaban presentes los juristas Edward Marshall Hall, célebre defensor de asesinos notorios, y sir Richard Travers Humphreys, abogado en notorios procesos, entre ellos el de Oscar Wilde.

Tras la exposición de cada crimen del Destripador, junto a la complejidad para su resolución, el escritor Alfred Edward Woodley Mason, que de antiguo sostenía cierta rivalidad con Doyle, aprovechó la ocasión para lanzarle un dardo.

—Una pena no contar con la mente deductiva más brillante —apostilló con sorna.

—Si se refiere a sir Arthur Conan Doyle, por ventura se encuentra entre nosotros —apuntó lord Northcliffe.

—En realidad me refería a Sherlock Holmes. Lástima que sea un personaje de ficción, porque hubiera resuelto este caso en un santiamén.

Sir Arthur siempre sospechó que el desapego de su colega procedía de sus diferencias políticas, pues Mason era liberal. De hecho, se había presentado en las elecciones generales de 1906 por el Partido Liberal, liderado por Henry Campbell-Bannerman. Los liberales consiguieron la mayoría absoluta, duplicando los escaños del Partido Conservador, y Mason fue finalmente elegido diputado por Coventry. Crecido por la victoria, más de una vez y más de dos echó en cara la derrota de sir Arthur en las elecciones parlamentarias de 1900 como candidato unionista por Edimburgo. En cambio, yo me inclinaba por una razón más prosaica: la envidia. Mason no llevaba bien que Doyle fuera el centro de todas las reuniones y que brillase por encima del resto, a veces por una mera sonrisa o un levantamiento de cejas. Tampoco encajó que fuese nombrado sir por el rey Eduardo VII. Cuando a él le ofrecieron el mismo título lo rechazó declarando que los honores no significan nada para un hombre sin hijos. Lo que no soportaba era que Doyle fuese el centro de atención de las reuniones y que el repelente Sherlock Holmes tuviera tanta proyección internacional, algo inalcanzable para Hanaud, el detective francés de Mason en su novela *En la Villa Rosa,* que nunca terminó de despegar. Tampoco el resto de su obra fue considerada el epítome de los logros, pues nunca estuvo, para mi gusto, a la altura del empeño. La envidia fue siempre la gangrena de los escritores. Los infecta en vida hasta que el olvido los arrasa sin contemplaciones en un acto de pura justicia.

—Señor Mason, The Crimes Club no hubiera alcanzado el prestigio que ostenta sin la presencia de Conan Doyle, por lo que le encarezco que se abstenga de alusiones desconsideradas —expuso el secretario Lambton, incómodo con la insolencia.

—Nada más lejos de mi intención ofender a tan ilustre colega. Sin embargo, estando ante el mayor misterio en los fastos de la criminalidad, coincidirán conmigo en que habría sido de gran ayuda la presencia del inigualable Holmes. Algunos eruditos sostienen, aunque lo desconozco porque nunca me interesaron los pastiches sherlockianos, que el genio del personaje procede de la agudeza de su creador, por lo que las cualidades deductivas de Sherlock deberían permanecer intactas en sir Arthur Conan Doyle. De ser cierta esta correlación, seguro que sir Arthur nos desvelará la identidad del destripador.

Doyle, que había permanecido en silencio desde el inicio de la reunión, clavó los ojos en Mason mientras se retorcía el enhiesto mostacho. De manera intencionada, dejó que el silencio se extendiera, que creciera como una sopa que se espesa lentamente sobre el fogón. Se tomó el tiempo necesario sin dejar de mirar a su arrogante colega. Dio varias caladas a la pipa, llenó la sala de bocanadas de humo que bailaron a la luz de noviembre y trazó una sonrisa suspicaz.

—De ser así, usted sería tan renegado como el oficial Harry Feversham, personaje de su novela *Las cuatro plumas,* que fue acusado de cobardía por negarse a defender al imperio británico en el levantamiento de Egipto en 1882 —soltó Doyle con esa manera tan suya de torcer los labios al sonreír—. A diferencia de usted, yo leo incluso sus obras.

—Cada cual valora el nivel de sus lecturas. Mi tiempo es demasiado valioso para emplearlo en gacetillas de medio pelo —soltó Mason con bilis.

—Zaherir a los colegas, muy típico de liberales resentidos —replicó Doyle.

—Por favor, caballeros, dejemos la política al margen de nuestras tertulias —sugirió el secretario Lambton.

—Durante más de treinta años, los crímenes de Whitechapel han sido la pesadilla de Scotland Yard —prosiguió Mason tras encender un cigarro—. La crítica fue implacable y dio lugar a dimisiones y ceses de brillantes oficiales de Policía que llevaban toda la vida limpiando las calles de malhechores. El jefe de Scotland Yard, sir Charles Warren, fue objeto de burlas y se vio obligado a dimitir ante las críticas. Debo recordar que los agentes de la Policía Metropolitana tienen una jornada de doce horas y cobran una miserable libra a la semana. Ni siquiera van armados. Llevan una porra, un silbato y una lámpara de aceite para vigilar suburbios infectados de ladrones, proxenetas, navajeros, asesinos y hasta terroristas fenianos.

»Y a ese injusto linchamiento se suma Conan Doyle, con sus ejemplarizantes deducciones en las que un detective privado y un médico militar retirado reducen la labor de la Policía a mera incompetencia. Sus pastiches policiacos hacen las delicias del vulgo, pero arroja a los pies de los caballos a nuestros insignes agentes. El caso del Destripador es extraordinariamente complejo y ni las mentes más sesudas de este país consiguieron desvelar la identidad del misterioso asesino. Años atrás, la Policía Metropolitana de Londres, al ver que el caso no prosperaba, convocó a Conan Doyle con la ingenua esperanza de que aportase algún dato sobre Jack el Destripador, por el mero hecho de escribir novelas policiacas de éxito. No fue de ninguna ayuda. Por ello, echo en falta la eficiencia de Sherlock Holmes, porque la agudeza de su autor, que ahora anda perdiendo el tiempo en prédicas espiritistas, parece tan ficticia como las historias que inventa.

Sir Arthur, con su templanza inherente, levantó una ceja y colgó sus pulgares en los bolsillos del chaleco.

—Para no haberse leído ninguna entrega de Sherlock Holmes está usted muy puesto en el personaje —ironizó sir Arthur—. Coincidirá conmigo en que es la propia Policía la que, en ocasiones, recurre a los detectives privados. Me permito recordarle que las historias de Holmes son ficción, no casos reales. Respecto al Destripador, es cierto que se llevó a cabo una investigación exhaustiva con los medios disponibles, pero es indudable que se cometieron errores. ¿O no le parecen suficientes errores diecisiete crímenes sin resolver entre los casos de Whitechapel y los del Torso del Támesis? Esta incapacidad contribuyó a que el miedo prosperase y se organizara un comité ciudadano de vigilancia para investigar por su cuenta y localizar a posibles sospechosos.

El patólogo Bernard Spilsbury, uno de los últimos incorporados al Club, procedía de una nueva generación de investigadores y relacionó el elevado número de crímenes sin resolver durante la época victoriana con la escasa implantación en la criminalística de las técnicas de la Policía Científica y las ciencias forenses. Las comisarías aún no tenían fichas policiales con la foto prontuario que ideó Alphonse Bertillon, y la dactiloscopia no fue implantada por Scotland Yard hasta varios lustros después de los sucesos de Whitechapel.

Max Pemberton, el autor de *El pirata de hierro,* salió con una cuestión clave: ¿Por qué mataba Jack el Destripador? Había diversas teorías, la mayoría relacionadas con algún trastorno mental, ya que no entraba en los límites de la razón que una persona que no estuviese loca fuera capaz de algo así. La prensa británica dio pábulo a todo tipo de especulaciones, y señaló a los extranjeros, sobre todo a los judíos, un colectivo al que la sociedad victoriana acusaría de todos los males de la humanidad, como posibles culpables de los asesinatos. No en vano, los evangelios los designaban como los responsables de la muerte de Jesucristo.

Sobre la cuestión, Spilsbury retomó la palabra.

—Considero que cualquier persona puede convertirse en un asesino si las circunstancias que la rodean lo empujan a ello.

—Según usted, cualquiera de nosotros podríamos convertirnos en un sádico destripador si nos vemos acorralados —cuestionó Le Queux—. Me temo que se precisa algo más que una sociología adversa para que alguien llegue tan lejos, y sin estar condicionado por algún trastorno que prescinda del discernimiento ético, cruce la frontera de la ley.

Spilsbury consideraba que Jack el Destripador no estaba tan loco como parecía a simple vista, sino que fue producto de aquella paupérrima sociedad victoriana de finales del xix con su pacata hipocresía, tan desigual, tan misógina, racista y depredadora. El dramaturgo George Sims, la voz más firme contra la desigualdad social de los barrios bajos londinenses se sumó a la consideración de Spilsbury. Cesare Lombroso, el padre de la Criminología, consideraba que el delincuente nacía predestinado con unos rasgos propios identificables; Sims, en cambio, opinaba que el infractor penal no nace, sino que se hace, pues serán la influencia del entorno y sus débiles mecanismos de defensa ante la adversidad los factores determinantes por los que devendrá delincuente.

—Según el informe del doctor Bond, que realizó la autopsia a varias de las víctimas, el Destripador debía de ser corpulento, con aspecto inofensivo y tranquilo, vestimenta respetable y una infancia difícil, posiblemente con presencia de alcoholismo en su familia. Y según las cartas más verosímiles, su letra era serena y angulosa. ¿Qué opina usted, sir Arthur? —preguntó el secretario Lambton.

—Con tres décadas de retraso y sin material probatorio nos movemos en el mundo especulativo —advirtió Doyle.

—Pero usted estudió a fondo los sucesos de Whitechapel, incluso visitó las escenas del crimen. Supongo que habrá llegado a alguna conclusión —planteó Lambton.

—Nuestro desaparecido colega John Collins decía que el necio fracasa a menudo porque juzga fácil lo que no lo es, y el sabio porque cree difícil lo que es fácil —declamó sir Arthur.

—Vuelve el «Holmes» fustigador de la Policía —anunció Mason levantando los brazos en un gesto de hastío.

Sir Arthur ignoró la puya y prosiguió. Su colega esperaba una protesta que no salió de su boca, pero su perspicacia le hacía vislumbrar un ataque en otro terreno.

—Los asesinatos se produjeron tras el cierre de los bares, en calles oscuras, y todas las víctimas fueron degolladas con mutilaciones abdominales utilizando un escalpelo de cirujano o un cuchillo de carnicero, por lo que se deduce que el asesino probablemente tenía conocimientos para diseccionar órganos. Los ataques fueron repentinos, pues a las víctimas, posiblemente ebrias, no les dio tiempo a resistirse ni gritar. La mutilación de órganos se convirtió en el objetivo final, que debía de tener algún significado para la mente enferma del destripador. Este tipo de asesinos suele llevarse un trofeo como recuerdo para sentirlo cerca, para tener una conexión táctil y sensual con su víctima. En varios casos tomó el órgano más representativo de la feminidad: el útero. Es muy posible que padeciera sífilis, enfermedad contraída por prostitutas, a las que hizo responsable de su desdicha. Cuando decidió iniciar sus salvajes ataques, el asesino ya debía de estar en su última fase de degeneración cerebral y pérdida de habilidades cognitivas.

—Se le escapa un detalle: si hubiera estado en fase terminal, el enfermo no habría tenido la fuerza física para acometer tan vigorosos ataques —rechazó Mason.

—El deterioro mental del sifilítico no tiene que estar sincronizado con idéntica afectación física —apostilló el doctor Oddie.

—Hemos revisado el largo listado de sospechosos —Lambton ojeó sus apuntes—, pero cada uno de ellos dos tenía una coartada que lo exculpaba.

—Creo que hablo en nombre de todos si pido al creador del detective Holmes que deje de marear la perdiz y desvele la identidad de Jack el Destripador. —Mason se afilaba al adivinar un resquicio por donde introducir el aguijón de la crítica y arrancar a sir Arthur el reconocimiento de que no disponía de más información de la que tenía la Policía.

—Continúe —le pidió Lambton.

—Habla mi colega de razonamiento deductivo. El señor Mason desconoce que, en ocasiones, lo que consideramos razonamiento deductivo es, en realidad, un argumento inductivo —prosiguió sir Arthur—. En la deducción, el razonador va de las afirmaciones generales a las conclusiones particulares, mientras que en la inducción, va de lo particular a lo general. En la inducción, las premisas nos conducirán a una conclusión probable, pero no necesariamente verdadera. El problema es que, en los crímenes de Whitechapel, se siguieron premisas que se dieron como ciertas sin serlo y se perdió un tiempo precioso.

—No termino de entender. ¿Podría ilustrarnos con un ejemplo? —propuso Max Pemberton.

—Veamos —sir Arthur buscó en el aire las bases de alguna comparativa y se topó con la mirada censora de Mason—. Premisa uno: pongamos que veo a mi colega Alfred Mason en la estación Victoria de Londres, donde los trenes parten hacia muchos destinos. —En ese momento Mason torció el gesto—. Premisa dos: uno de los trenes va a Birmingham. Premisa tres: la novia de Mason es de Birmingham. Conclusión: Mason se dispone a viajar a Birmingham a ver a su novia. Me marcho del lugar convencido de algo que en realidad no es veraz, puesto que Mason finalmente no hizo ningún viaje, sino que aguardaba en la estación la llegada de otra bella mujer, que no era su novia. Por una premisa falsa, la deducción nos puede conducir a conclusiones lógicas pero débiles en cuanto a su veracidad.

Con este ejemplo supuestamente ficticio, sir Arthur hizo saber a Mason que en realidad sí lo vio en aquella estación recibiendo a una joven desconocida. El aludido se rascó la frente en un gesto de rabia y apretó la mandíbula dispuesto a resarcirse.

—Veamos con otro ejemplo si he entendido su teoría sobre las premisas. —Mason tamborileó los dedos sobre la mesa—. Premisa uno: Jack el Destripador tiene conocimientos anatómicos para diseccionar órganos. Premisa dos: utilizó un escarpelo de cirujano. Premisa tres: según el doctor Bond, el asesino era corpulento, con aspecto inofensivo y tranquilo, vestimenta respetable y una infancia difícil, posiblemente con presencia de alcoholismo en su familia. Premisa cuatro: su caligrafía es serena y angulosa. Premisa cinco: sir Arthur Conan Doyle es médico, tiene conocimientos anatómicos, escarpelo de cirujano, es corpulento con aspecto inofensivo y tranquilo, vestimenta respetable, una infancia difícil por su padre alcohólico y su letra es serena y angulosa. Conclusión: Jack el Destripador es sir Arthur Conan Doyle. ¿Qué premisa es falsa?

Durante unos segundos, nadie se atrevió a respirar. Imposible discernir si hablaba en serio. Tras el arrebatado silencio y el cruce de miradas perplejas, el letrado sir Richard Travers Humphreys salió al quite.

—¡Exijo que retire sus ofensivas acusaciones contra sir Arthur!

—¿Por qué se ofenden? Solo es un ejemplo ilustrativo para ver si entendí la teoría de las premisas y que sir Arthur nos aclare cuál de ellas es falsa.

Algunos comensales rieron confiados en que se trataba de una broma, de dudoso gusto, pero una broma, a fin de cuentas. Incluso Doyle rio en corto, con un deje de aspereza. A continuación, el escocés reflexionó durante un instante, sopesando la mejor manera de formular su respuesta. Tragándose la bilis que le ascendía por la garganta, sin apartar los ojos de Mason, a sir Arthur le crujieron las rodillas cuando se levantó. Con la parsimonia de un artrítico, caminó con gravedad hasta su colega.

—No es necesario que retire sus palabras. —Doyle se situó a la espalda de Mason y palmeó su hombro deportivamente—. Estoy seguro de que mi colega no pretendía ofenderme, solo se trata de un sofisma de quien no gobierna sus impulsos lenguaraces. Si fuese una alusión real, tendría que denunciarle por difamación y acusación falsa y solicitarle una indemnización que superaría con mucho el supuesto patrimonio que dice poseer.

Pero solo ha sido un ejemplo desafortunado, ¿verdad? —Con una leve sombra de amenaza, Doyle aguardaba una respuesta—. ¡¿Verdad?! —insistió.

La velada intimidación deformó los rasgos de Mason, atenuando su soberbia.

—Verdad —musitó tragándose la rabia.

—Aclarado. Centrémonos, pues, en lo que nos ocupa —concluyó Doyle regresando a su silla, sin reparar en que era precisamente su aire de superioridad, de estar por encima de cualquiera, lo que Mason interpretaba como un derroche de vanidades, lo que malquistaba al autor londinense y por lo que desenvainaba la daga del resentimiento.

Sir Arthur puso la atención en un detalle que pasó desapercibido: Elizabeth Stride, la tercera víctima, fue degollada junto al International Working Men's Educational Club, donde aquella noche se daba una conferencia sobre judaísmo y socialismo. Apuntó la posibilidad de que el asesino, de ser judío, tal vez salió del acto enardecido por la sensación de injusticia que le dominaba y lo hubiera pagado con Stride, a la que no llegó a mutilar porque debió de huir cuando vio a algunas personas saliendo del club. Se sintió frustrado por el trabajo inacabado, y casi inmediatamente, acabó con la vida de Catherine Eddowes, con la que se ensañó.

—En esta ocasión dejó dos pistas: en la calle Goulston abandonó un trozo de delantal ensangrentado de Eddowes sobre el que apareció un mensaje escrito con tiza en una puerta y que la policía decidió borrar para evitar revueltas.

—¿Qué decía el mensaje? —preguntó Pemberton.

—Según el agente que lo anotó, decía: «Los *juwes* son los hombres que no serán culpados de nada». Esta frase está mal construida: empleó una doble negación, que no es habitual en inglés, por lo que se intuye su procedencia extranjera. Seguramente lo que pretendía decir era que los judíos no deben ser culpados de nada. Escribió *juwes* en lugar de *jews* (judíos), o tal vez fue un error de transcripción del policía que lo anotó.

—¿Y si el término *juwes* tuviera algún sentido para él? —propuso Pemberton.

—No lo creo. La frase expresa cierta incapacidad de aceptar la culpa, cualidad que junto a la de no sentir remordimientos son típicas de los psicópatas o de algunos trastornados mentales. Los errores gramaticales y ortográficos pueden ser consecuencia de su deterioro mental. En su fase última, la sífilis produce síndromes como psicosis, manías y demencias e incluso alucinaciones auditivas, impulsividad y agresividad.

—Un momento —Alfred Mason volvió a la carga con el dedo levantado y el ceño fruncido—, ¿no son los *juwes* unos personajes de la tradición masónica? —atajó, clavando los ojos en Conan Doyle—. Si no me equivoco, fueron los tres asesinos del Gran Maestre Hiram Abif, citado en la Biblia como el constructor del Templo de Salomón. Se dice que acabaron con su vida por negarse a desvelar los secretos genuinos del Maestro Masón. En el rito masónico se contempla en el tercer grado. Tal vez la frase quería decir que debe exculparse a los masones.

—Esa hipótesis debe descartarse —sir Arthur negó y agitó la mano como deshaciéndose de una propuesta inconsistente.

—¿Por qué debe descartarse, porque usted es masón? De la logia Phoenix número 257 de Portsmouth, si no me equivoco —sentenció Mason, que provocó de nuevo un incómodo silencio entre los contertulios.

Durante unos segundos sir Arthur perdió la mirada en un punto invisible, como meditando el paso siguiente y sus consecuencias, pero optó por mantener la calma, ignorar a su colega y continuar su exposición.

—La técnica para extirpar órganos y el uso de cuchillos muy

afilados me llevó a pensar que estábamos ante un carnicero o un matarife —prosiguió Doyle—. ¿Quién podría caminar tranquilamente por la calle con la ropa manchada de sangre sin levantar sospechas sino un carnicero con su delantal? Debía de residir dentro del área donde se produjeron los asesinatos y conocía al dedillo cada callejuela, cada rincón solitario y oscuro, el más adecuado para abordar a sus víctimas y huir con rapidez. Me inclino a pensar que el autor era un comerciante misógino que residía en el mismo distrito y sufría problemas degenerativos a consecuencia de la sífilis que padecía.

Con aquella cadencia suya tan característica, sir Arthur informó a sus colegas de The Crimes Club de que en el amplio listado de sospechosos, solo había dos que coincidieran con ese perfil: Jacob Levy y Nathan Kaminsky. Los dos eran judíos, carniceros, vecinos de Whitechapel, ambos en fase terminal de sífilis y, además, tras sus muertes, los crímenes cesaron.

Para Doyle, David Cohen podría ser el nombre ficticio de Nathan Kaminsky, un inmigrante judío de origen ruso que había trabajado de zapatero y carnicero, dos profesiones en las que se emplean afilados cuchillos. Frecuentaba a las meretrices de Whitechapel y, en 1888, sufría una sífilis avanzada que habría precipitado su desquicio mental. Fue descrito como violento antisocial y, en diciembre de ese mismo año, fue encerrado en el Asilo Lunático de Colney Hatch, el hospital psiquiátrico más importante del Reino Unido, por su agresividad y comportamiento misógino. Durante su reclusión, se mostró agresivo y destructivo, y tuvo que ser contenido hasta su muerte, en octubre de 1889.

—¿Por cuál se inclina usted? —preguntó Le Queux.

Sir Arthur aplicó la llama sobre la cazoleta de su pipa y dio sonoras chupadas para encenderla de nuevo. Volvió a trazar una pausa espesa, acaparando la atención. Conocía los efectos de aquellos oportunos silencios que multiplicaban la expectación de los concurrentes. Presencié muchas veces en sus conferencias esas pausas.

—Un joven de 23 años llamado Joseph Lawende, judío de origen polaco, vio a Catherine Eddowes con un hombre justo antes de ser asesinada —sir Arthur buscó su declaración en la encuesta judicial—. En un primer momento lo describió como «de estatura media, con aspecto de marinero, llevaba una chaqueta de sal y pimienta holgada, una gorra de tela gris con un pico a juego y un pañuelo de color rojizo para el cuello. Debía de tener unos 30 años, con una tez y bigote rubio y unos cinco pies con siete u ocho pulgadas de alto». Después se negó a decir ni una palabra más. Estamos ante el único testigo que pudo identificar a Jack el Destripador y se negó a declarar contra él.

—¿Para protegerlo? —cuestionó Pemberton.

Sir Arthur suspiró. Tras un silencio reflexivo, Conan Doyle volvió a sorprender a todos.

—Ante la presión de la prensa, Joseph Lawende y su familia se marcharon de Whitechapel. Hace un par de días me desplacé a Islington, donde fijó su residencia, y tuve una breve charla con él.

Los asistentes no simularon su asombro por la iniciativa de sir Arthur, más propia de Holmes. Ellos no se habrían tomado tantas molestias 33 años después de los sucesos. Sir Arthur contó que Lawende, al principio, se negó de plano a recibirnos cuando lo solicitamos por carta, pero que, finalmente, acordamos que un servidor, como su secretario, me adelantase y le informara de que el famoso creador de Sherlock Holmes deseaba mantener una charla con él, y de que estaba dispuesto a compensarle por las molestias con una generosa propina. Al fin, nos recibió en su modesta casa, y aunque negó saber nada más de lo que había dicho, saltaba a la vista que conocía mucho más de lo que decía. Lawende, ya con 56 años, reconoció que su carnicería estaba a cincuenta metros de la de Jacob Levy y que trabajaban juntos.

Compartían religión, profesión y vecindad. Solo por su forma de expresarse, salimos convencidos de que no delató a Levy porque era su amigo y porque, en el fondo, le temía. Posiblemente se negó a llevar sobre su conciencia la condena de muerte que, por su testimonio, le hubiera impuesto el tribunal a Levy. Cuando este falleció, no se atrevió a cambiar su declaración y prefirió marcharse del barrio. Levy pudo haber desarrollado un odio incontenible a las mujeres que ejercían la prostitución en las noches de Whitechapel, haciéndolas responsables de su enfermedad y, por tanto, de la ruina de su negocio y de su relación familiar.

—Me bastó esa charla para convencerme de que Jack el Destripador era el carnicero Jacob Levy —concluyó Doyle.

Tras la exposición, sus colegas de The Crimes Club se arrancaron en un aplauso espontáneo. Hubo dos que, por diferentes razones, no aplaudieron y se quedaron pensativos. Uno, el eminente patólogo Bernard Spilsbury, a quien sorprendió la excesiva seguridad de sir Arthur al afirmar categóricamente que el Destripador «era» el carnicero Jacob Levy. Debió haber dicho «pudo ser», dejando abierta la posibilidad de una brecha falible, pues la técnica empleada por Doyle para desarrollar su hipótesis se basaba en meras premisas detectivescas; las mismas que, con destreza literaria, ponía en boca de Sherlock Holmes. Hilvanar conjeturas con más de treinta años de retraso, cuando casi todos los protagonistas habían desaparecido, suponía atribuirse una certeza presuntuosa imposible de demostrar.

Alejar el debate de las nuevas ciencias forenses, materias que no dominaba, fue otro síntoma del declive de sir Arthur. Pese a que continuó escribiendo aventuras del detective Holmes hasta 1927, muy pocas de sus historias las ambientó fuera de la década de 1880 y 1890. En *Su última reverencia*, publicada en 1917, Holmes llevaba retirado en Sussex casi quince años, dedicado a la cría de abejas desde 1903, precisamente el mismo año en que se fundó The Crimes Club. Manteniendo a su héroe en la época victoriana tardía, evitaba integrarlo en un mundo con rivales más cualificados donde las habilidades científicas ya no sorprendían. En *El fabricante de colores retirado*, uno de sus últimos relatos, Holmes, para desvelar al asesino, utiliza la picaresca con métodos fuera de la ley, como trucos y robos, y esquiva el método científico y el estudio de la escena del crimen que utilizaba en sus primeras historias. Si bien al principio esto lo ayudó a crear un icono moderno frente a una investigación policial obsoleta, los rápidos avances de las ciencias forenses pillaron a Doyle a contrapié, y en los últimos años, estaba más interesado en el espiritismo que en incorporar la dactiloscopia, los grupos sanguíneos, la balística, la grafología o la psiquiatría a las habilidades deductivas de su personaje.

Spilsbury representaba la nueva generación de investigadores que aplicaban con éxito esas ciencias. The Crimes Club habría sido un foro extraordinario para conocer los nuevos métodos y reciclarse con profesionales como él, pero sir Arthur se consideraba una institución cultural, un afamado literato y tenía claro que acudía al club para enseñar, no para aprender.

Alfred Mason, otro que tampoco aplaudió, escuchó con atención la exposición de Conan Doyle. Cuando el secretario levantó la sesión y los asistentes salieron del hotel Cecil dando palmadas en la espalda del escritor escocés, Lambton se quedó a solas con Mason.

—¿Qué ocurre, Alfred? ¿No cree que Levy sea el asesino de Whitechapel?

Alfred Mason se quedó pensativo.

—¿No le parece extraña la cantidad de médicos asesinos en los últimos años? El doctor Palmer, el doctor Neill Cream, el doctor Crippen... Todos fueron ahorcados. Dicen que Jack el Destripador tenía conocimientos anatómicos y cuchillo de cirujano. ¿Cree que un asesino analfabeto sin conocimientos médicos sería capaz de identificar con poca luz un útero entre las vísceras ensangrentadas de su víctima para llevárselo como suvenir?

—¿Qué intenta decir? —preguntó Lambton, sorprendido.

—¿Por qué tres décadas después de aquellos crímenes, Conan Doyle se toma la molestia de visitar a un testigo, justo antes de que abordemos en el Club el debate sobre el Destripador? ¿Por qué no lo hizo años atrás cuando la policía requirió su ayuda? ¿Cómo sabemos que la conversación entre sir Arthur y el viejo Lawende se desarrolló en los términos que nos trasladó Doyle y no viajó a Islington para advertirle de que debía continuar con la boca cerrada?

—¡No se exceda, Mason! —clamó Lambton.

—Espero que algún día me digan cuál de las premisas que relacionan a Conan Doyle con Jack el Destripador es falsa —masculló tomando su sombrero del perchero.

Los crímenes de Whitechapel conmovieron los cimientos de la sociedad victoriana y desvelaron la existencia de una Gran Bretaña distinta, humillada y pobre. Los tratadistas más benevolentes afirmaban que los sucesos de 1888 sirvieron para reflexionar sobre la paupérrima situación de los suburbios. La atmósfera decadente de aquel East End febril contribuyó a que la propia fisiología del barrio se asociara a los mismos crímenes, hasta el punto de compartir la culpa, como si el viejo espíritu de la ciudad hubiera jugado algún papel en aquellos terribles asesinatos.

—Dígame una cosa, Lambton —Mason hizo una pausa intrigante—, ¿cree usted en los fantasmas?

Alfred Mason se caló el sombrero y salió tras el silencio estupefacto del secretario, que quedó en la sala sumido en un océano de dilemas tras la inquietante pregunta de escritor.

9
LA BIBLIOTECA

Nueva York, 1922

La Sociedad para la Investigación Psíquica (SPR) —a la que pertenecía Conan Doyle— era una organización británica encargada de estudiar los eventos descritos como paranormales que desafiaban los modelos científicos. Sir Arthur recomendó a su amigo Houdini que asistiera a alguna de las sesiones que la médium Marthe Beraud daba en el edificio de la SPR. Según Doyle, Beraud, más conocida por el nombre de Eva Carrière, poseía extraordinarias habilidades para producir ectoplasma, un fluido viscoso que emergía por la boca, nariz u oídos, mediante el cual se materializaban formas y rostros de espíritus. Según decían, en Argelia materializó el ente de Bien Boa, un indígena que llevaba muerto trescientos años.

Siguiendo su consejo, Houdini acudió a una de las sesiones y observó con detenimiento cómo Carrière vomitaba figuras grotescas y viscosas que no lograron vencer su escepticismo. En su correspondencia, por cortesía, Houdini se limitó a contar a Doyle que, aunque la sesión le resultó interesante, no vio nada que llamara su atención. Sin embargo, en sus notas, posteriormente publicadas en el libro *Un mago entre los espíritus,* Harry criticó a Carrière como una hábil prestidigitadora y añadía que el famoso ectoplasma no era más que toscas figuras de papel maché masticado, tragado y posteriormente regurgitado.

Entre 1920 y 1922, Houdini y Doyle continuaron con su amistad a través de epístolas corteses en las que ambos, desde la diferencia de sus posiciones, intentaban no herir la sensibilidad del otro. «Mi querido amigo, no tardarás en conseguir lo que buscas, existen abundantes señales que confirman todo aquello que defendemos». Doyle se refería a la comunicación espiritual con la madre de Houdini que el mago tanto anhelaba.

En sus cartas, sir Arthur le daba esperanzas e intentaba insuflarle la calma que precisaba:

> La gente me pregunta, ¿qué es lo que obtienes del espiritismo? Te puedo responder que lo primero que se logra es borrar todo el miedo a la muerte. Lo segundo, que nos concilia con la muerte y nos alivia con los seres queridos que podemos perder. No debemos tener miedo de llamarlos de vuelta, pues todo lo que hacemos es crear las condiciones que, como la experiencia nos ha enseñado, los capacitarán para venir si ellos quieren.

Doyle insistía a Houdini en que debía ser más condescendiente, enfocar las cosas de manera distinta, actuar como un alma humilde que sale en busca de ayuda y consuelo. Al principio, el respeto y la admiración mutua fraguó una amistad cercana y respetuosa. Houdini temía dañar su relación con el novelista y evitaba cualquier discusión innecesaria. En realidad, el mago no era un completo escéptico y creía en el mundo espiritual, solo buscaba una prueba que le ofreciera la evidencia para creer que alguien —quien fuera— podía contactar con su querida madre, pero su mente, entrenada en el ilusionismo, le hacía reparar en todos los detalles y siempre terminaba desenmascarando el fraude. Harry se sinceraba con su amigo:

> Yo creo en la existencia de un ser supremo y en la posibilidad de la vida de ultratumba. Desde la muerte de mi querida

madre, no dejo de visitar el lugar de su descanso eterno, donde siempre pido protección y bendiciones del omnipotente Todopoderoso. Cuando mis padres estaban vivos, ambos prometieron en innumerables ocasiones que me protegerían incluso después de haber dejado este mundo. Así que mi mente está abierta a todas las posibilidades y receptiva para creer. Por eso respeto tus opiniones, aunque procuro mantener una postura imparcial hasta comprobar por mis propios medios que las manifestaciones proceden verdaderamente de mi querida madre.

Houdini no conseguía convencer a su amigo escocés de que carecía de poderes psíquicos, algo en lo que sir Arthur insistía también por carta:

Recordarás, querido Harry, que en una ocasión me dijiste que contabas con un cierto poder psíquico que te ayudaba en la ejecución de tus números más peligrosos. Me hablaste de una voz ajena a tu razón que te dictaba qué hacer y cómo hacerlo, y que mientras siguieras detenidamente sus instrucciones, tu seguridad estaba garantizada. Decías que era tan sencillo como saltar de una azotea, pero antes tenías que escuchar la voz y solo cuando la oías, te tragabas la cobardía y te lanzabas al vacío sin dudarlo. Aquellas palabras en tu visita a Crowborough corroboraron mi certeza de que, detrás de cada uno de tus prodigios, hay una fuerza psíquica que respalda tus acciones. Y eso es maravilloso, querido amigo.

Houdini, armado de paciencia ante el desconocimiento del escritor de las técnicas del ilusionismo, admitía que en sus números teatralizaba y aparentaba poderes psíquicos para impresionar a un público ávido de misterio y sensaciones.

Puedo liberarme de cualquier confinamiento, pero todo se lleva a cabo a través de medios físicos, no psíquicos. Mis métodos son naturales y obedecen a las leyes de la naturaleza. No puedo desmaterializar o materializar objetos, como muchos afirman, sino que los manipulo de una forma que cualquier individuo bien entrenado sería capaz de reproducir. Sin embargo, no estoy dispuesto a revelar mis secretos y me los llevaré a la tumba por entender que no aportan beneficio material a la humanidad, sobre todo si son utilizados por personas deshonestas y sin escrúpulos.

El problema estaba en que ni Doyle conseguía convencerlo sobre el poder de los médiums ni el mago desvelaba sus secretos, lo que alimentaba la creencia de Doyle en su poder psíquico.

Al fin, el 9 de abril de 1922, el crucero Baltic atracó en Nueva York. A bordo iba la familia Doyle. Una muchedumbre de seguidores y periodistas los esperaban en el muelle. Los *flashes* de las cámaras se precipitaron cuando apareció el padre de Sherlock Holmes. El revuelo fue aún mayor a las puertas del hotel Ambassador, donde reporteros, clientes y curiosos se arremolinaron en la sala de prensa para la presentación de su gira por Estados Unidos. «Conan Doyle nos hablará de la vida en el más allá», anunció *The New York Times*. Un reportero le lanzó una pregunta capciosa.

—Sir Arthur, ¿hay campos de golf en el otro mundo?

—Que nuestros difuntos son más felices que nosotros es un hecho. Tal vez el golf sea una de sus actividades, como lo es la música. Nadie me ha dicho lo contrario.

Al día siguiente, el escogido titular provocó la chacota en los lectores: «Conan Doyle dice que los espíritus juegan al golf en el cielo». Algunos periódicos se preguntaban cómo, desde su última visita ocho años atrás, el famoso criminólogo escocés se había erigido en profeta de la doctrina espírita. Su cruzada internacional para difundir el mensaje espiritista le generaba enormes gastos; se hablaba de que había empleado más de un millón de dólares en sus viajes por todo el mundo para difundir la nueva religión, una gran fortuna por entonces. El mismo alcalde de Nueva York, John Hylan, en un artículo en *The New York Times,* criticó la «estúpida decisión de Conan Doyle» de matar a su personaje más rentable y resucitarlo siete años después para financiar una campaña espiritista contraria al racionalismo científico del propio Holmes.

Esta vez, Conan Doyle no encontró en Estados Unidos los baños de masas de otras ocasiones, sino un acusado escepticismo por el giro en su trayectoria, unida a la persecución de muchos médiums acusados de fraude. Pese a todo, el imponente Carnegie Hall de Manhattan se llenó con la llegada del espiritista escocés, que habló del «amanecer rosado que nos aguarda» y de las pruebas de su existencia:

> He mantenido largas conversaciones con los espíritus, he escuchado profecías que se han cumplido enseguida, he visto la imagen de personas muertas reflejarse en placas fotográficas, he leído textos escritos por autores muertos, cuyo estilo nadie podría haber plagiado, y he recibido de la mano de mi mujer libretas llenas de relatos de los que ella no tenía el menor conocimiento. Casi nunca pasa un mes, y a veces ni una semana, sin que me comunique con mi hijo fallecido. Si ustedes pudieran ver, oír y sentir todo eso y, sin embargo, no convencerse de la presencia de fuerzas inteligentes a su alrededor, tendrían buenas razones para dudar de su sano juicio.

Tras su conferencia, se produjo una tragedia que desató las más despiadadas críticas. Matilde Fancher envenenó a su hijo de dos años y después se suicidó para adelantar la vida feliz que prometía el espiritismo. Lo dejó escrito en una carta en la que confesó que se había sentido acorralada por múltiples problemas. Se confesaba espiritista y decidió llevarse a su hijo con ella. *The New York Times* relacionó aquel drama con la campaña de Conan Doyle, y el escocés, viéndose señalado, se vio abocado a publicar una carta abierta condenando el suicidio:

> Son muchas las comunicaciones de espíritus que se suicidaron en vida en las que nos cuentan que reviven una y otra vez el momento de su muerte como una pesadilla de la que no consiguen salir. Si esta pobre mujer hubiese recibido una orientación adecuada, jamás se habría atrevido a llevar a cabo semejante acto.

No era el primer caso. El propio Houdini afirmaba en sus exposiciones públicas que «la creencia neurótica en el espiritismo solo puede llevar a la demencia y a la tragedia». Con el tiempo, se conocieron más casos de suicidio, como el de Marie Bloomfield, una joven estudiante del Bernard College de Nueva York, que se enamoró de un espíritu y decidió quitarse la vida para unirse a él en el más allá. O el caso de John Cornyn, que mató a tiros a dos de sus hijos, de siete y ocho años, atendiendo a las súplicas del supuesto espíritu de su esposa, fallecida un año antes, que deseaba tenerlos junto a ella. Para algunos, dilatar la vida de las personas era prolongar su agonía sin necesidad cuando los esperaba un mundo espiritual placentero.

A sus 63 años, la popularidad de sir Arthur decrecía desde que abandonó las temáticas que lo hicieron famoso para volcarse en el espiritismo. Cada vez tenía menos seguidores. En cambio, Houdini se encontraba en la cima de su carrera, pese a que, por su edad —acababa de cumplir 48— cada vez seleccionaba más sus arriesgados números.

Al fin, el 9 de mayo, tal y como prometió, el mago invitó a los Doyle a su casa tras la última conferencia del escocés en Nueva York. El ilusionista les mostró su imponente vivienda en Harlem, con más de una veintena de habitaciones, una sala con vitrinas apiñadas de trofeos, que incluían un busto de bronce del propio mago y otra dedicada a colecciones hemerográficas, con periódicos, revistas, carteles y libretos de todo el mundo relacionados con el ilusionismo. En esta sala también se exhibían extraños artilugios y objetos insólitos, como la Biblia personal de Martín Lutero, el escritorio de Edgar Allan Poe o la mayor colección de cartas de Abraham Lincoln, que llamaron la curiosidad de Jean, quien no cesaba de preguntar por el origen o utilidad de cada objeto.

Mientras Bess atendía las preguntas de Jean, Harry invitó a sir Arthur a pasar a una sala oscura. Cuando descorrió las cortinas, un brillo cálido de luz en polvo inundó un espacio gigantesco que acogía una inmensa estructura de anaqueles hasta el techo con libros de todos los géneros, entre los que abundaban bellas encuadernaciones en piel con estampaciones de oro en sus lomos. Solo una sección de las paredes estaba limpia de ejemplares, un inmenso mueble con unas vitrinas repleto de marcos con fotografías, carteles de sus espectáculos y símbolos antiguos: hebraicos, astronómicos y otros que Conan Doyle no logró identificar. La impresionante biblioteca albergaba miles de volúmenes sobre magia, brujería, prestidigitación, ocultismo, telepatía, demonología, nigromancia, alquimia, astrología o esoterismo escritos en diferentes idiomas. «La famosa biblioteca de Houdini», musitó sorprendido el escocés. Sir Arthur pasó un buen rato contemplándola ante la sonrisa satisfecha de su anfitrión, que abrió un mueble bar y sirvió dos vasos. En uno dispensó jarabe de zarzaparrilla; en el otro, coñac.

—No suelo beber alcohol, debo mantenerme en forma —se justificó el mago brindando con su invitado.

—¿Dónde has conseguido este magnífico *brandy*? —exclamó el escocés tras probarlo—. ¿No estáis bajo la Ley Seca?

—Recuerda que soy mago. —Sonrió—. Revisa cuanto quieras, estás en tu casa —observó Harry, que abrió con llave una gran vitrina donde conservaba los ejemplares más preciados.

Fascinado, Doyle repasaba los títulos de los lomos repujados en pan de oro, acariciaba con delicadeza las cubiertas de cuero bruñido, embriagado por el aroma a piel curtida, a goma arábiga, a madera pulida, a papel en reposo, a lecturas intemporales en los atardeceres. «El olor de la historia», pensó. Estaba ante la mayor biblioteca del mundo sobre ciencias ocultas y fenómenos psíquicos. Se atrevió a extraer con cuidado un ejemplar con un curioso título: *De Occulta Philosophia.*

—Se imprimió en Colonia, en 1533 —se adelantó el mago—. Fue escrito por Enrique Agripa de Nettesheim, un cabalista alemán que recogió todo el conocimiento medieval sobre magia, astrología, alquimia y filosofía natural.

—Qué interesante. Veo que también dejó constancia de la Medicina de aquel tiempo. ¿Y este de aquí? —Doyle señaló un ejemplar con el lomo deteriorado que Harry tomó con delicadeza mostrando su portada.

—*Deliciae Physico-mathematicae,* del Daniel Schwenter, matemático del siglo XVI. Escribió tres interesantes volúmenes sobre mentalismo. Como ves, las ciencias ocultas vienen de antiguo.

Doyle extrajo dos ejemplares al azar con cuidadas cubiertas en piel de becerro. Leyó sus portadas y créditos interiores: *Magiae Naturalis,* de Giovanni Battista della Porta, editado en Núremberg en 1680, y *Neue physikalische und mathematische Belustigungen,* de Edmé-Gilles Guyot, publicado en 1772.

—Della Porta fue el descubridor de la cámara oscura y la linterna mágica, y Guyot escribió sobre ilusiones ópticas, trucos de magia y artificios trileros —ilustró Houdini—. Ven, quiero mostrarte algo.

El mago llevó a su invitado al extremo de la vitrina, se subió a un taburete de tres peldaños, tomó un ejemplar del estante superior y lo puso en las manos de sir Arthur.

—Las memorias del belga Étienne-Gaspard Robert, más conocido como Robertson. ¿Has oído hablar de su historia?

—No tengo el honor.

—A finales del xviii, Robertson utilizó sus conocimientos científicos para crear trucos de ilusión óptica a los que llamó *fantasmagoría,* con los que atemorizaba al público con efectos visuales y sonoros de momias, esqueletos, demonios o fantasmas. Lo hacía con el *fantascopio,* con el que proyectaba imágenes sobre humo o pantallas semitransparentes, desde una posición trasera, para ocultar el dispositivo. Aumentaba o reducía el tamaño de las imágenes y las hacía aparecer o desaparecer a su voluntad mediante la obturación y el intercambio de placas. Muchos creyeron en sus poderes psíquicos y lo consideraban un médium.

—Eso era un fraude —sentenció sir Arthur.

—En absoluto, querido amigo. Robertson jamás engañó a nadie ni presumió de poderes psíquicos. Ofrecía espectáculos de miedo y creaba efectos especiales por puro entretenimiento. Dickens dijo de él que era un hombre honorable y educado que se había dedicado al espectáculo. Este libro demuestra que el ilusionismo se practica desde hace siglos y que muchos lo atribuyeron a poderes sobrenaturales por ignorancia.

—Entiendo. Intentas equiparar los trucos de Robertson con los médiums espiritistas que hacen trampas. Agradezco tu ilustración, pero, aun sin negar que haya embaucadores, nada tiene que ver el *fantascopio* con la doctrina espírita, de la que, por cierto, apenas he visto títulos en tu magnífica biblioteca.

Ante la terquedad de su invitado, Houdini subió a sus labios una sonrisa tarda, inefable. Optó por resignarse y repetir el brindis.

—Lo que nos une, querido amigo, es mucho más importante que lo que nos separa. Tras la comida, te haré una demostración.

Bess y Jean aparecieron por la puerta de la biblioteca riendo algún comentario jocoso.

—Cariño, ha llamado Bernard. Dice que como des lugar a que sir Arthur se marche sin que él pueda saludarle, no te hablará de por vida. Les he invitado a comer. Espero que no os importe —expuso Bess.

—Bernard Ernst es mi abogado y hombre de confianza —apostilló Harry.

—Será un placer conocerle —concluyó sir Arthur, que seguía preguntándose por la ausencia de títulos espíritas en aquella impresionante biblioteca.

No tardaron en aparecer Bernard y su esposa Roberta, que saludaron al matrimonio Doyle con efusividad. Ernst era delgado, con escaso cabello engominado, reliquia de su antigua cabellera, y un bigotito pulcramente recortado que achicaba su boca en una expresión de eterna conjetura. Lucía un elegante chaqué negro con pajarita a juego y gastaba la mirada rapaz de los ávidos de negocios en quiebra. Durante la comida, Doyle supo que, además de abogado, era socio de Houdini y representante legal de su patrimonio. También practicaba la magia; de hecho, era miembro de la Sociedad Americana para la Investigación Psíquica y de la Hermandad Internacional de Magos. Solía acompañar a Houdini en muchas de sus actuaciones.

Roberta, su rubicunda esposa, era menos avispada solo en apariencia. Lucía un *little black dress* con plisado y flecos, collares largos y cabello platino a lo *garçon* peinado en ondas y con diadema de plumas, más por imitar las tendencias de las *flappers* que por lucir un palmito que no tenía. La sombra de ojos parecía excesiva sobre su tez pálida, aunque en esto no se diferenciaba de Bess o Jean, que también blanqueaban sus rostros con polvos de arroz. El *parfum* francés de la recién llegada irrumpió en la estancia como las tropas aliadas en Galípoli.

Bernard llevó un ejemplar de *El mundo perdido* para que sir Arthur se lo firmara. Se lo entregó junto a un puñado de lisonjas sobre su apasionante lectura. La mentira piadosa no pasó desapercibida a sir Arthur, que enseguida reparó en que aquel ejemplar nunca había sido abierto y debía haberlo comprado aquella misma mañana para granjearse la simpatía del autor. Doyle nunca entendió que los libros fuesen utilizados para otros fines distintos que para ser leídos. Antes de sacar su estilográfica, Doyle le tendió una pequeña trampa:

—¿Qué le pareció el detective Challenger en la resolución del caso?

Jean se llevó la mano a la boca disimulando su sonrisa.

—Impresionante la intuición y la audacia de Challenger en la identificación del asesino —improvisó el adulador letrado.

Ruborizada, Bess miró a Harry, que hizo una mueca divertida. «Cosas de Bernard», pareció decir. Sir Arthur, con media sonrisa, le devolvió el ejemplar firmado y el letrado, agradecido, lo abrió con ilusión, leyendo la dedicatoria: «A Mr. Ernst, para que disfrute de la aventura en la Amazonia del profesor de zoología George Challenger, cuando se decida a leerla. Arthur Conan Doyle».

El abogado sonrió y suspiró azorado.

—Olvidé que al creador de Holmes no se le puede engañar tan fácilmente. Le prometo empezar hoy mismo con las aventuras del profesor Challenger —reconoció ante las risas de los demás.

La comida, amenizada con divertidas anécdotas de cada uno de los contertulios, transcurrió en un excelente clima de distensión y amistad. Tras los postres, Houdini se dispuso a entretener a sus invitados con un truco especialmente diseñado para sir Arthur. Era la demostración que insinuó en la biblioteca.

En una sala anexa, Houdini mostró a sus invitados una pizarra con dos agujeros en sus extremos superiores por donde pasaban unos cables que colgaban de unos ganchos del techo. El mago aproximó cuatro pequeñas bolas de corcho, un tintero con tinta blanca, un cuchillo y una cuchara. Invitó a Doyle a examinar las bolas, le pidió que eligiera dos de ellas al azar y que las cortara con el cuchillo para que pudiera comprobar que no tenían nada en su interior. A continuación, solicitó al escritor que cogiese una de las bolas no cortadas con la cuchara y que la sumergiera en el tintero hasta que quedase completamente cubierta de tinta blanca y que la dejase ahí para que siguiera absorbiendo la tinta. Acto seguido, pidió a sir Arthur que saliera a la calle y que, sin que nadie lo viera, escribiera algo en un papel y se lo guardara en el bolsillo sin mostrarlo. Doyle salió y se alejó de la casa. Cuando estuvo seguro de que nadie lo veía, escribió unas palabras en el papel. Ya de regreso, el mago pidió a sir Arthur que, con la cuchara, sacara la bola impregnada de tinta y la pegara en una de las esquinas superiores de la pizarra. La bola comenzó a resbalar lentamente, dejando un rastro blanco de tinta en el que aparecieron las palabras: «Mene, mene, tekel upharsin», las mismas que, según el Antiguo Testamento, una mano escribió en una de las paredes del Palacio Real mientras el rey Belsasar hacía una fiesta y que solo el profeta Daniel supo interpretar (Daniel 5:28): «Dios ha contado los días y le ha puesto fin a tu reino», una alegoría sobre la transitoriedad de los reinos terrenales.

Sir Arthur, con los ojos como platos, sacó el papel de su bolsillo. Era exactamente lo que él había escrito. Boquiabierto, el escocés no encontraba palabras para expresar su asombro. Houdini se le aproximó y lo miró sin pestañear.

—Amigo Arthur, el único poder que tienen los demás sobre usted es el que usted desee concederles. No todas las cosas extraordinarias que ocurren a nuestro alrededor son sobrenaturales o espirituales. Sé que lo que acaba de presenciar parece prodigioso, pero solo es un truco, nada que no se pueda explicar por medio de la Física, aunque no puedo revelarle el procedimiento. No legitime fenómenos solo porque no pueda explicarlos. El conocimiento es poder, y el saber adecuado permite al hombre realizar tareas que parecen milagrosas, pero son de este mundo, no del más allá.

Doyle permaneció ausente unos segundos preguntándose cómo diablos la bola de corcho hizo aparecer en la pizarra unas palabras que él había escrito fuera de la vista de todos. Unas palabras complejas en arameo que nadie, sin un don especial, hubiera sido capaz de intuir. Lejos de reflexionar sobre la advertencia de su amigo, sobre las artimañas de los falsos médiums, llegó a la conclusión de que algunos psíquicos recurren a trucos para no decepcionar a la concurrencia en momentos puntuales en que no pueden ejercer sus poderes superiores. En el caso de Houdini, «estos poderes sobrenaturales le permiten realizar portentos tan fantásticos como atravesar paredes y puertas. Lo de abrir los cerrojos es solo un despiste para no poner al descubierto sus verdaderos poderes psíquicos», escribió en sus notas.

—En una ocasión —insistió Houdini— probé un nuevo número: escapar de mi propio entierro a tres metros de profundidad. Aunque el féretro tenía una tapa falsa que me ayudó a salir, el peso de la tierra era insoportable. Fueron momentos tan angustiosos que acabé con las uñas ensangrentadas y las manos en carne viva. De no ser por mis asistentes, que me sacaron al ver la tierra moverse, hubiera muerto asfixiado. Jamás volví a intentarlo.

—Harry, no empequeñezca sus prodigiosas facultades con falsa modestia. Sabemos de sobra de lo que es capaz —concluyó el escritor regresando a la pizarra para continuar cavilando sobre el prodigio.

El mago lo miró resignado y suspiró. El ídolo de Harry se desmoronaba.

Houdini jamás repitió el truco de la pizarra y nadie pudo explicar cómo consiguió adivinar las palabras que escribió Conan Doyle.

10
LA CARTA

Atlantic City, 1922

La familia Doyle pasó unos días en Atlantic City, zona de recreo en la costa suroeste de Nueva Jersey, donde potentados y famosos buscaban playas, sol y aburrimiento de pago. El 17 de junio, sir Arthur invitó a Harry y a Bess a unirse a ellos para disfrutar de unos días de asueto. El gerente del lujoso hotel Ambassador, a petición del ilustre escritor, dispuso que los Houdini fueran alojados en la *suite* contigua a los Doyle.

Tras unos días de bailes y baños, aprovechando que sus esposas jugaban con los niños junto a la piscina, Arthur llevó a Harry al bar de la terraza, donde el barman, con el que ya había trabado cierta amistad, les sirvió unos cócteles camuflados.

—Harry, quiero proponerte algo —dijo Arthur tras dar un trago a su negroni, cóctel a base de ginebra, Campari y vermú dulce, simulado en vaso opaco para burlar la Ley Seca—. Jean está hoy especialmente sensitiva. Podría ser un buen momento para intentar contactar con tu querida madre. Sé que es importante para ti. Como sabes, Jean goza de poderes mediúmnicos y lleva años contactando a través de la psicografía. ¿Qué te parece?

Harry torció el gesto ante la inesperada propuesta de sir Arthur. Su amigo le ofrecía la posibilidad de contactar con su madre, lo que otros muchos habían intentado por ser algo que anhelaba desde que murió sin que pudiera despedirse de ella, pero temía un nuevo fracaso y que su amistad se viera comprometida.

—No sé si es buena idea, Arthur... —dudó.

—¿Qué puedes perder? Somos amigos, no vamos a estafarte. Esta noche realizaremos una sesión en nuestra *suite*. Si asistes, con un poco de suerte, tu madre podría hacer acto de presencia. Si se comunica contigo y quedas satisfecho, me gustaría que te unieras a la causa.

El mago, receloso, miró a Jean, que hablaba animadamente con Bess en la piscina.

—¿Cómo averiguaste que tu esposa tenía facultades mediúmnicas? —se interesó, sin disimular su reticencia.

—Al principio entraba en trance y escribía frases incoherentes, pero un día recibí un mensaje de mi cuñado, Malcolm Leckie, que había muerto en la guerra. Refirió un episodio que solo él y yo conocíamos. Después ha demostrado muchas veces sus dotes psíquicas. Harry, el mundo espiritual tiene una vibración de energía superior a la terrenal, y Jean posee el don de conseguir índices vibratorios variables. Es capaz de percibir sonidos e imágenes imposibles de ser captadas por personas comunes.

—¿Vibraciones de energía? —preguntó contrariado.

—Algo parecido a la radio. Ese fascinante aparato es capaz de captar ondas electromagnéticas de distintas frecuencias. Somos incapaces de ver esas longitudes de onda, sin embargo, existen y el receptor las transforma en música y voces; mensajes, en definitiva.

Houdini guardó silencio un instante, con la mirada medio perdida en algún punto sobre el hombro de sir Arthur mientras le llegaban los recuerdos. Aquel día se cumplían nueve años del fallecimiento de Cecilia Weiss, su querida madre, información que los Doyle desconocían. ¿Era una señal? Tal vez era el día propicio, pensó.

—Está bien. Confío en vosotros —asintió con escaso énfasis.

Llegada la noche, tras la cena, Doyle dijo que todo estaba listo y se dirigió a la esposa de Houdini.

—Tendrás que disculparnos, pero no podrás formar parte de la sesión. Sé que ambos compartís cierta posición escéptica, y esto podría perjudicar a la energía del ambiente. Si no te importa, preferimos que asista solo Harry. Espero que lo entiendas.

—Por supuesto, no hay problema. Me quedaré con los niños, son adorables. —Sonrió Bess.

Ya en la *suite* de los Doyle, el escritor bajó las persianas y echó las cortinas. Una mesa presidía la salita, alrededor de la cual dispuso tres sillas y, sobre ella, algunos pliegos de papel, varios lápices afilados y una vela que el británico encendió, y cuya luz mortecina proyectó siniestras sombras. Jean preguntó a Houdini si tenía algún objeto de su madre. El mago sacó de la cartera una fotografía y se desprendió de un anillo. Jean cogió la alhaja y el retrato, los palpó con los ojos cerrados y suspiró. Dejó el anillo y la fotografía junto a la vela y se cogieron las manos formando un círculo.

—Harry, estás tenso. Es necesario que te relajes para evitar la dispersión. No usaremos *ouija*, solo el poder psíquico convocante —propuso Jean con tono sosegado—. Si alguna entidad desea comunicarse, lo hará a través de mí por medio de escritura automática. Cierra los ojos y concéntrate en el recuerdo de tu madre.

Los tres cerraron los ojos e inclinaron la cabeza. Houdini, desconfiado, abría ligeramente los párpados para no perder detalle. Le vinieron a la cabeza cada uno de los médiums a los que había desenmascarado, pero ahora la psíquica era la esposa de su amigo.

—Harry, céntrate en tu madre, por favor —insistió Jean—. Retengamos en la mente la imagen de la señora Weiss y dejemos que la energía fluya dentro del círculo.

Tras unos minutos en completo silencio, Arthur inició una plegaria:

—Jesús dijo: «En cualquier lugar en el que dos o tres personas se encuentren reunidas en mi nombre, ahí estaré yo, en medio de ellas». Dios Todopoderoso, estamos agradecidos por la nueva revelación y por esta ruptura de los muros que dividen nuestro mundo. Tenemos sed de otro mensaje incuestionable del más allá, otra llamada de esperanza a la raza humana en este momento de aflicción y temor. ¿Sería posible que nos enviaras una señal de los amigos que ya se fueron?

Tras una pausa, Jean habló.

—Nos hemos reunido para contactar con el espíritu de Cecilia Weiss.

Houdini sintió un estremecimiento al oír la invocación de su madre. Estaba dispuesto a creer, quería creer. Tenía decidido abrazar el espiritismo si se topaba con alguna evidencia lo suficientemente fuerte como para disolver las dudas que le habían dominado en los últimos años.

—Invitamos a cualquier guía del mundo espiritual que esté cerca de nosotros a unirse a este círculo. Por favor, manifiesta tu presencia.

El silencio persistía conforme la respiración de Jean se hacía más lenta y profunda. Harry notó que su mano estaba más fría que al inicio de la sesión, y por la imperceptible ranura de un ojo, vio que su boca exhalaba volutas de vaho, como en los soterraños en invierno. Por un instante, la llama tituló caprichosa, como si una presencia cercana la agitara para dar movimiento a las sombras que, como una cabalgata de espectros, se proyectaban sobre una tiniebla sin fondo.

—Deseamos comunicarnos con la señora Cecilia Weiss —Jean elevó la voz—. Por favor, cuando esté lista, únase a nuestro círculo esta noche.

Los minutos pasaban y la médium insistía:

—Cecilia Weiss, únase a nuestro círculo. Su hijo Harry está aquí.

Houdini sintió deseos de vocear: «Madre, si estás cerca, únete a nosotros», pero se limitó a observar a través de la disimulada rendija de sus párpados. Jean tenía la cabeza echada para atrás, como si mirase al techo con los ojos cerrados. Arthur parecía concentrado, con el aspecto fantasmagórico que le otorgaba el siniestro titilar de la bujía.

—Cecilia Weiss, únase a nosotros. Su hijo Harry está aquí —insistió Jean, tras lo cual pareció sumirse en un duermevela.

La cabeza le cayó hacia un lado y, de pronto, su respiración se aceleró. Entró en éxtasis y ya no hablaba. Empezó a agitarse y sus manos comenzaron a temblar. A Harry le pareció percibir un aliento frío sobre el rostro.

—Si eres Cecilia Weiss entra en el círculo y comunícate. Escribe lo que desees a través de Jean —añadió Arthur.

Arthur puso un lápiz entre los dedos de su esposa y, al instante, percibió su mano derecha moviéndose sobre el papel que se había apresurado a colocar debajo. Garabateaba compulsivamente con los ojos cerrados y la cabeza hacia un lado. Escribía a un ritmo frenético con letra acalambrada, sin pausa. Cuando llegó al final del papel, Arthur lo sustituyó por otro, y así hasta quince veces.

El rostro de Houdini se había tornado marmóreo, desvelando hasta qué punto el gran mago, que una y otra vez desafiaba a la muerte, era frágil ante este nuevo reto. Al fin, el lápiz cayó de la mano de Jean, quien se desmadejó, agotada, en su silla. Su respiración se fue normalizando y sir Arthur cerró la sesión con una nueva plegaria. Apagó el pabilo de un soplido y encendió las luces. Harry, que hacía rato que había abierto los ojos, vio a sir Arthur asistir a su esposa, tras lo cual, visiblemente alterado, ordenó los pliegos de papel. Leyó la primera página y, emocionado, miró a su amigo con los ojos brillantes.

—Aquí tienes la prueba que tanto esperabas. —Arthur le entregó los pliegos y secó la frente de Jean con un pañuelo.

Houdini, con las manos temblorosas y el corazón batiéndole el pecho, leyó la carta varias veces:

Mi querido hijo, gracias al cielo, al fin puedes oírme, lo he intentado muchas veces, pero ahora soy feliz. Tenía un inmensurable deseo de hablar con mi pequeño, mi único y amado hijo. Amigos, os doy las gracias de corazón por esto, habéis contestado a mi llanto y al de él. Que Dios os bendiga mil veces de por vida. Nunca una madre tuvo un hijo como él. Decidle que no llore más, porque en breve tendrá todas las evidencias que tanto anhela. Que intente escribir desde su casa, será mucho mejor y yo lo ayudaré. Le quiero mucho, muchísimo. Estoy preparando un dulce hogar para él, al que algún día, cuando Dios quiera, vendrá. Una de mis grandes alegrías es la preparación de nuestro futuro. Soy completamente feliz en esta vida, tan plena de alegría. Mi única tristeza es que mi amado ha ignorado las muchas veces que estuve a su lado todo este tiempo, aquí, distante de mi amor, mientras seguía trabajando en esta mi nueva vida. Todo aquí es diferente, más amplio, más bonito, tan sublime y ameno y nada te duele. Además, desde aquí es posible ver a nuestros seres queridos en la Tierra y eso nos transmite una gran alegría y un gran consuelo. Decidle que le quiero más que nunca. Con el paso de los años mi amor no hace más que aumentar, y su bondad llena mi alma de alegría y gratitud. Lo único que quiero ahora es que él sepa que ya he cruzado el abismo, es lo que quería, lo deseaba más que nada. Ahora podré descansar.

Puedo leer la mente de mi amado hijo, hay tantas cosas que querría decirle, pero me siento tan abrumada por la alegría de volver a hablar con él que casi no puedo soportarlo. Es mucha alegría la que siento, gracias, muchas gracias de corazón, amiga, por todo lo que has hecho por mí en esta maravillosa jornada. Que Dios le bendiga también, sir Arthur, por el trabajo que viene desarrollando y que es tan vital para nosotros, que estamos aquí y necesitamos contactar con nuestros seres queridos en el plano terrenal. Si el mundo conociera la gran verdad, la vida para los hombres y mujeres sería muy distinta. Siga adelante, sir Arthur, no permita que le detengan, su recompensa será grandiosa. Los reuní a usted y a mi amado hijo porque sentí que usted era la única persona que podría ayudarnos a superar este obstáculo y, al final, tenía razón. Bendito sea, bendito sea, lo digo desde lo más profundo de mi alma, él llena mi corazón y en breve estaremos juntos. A mi hijo le espera una felicidad con la cual jamás ha soñado. Dígale que estoy con él y que en breve le demostraré lo cerca que estuve todo este tiempo. En breve abrirá los ojos.

Que Dios les bendiga a todos.

Tras su lectura, el mago quedó pensativo. Quiso decir algo, pero las palabras se le hicieron ceniza en la boca. Se secó el sudor, frunció los labios y se levantó.

—He de volver con Bess —musitó, llevándose la carta—. Buenas noches.

Al verlo llegar cariacontecido y pálido, su esposa llevó a los niños con sus padres y a la vuelta le preguntó cómo había ido todo.

—Hablasteis hoy de mi madre, ¿verdad? —inquirió, sentándose en la cama.

—¿Cómo?

—Sí, en la piscina. ¿De qué hablaste con Jean? —inquirió en voz baja para no ser oído.

—Ah, sí. Se interesó por la relación que habías tenido con tu madre. Anécdotas, recuerdos, ya sabes.

—Te estaba sonsacando. Otro engaño más. ¡Son patéticos!

—¡Harry!

Con desdén, el mago arrojó sobre la cama los quince folios manuscritos, que Bess recogió para leerlos.

Houdini, indignado, mientras se desvestía y arrojaba con ira su ropa al suelo, contó a Bess que esa carta no podía haberla dictado su madre, que todo era un montaje deliberado para atraerlo a la causa y que no iba a permitir que jugaran más con sus sentimientos. «La memoria de mi madre merece más respeto», se lamentó con tristeza. Tras la lectura, Bess comprendió a qué se refería su esposo.

—La carta comienza con una cruz, pero tu madre era devota judía, viuda de un rabino. Jamás hubiera trazado el símbolo cristiano —reparó Bess—. Si Jean me ha sonsacado no le ha servido de nada, porque se expresa en términos generales, no menciona ni un solo episodio identificativo de vuestras vidas, ni recuerdos, al contrario, ha escrito «mi único y amado hijo» y sois cinco hermanos. La mayor parte del texto se dirige a Arthur y a Jean agradeciéndoles su labor, no a ti.

—Y está escrita en perfecto inglés, cuando mi madre solo hablaba en *yiddish* —añadió soliviantado—. Ni siquiera menciona que hoy es el aniversario de su muerte. Y lo de la cruz es de risa. ¡Cómo pueden dos personas cultas prestarse a estas prácticas tan ridículas! Teníamos diferencias, pero somos amigos. ¡Cómo pueden hacerme esto! —exclamó profundamente desilusionado.

—No me parece que sea un montaje deliberado —trató de justificar ella—. Están convencidos, Harry. No creo que Jean sea una impostora, considero más bien que el escrito es fruto de su propia sugestión, lo cual no deja de ser una simpleza que, posiblemente, Arthur interpreta como un mensaje de un ente incorpóreo.

—Me es indiferente si es montaje o ignorancia. El daño está hecho y no lo voy a perdonar. Estoy hasta las narices de charlatanes y trileros —dijo metiéndose en la cama y acurrucándose en posición fetal, de espaldas a su esposa—. Voy a desmontar públicamente la campaña espiritista de Conan Doyle, que ahora se jacta de las habilidades psíquicas de su esposa —concluyó con un bufido.

—Cariño, se han portado bien con nosotros. Regresan a Europa en un par de días. No tomes decisiones precipitadas.

El 23 de junio, los Doyle zarparon de Nueva York en el crucero Adriática con destino al viejo continente. Los Houdini, corteses, fueron a despedirlos, pero el resentimiento de Harry estaba desatado. Templado por su esposa, se contuvo unas semanas, tiempo en el que escribió a sir Arthur al objeto de que le aclarase algunas dudas sobre la carta de su madre. El 30 de octubre, Houdini no aguantó más y publicó un duro artículo en *The Sun* titulado *Espíritus compactos vacíos,* donde relataba la decepcionante experiencia espiritista en el hotel Ambassador protagonizada por el matrimonio Doyle.

Sir Arthur creía que la gran emoción que se había apoderado del ambiente era una señal de conexión directa con el mundo de los muertos. Sin embargo, yo no podía aceptar la carta como verdadera porque, aunque mi santa madre hubiese vivido en América durante casi medio siglo, ella no hablaba, leía o escribía en inglés. Intentaron justificarme este despropósito diciendo que el difunto se hace más culto cuanto más tiempo lleve ausente. Es decir, la carta de mi madre estaba escrita en inglés porque lo había aprendido en el cielo (...) Mi mente está abierta a cualquier posibilidad, pero en los veinticinco años que llevo estudiando el asunto, acudí a centenares de sesiones espiritistas y jamás he presenciado algo que pudiera convencerme de la posibilidad de comunicación con los seres queridos que se han ido al más allá.

Aquel artículo sería la primera andanada de una batalla abierta que acabaría con la amistad entre ambos y con la declarada hostilidad de Houdini contra el movimiento espiritista, al que consideraba el mayor fraude del siglo xx. Doyle se sintió traicionado por su amigo con aquella campaña de descrédito señalándolo directamente a él. Indignado, sir Arthur optó por escribirle en privado. Según Doyle, que la carta estuviera escrita en inglés o el hecho de no mencionar el aniversario de su muerte era irrelevante, porque los idiomas y las fechas carecen de importancia en el mundo de los espíritus. Los mensajes llegaban a la mente de Jean como pensamientos, no como un dictado literal en un idioma extranjero. Houdini, por su parte, sancionaba sus contradicciones cuando aseguraba que en la escritura automática la pluma la controla el espíritu, no el médium.

La situación se fue tensando progresivamente con cartas y artículos cada vez más subidos de tono. Las disputas entre las dos celebridades llenaron de amarillismo la prensa, y las acusaciones públicas entre ambos alimentaron el debate sobre el más allá y las especulaciones del más acá.

El artículo de Houdini concluía:

> Sir Arthur se ha negado a discutir la cuestión desde cualquier otra perspectiva que no fuese la del espiritismo, y de todas nuestras conversaciones, solo le conviene citar aquellas que lo favorecen en todos los aspectos. Aquel que no decida seguirle dócilmente queda eliminado de su círculo social.

Doyle contratacó:

> La campaña liderada por Houdini contra los médiums provocó el desenmascaramiento de algunos charlata-

nes. Por otro lado, esa agresiva postura también generó una enorme antipatía por parte de nuestro círculo espiritista que antes le daba apoyo por su colaboración en la limpieza del movimiento. Pero a partir del momento en que estos esfuerzos parten de un hombre que desprecia evidencias, que vienen siendo demostradas desde hace tres generaciones, nos vemos obligados a llegar a la pesarosa conclusión de que estamos lidiando con un individuo muy ignorante.

Doyle regresó a Estados Unidos al año siguiente para persistir en su campaña espiritista. Tuvo que soportar la hostilidad de la Iglesia, que tildaba de blasfemia suponer que Dios hablaba a través de los médiums y no de los santos, además de contrarrestar los estragos de Houdini, que recorría el país colándose de incógnito en las sesiones espiritistas para desenmascarar las argucias de los psíquicos como trucos de prestidigitación: cómplices tras las cortinas, gramófonos ocultos, máscaras de parafina bañadas en fósforo para hacerlas visibles en la oscuridad y un largo etcétera. «Esta gentuza ofrece una visión distorsionada del mundo, se burlan de la fe de la gente inventando mensajes y apropiándose de los recuerdos felices de sus familias, sustituyéndolos por parodias de voces producidas en habitaciones oscuras. Lo único que pretendo es barrer de nuestra sociedad a esta horda de perdularios sin conciencia que se aprovechan de la sensibilidad y la desesperación de las personas», escribiría el escapista húngaro.

Houdini relató cómo desenmascaró a la famosa médium Margaret, de la que sir Arthur hablaba maravillas, y le impidió hacerse con el premio de dos mil quinientos dólares ofrecidos por la revista *Scientific American* a quien pudiera demostrar alguna manifestación psíquica que no tuviese una explicación científica. Doyle salió en defensa de la psíquica, y tras una dura polémica en la prensa con acusaciones mutuas, el mago y el escritor se amenazaron con demandarse en los tribunales.

Doyle, enfurecido, criticó que Houdini formara parte del comité evaluador, que, a su juicio, debía estar formado exclusivamente por científicos, y calificó al jurado de farsa cuestionando su imparcialidad. Houdini, por el contrario, sostenía que los científicos no estaban preparados para detectar supercherías «porque su objeto de investigación es la naturaleza, y esta actúa siempre con honestidad. Las personas, en cambio, hacen trampas, por lo que una investigación paranormal debe contar con la colaboración de otro tramposo, como un ilusionista experimentado». Los espiritistas cerraron filas con Doyle y prohibieron a Houdini la entrada a las sesiones, incluso se comprobaba que los invitados no portasen disfraz ni barbas postizas para evitar que el escapista se colase en ellas.

Houdini recibió cartas anónimas con amenazas de muerte, y él incluyó en sus multitudinarios espectáculos, además de los números de ilusionismo y escapismo, ejemplos prácticos de cómo los médiums espiritistas engañaban al personal. Fue así como Harry Houdini y Arthur Conan Doyle pasaron de buenos amigos a contendientes acérrimos. Jamás volvieron a verse ni a saber el uno del otro hasta que, en 1926, ocurrió algo que añadió más incertidumbre a la situación.

Nada hacía presagiar lo que estaba a punto de suceder.

II
POMPA Y CIRCUNSTANCIA

Detroit, 1926

En los años veinte, el vodevil, considerado el espectáculo más popular, comenzó a declinar ante el imparable auge del cine mudo. En 1925, Houdini decidió crear un espectáculo nocturno más completo para no perder la atención del público. Amplió el número de asistentes y dividió el *show* en tres actos: magia, escapismo y un tercero dedicado a mostrar públicamente los métodos fraudulentos que utilizaban los médiums para estafar a incautos. «Tres espectáculos en uno». Su programa fue un éxito y recaudaba diez mil dólares semanales.

Días antes de sus actuaciones contrataba a detectives que investigaban al médium más famoso de la ciudad haciéndose pasar por clientes. Cuando Houdini llegaba ya contaba con un detallado informe sobre las prácticas de estos psíquicos. Con la información obtenida, y ante la audiencia de su espectáculo, desenmascaraba los trucos empleados; y la prensa, previamente invitada, solía difundir sus reprobaciones.

Ni qué decir tiene que aumentó el aborrecimiento del colectivo espiritista y fulminó cualquier esperanza de reconciliación con Conan Doyle. Houdini comenzó a recibir demandas por difamación y amenazas en forma de cartas anónimas.

El domingo 24 de octubre, una muchedumbre se arremolinaba en los accesos al teatro Garrick de Detroit, en el 1122 de la calle Griswold. En las semanas previas, la ciudad apareció empapelada de carteles anunciando al gran escapista: «El mago más grande de la historia. Houdini presenta el espectáculo más novedoso de la Historia. Dos horas y media de magia, ilusiones, escapes y trucos de médiums fraudulentos».

Llegada la hora, se encendieron las luces y, como siempre, la orquesta interpretó *Pompa y circunstancia,* de Edward Elgar. Preocupada, Bess no dejaba de mirar a su esposo. Estaba pálido, cojeaba, sudaba y se llevaba la mano al vientre.

—Debería verte un médico. No estás bien, cariño, y tienes el tobillo roto —musitó Bess entre bambalinas momentos antes de salir al escenario.

—El espectáculo debe continuar —respondió, besándola en la mejilla.

Un atronador aplauso sonó cuando se alzó el telón y apareció el famoso ilusionista con los brazos en cruz. En el proscenio, Houdini se arrancó las mangas de su frac para demostrar que no ocultaba nada, desplegó una histriónica reverencia y dejó vagar la vista por el patio de butacas. El mago hizo desaparecer monedas, despertadores y otros objetos. Una atractiva ayudante subió al escenario y, al instante, Houdini hizo que desapareciera y que en su lugar brotara un colorido arbusto. El artista saludaba y el público aplaudía cuando, súbitamente, el mago apareció al fondo de la platea, en la parte opuesta del teatro: «¿A quién aplauden? ¡Estoy aquí!», gritó. Regresó al escenario disimulando como pudo la cojera, apoyándose en un bastón. Desconcertado, el público se preguntaba cómo había podido esfumarse y aparecer al fondo del teatro en una décima de segundo. Al observar que su marido se llevaba la mano al vientre de forma reiterada, Bess se preguntó, inquieta, si sería capaz de llevar a buen término la función.

Concluyó a duras penas el primer acto con el rostro crispado por el dolor y, tras caer el telón, el mago se desvaneció y fue llevado en volandas al camerino, donde lo reanimaron. Estaba encendido en fiebre, por lo que Bess pidió que suspendieran la función, pero él se negó. «¡Por Dios, Harry, tiene que verte un médico, llevas días mal!», le suplicó su esposa, pero Houdini nunca dejaba un espectáculo a medias, así que regresó al escenario tras una aliviadora emesis. «¡Al menos sáltate la cámara!». Bess se refería a la cámara de tortura china, uno de los más populares de su repertorio. Pero Harry no estaba dispuesto a defraudar a los que habían invertido buena parte de sus sueldos para verlo, algunos llegados de muy lejos.

Los espectadores ya habían reparado en que algo no marchaba bien. La función había comenzado con media hora de retraso, y Houdini, que no tenía buen aspecto, cometió errores que permitieron a los espectadores descubrir algunos trucos, lo que desató la decepción de una parte del público que no dudó en abuchearlo.

Ataron a Houdini boca abajo y lo introdujeron en un tanque de cristal reforzado con acero que contenía mil litros de agua. La tapa fue cerrada herméticamente y asegurada con candados desde fuera. Dos de sus ayudantes portaban grandes hachas por si era necesario romper el cristal para salvarle la vida. Houdini tenía que liberarse de las cadenas y candados y salir del contenedor en el tiempo que aguantaran sus pulmones sin respirar. Lo último que vieron los espectadores antes de correr la cortina fue la cara de pánico y los golpes que Houdini se propinaba contra el vidrio. Transcurridos unos minutos, que al público se le hicieron eternos, el ayudante descorrió la cortina y el mago ya no estaba en el interior del tanque. Secándose con una toalla, saludó al respetable, pero su semblante mortecino, sus ojos hundidos y el rictus de dolor de su sonrisa delataban que no estaba bien.

En el último acto, Houdini caminaba arrastrando los pies y los ayudantes, temiendo contradecirle, se miraban sin saber qué hacer. Mientras unos reclamaban la devolución de su dinero, otros aplaudían su pundonor, sobre todo los más veteranos, que aún recordaban la actuación del joven Houdini veinte años atrás en el teatro Temple. En 1906, para promocionar su espectáculo en Detroit, ofreció una hazaña pública al saltar desde el puente de Belle Isle, atado con cadenas y candados, sobre un pequeño agujero en el río congelado. Entonces estaba en plena forma, pero la de aquel domingo de otoño en el teatro Garrick no solo fue su peor actuación, también la última.

Al fin, concluyó el espectáculo y se bajó el telón. Como siempre, Houdini comenzó a contar. Si los aplausos continuaban hasta llegar a diez, saldría de nuevo a recibir una última ovación, pero se desplomó al llegar a seis. Más tarde, tras examinarlo en el hospital Grace, lo intervinieron de urgencia para extirparle el apéndice; presentaba un preocupante cuadro de peritonitis de la que no logró recuperarse. Cuatro días más tarde, tuvieron que volver a abrirlo para limpiarlo. Por desgracia, todavía faltaban dos años para que Alexander Fleming descubriera la penicilina. De modo que nada pudo evitar que el Gran Houdini falleciera la noche de Halloween de 1926, a la edad de 52 años.

La inesperada muerte de Erik Weisz, más conocido como Harry Houdini, fue una bomba informativa para las agencias, que difundieron la noticia a nivel mundial. Hasta el crac bursátil de 1929, los felices veinte fueron años de cauto optimismo, de avances tecnológicos, de agitación social, de charlestón, de Ley Seca, de Charlot, de Rockefeller, de Al Capone y, por supuesto, de Houdini. Al otro lado del Atlántico, dos personajes desconocidos se preparaban para iniciar la etapa más negra de la historia de Europa: Adolf Hitler y Benito Mussolini.

Solo cuando se corrió la voz de que Houdini había actuado debilitado por la fiebre y aquejado de grandes dolores ocasionados por la perforación del apéndice, los espectadores que lo habían conminado entendieron que el escapista prefirió concluir las dos horas y media de espectáculo, poniendo en riesgo su vida, antes que abandonar a su público, lo que contribuyó a engrandecer su leyenda.

Miles de personas se concentraron en el cementerio neoyorquino de Queens, donde los restos del Gran Houdini fueron enterrados en el mismo ataúd que en vida utilizó para sus actos de fuga. Sus seguidores no daban crédito a que el mejor escapista de la Historia, el mago que había desafiado tantas veces a la muerte y que realizó proezas sobrehumanas, hubiera muerto por una simple apendicitis.

Espiritistas de todo el mundo, incluyendo los mismos médiums a los que Harry acusó de fraude, convocaron sesiones para contactar con su espíritu. No pocos de ellos respiraron aliviados al conocer la noticia de la desaparición de su mayor azote. Pero Houdini se adelantó a todos y, por increíble que parezca, después de muerto continuó su cruzada para desenmascarar a los psíquicos falsarios. ¿Cómo lo hizo?

A pesar de su escepticismo, Houdini y Bess habían hecho un curioso pacto: el primero en morir intentaría contactar con el otro desde el más allá; pero, para probar su identidad, el que hubiera fallecido debería transmitir al médium una contraseña conocida por ambos. A los diez años, de no establecerse el contacto, el pacto se rompería, demostrando con ello que la comunicación con los muertos no era posible.

—Si muero antes que tú, lleva a cada sesión unas esposas. Si existo como espíritu te comunicaré el código y abriré los grilletes —dijo Harry sonriendo.

A Bess le vino a la boca una pregunta mientras le acariciaba el rostro.

—¿Qué contraseña emplearemos?

Tras estudiar varias posibilidades acordaron que la clave estaría formada por una sucesión de palabras similar a las que habían usado años atrás en sus números de mentalismo, cuando Bess, que actuaba de ayudante, hacía preguntas sobre los espectadores y Houdini las adivinaba a pesar de que estaba de espaldas y con los ojos vendados. El secreto estaba en interpretar las palabras que usaba Bess y que formaban parte de un código previamente aprendido. La clave de diez palabras sería: *Rosabelle, responde, di, reza, responde, mira, di, responde-responde, di.* Rosabelle era la canción que Bess cantaba cuando se conocieron y la tenía grabada en su anillo de bodas. El resto de los términos correspondían a un código ortográfico ideado por ellos. Cada palabra o par de palabras equivalía a una letra con las que se formaba la palabra secreta de los Houdini: «Creer». Houdini también pactó claves, con el mismo fin, con una veintena de sus más directos allegados.

Tras su muerte, la viuda intentó muchas veces comunicarse con Harry, sobre todo las noches de Halloween, aniversario de su fallecimiento. Espiritistas y videntes de todo el mundo hicieron lo propio. Cada año surgían médiums que aseguraban que Houdini se había puesto en contacto con ellos. En Chicago, unos dijeron que su fantasma entró en la habitación. En Kansas City escribió una carta y en Nueva Zelanda se bebió una taza de té. Sin embargo, nadie transmitió el código pactado.

En la noche de Halloween de 1936, cuando se cumplía el décimo aniversario de su muerte, se llevó a cabo la última sesión en la azotea del hotel Knickerbocker de Hollywood. Al tratarse de una ocasión especial, la última oportunidad para que el espíritu de Houdini se comunicara con su esposa, se organizó un acto al que asistieron trescientas personas bajo invitación, incluidos autoridades, científicos, magos y periodistas. Se habilitaron gradas para el público y se dispuso una amplia mesa circular para la sesión con dos grandes sillones, como dos tronos, ocupados por Bess Houdini y Edward Saint.

En la mesa, una vela encendida junto a una fotografía de Houdini, unas esposas sobre un cojín de seda, un megáfono y una pandereta. La sesión se retransmitió en directo por radio para todo el mundo y fue grabada. Eran las ocho de la tarde cuando los integrantes de la mesa se cogieron las manos aguardando una señal del famoso mago. Además de Bess y Saint, participaron en la sesión el juez del Tribunal Superior de California, Charles Fricke, el expresidente de la Organización Espiritualista de California, dos periodistas y varios magos y videntes reconocidos.

El silencio en la azotea del Knickerbocker era absoluto. Solo se oía el fragor del tráfico de Hollywood Boulevard y, a lo lejos, las notas de un saxo. Desde aquella altura podían verse las luces de la ciudad de Los Ángeles. Al otro lado, en lo alto del monte Lee, las letras gigantes que, por entonces, formaban la palabra Hollywoodland.

El juez Fricke miró unos segundos el gran rótulo iluminado y visualizó a Peg Entwistle, una actriz desesperada por la falta de ofertas de trabajo, escalando los catorce metros de la letra «H» para arrojarse desde ella al vacío. La vida es pura ironía, si hubiera tenido paciencia —debió de pensar el juez— habría podido leer una carta que llegó cuatro días después a su casa ofreciéndole un papel principal para una película: el de una mujer que enloquecía y terminaba suicidándose.

Fue Edward Saint quien rompió el silencio: «La hora cero del décimo aniversario de nuestro amigo fallecido se acerca a su fin». Saint, que dirigió la mayor parte de la ceremonia, era mánager y gerente de los negocios de los Houdini y, según los rumores, la actual pareja de la viuda. Tras un breve discurso encomiando la carrera del ilusionista, Saint entonó una plegaria tras la cual procedió a la invocación:

—Oh, espíritus incorpóreos —declamó con énfasis melodramático—, aquellos de ustedes que han envejecido en las misteriosas leyes de la tierra de los espíritus, los saludamos. Ustedes, miembros del mundo de los espíritus, conocen desde hace mucho tiempo cuáles son nuestras intenciones en esta importante cita. Manifiéstense de alguna forma, les suplicamos. Direccionen sus fuerzas y sus conocimientos en Houdini para que él pueda venir. Es el espíritu de Houdini con el que deseamos contactar. ¿Houdini, estás aquí? ... ¿Estás aquí, Houdini? —Tras una pausa elevó la voz—. Por favor, manifiéstate de cualquier manera que te sea posible. Si es necesario, utiliza nuestra energía y cumple la promesa que hiciste hace años.

Saint hizo una pausa teatral antes de proseguir con la invocación. Bess sabía que era mejor dejarlo disfrutar del suspense.

—Nunca presenciamos las evidencias que un día prometiste, y esta es la noche de las noches. El mundo te está escuchando, Harry, tu mundo, tu público. Y Bessie está aquí, tu Bessie, que formó parte de tu vida durante treinta y tres años. Está aquí suplicando de corazón por la señal acordada entre vosotros. Por favor, manifiéstate. Di el código. Permítenos transmitir la buena nueva al mundo. ¡Habla, Harry!

A intervalos se hacía sonar el tema *Pompa y circunstancia*, la marcha orquestal que Houdini utilizaba para las aperturas y cierres de sus espectáculos, para ver si con ello su espíritu se manifestaba. Durante más de una hora Saint lo intentó, hasta que Bess, convencida de que Harry nunca volvería, se aproximó al micrófono y, con evidente resignación, habló: «Houdini no ha aparecido. Mi última esperanza se ha ido. No creo que pueda volver a mí ni a nadie. Mi creencia personal es que la comunicación con los espíritus es imposible. En este momento soplo la vela que durante diez años he mantenido encendida junto a su foto. Diez años es tiempo suficiente para esperar a cualquier hombre. Se acabó. ¡Buenas noches, Harry!».

12
METASOMOSCOPIA

Dover

Jeanie destapó la urna y quedó pensativa, con los ojos perdidos en su contenido grisáceo. Aquella historia la había dejado tocada. Tapó la vasija y la apretó contra su pecho laureado, como si abrazara la cabeza ensangrentada de aquella desdichada.

—Pobre chica —musitó con la expresión dolida, comiéndose las palabras.

Woodie, que la conocía bien, enseguida supo que se refería a Peg Entwistle, la actriz que se arrojó desde el gigantesco letrero de Hollywood.

—Tenía 24 años y toda una vida por delante. Algunos jóvenes pretenden la gloria demasiado pronto, no toleran la frustración y se desquician.

—No seas duro. La juventud es ilusión, fuerza y ganas de luchar. No sabemos lo que pudo sufrir la pobre Entwistle. Broadway y Hollywood son cloacas infectadas de chantajistas que someten a mujeres. —Hizo una pausa como cogitando sobre lo dicho—. Claro que, ¿dónde no han estado sometidas las mujeres?

—Trabajó en algunos espectáculos de Broadway y se marchó a probar fortuna a la floreciente meca de Hollywood. Solo consiguió un pequeño papel en la película *Trece mujeres,* que fue censurada por el implacable código Hays, lo que obligó a la productora a eliminar las escenas que no consideraron «moralmente aceptables», por lo que la joven Peg ya no aparecía. Fue despedida antes incluso del estreno. Sin dinero ni expectativas, su sueño de ser una estrella se esfumó.

—Y posiblemente sin dignidad por haber pasado por las manos lascivas de productores sin escrúpulos —lo interrumpió la anciana, ceñuda, que por experiencia propia sabía lo que era moverse en un mundo dominado por hombres, en su caso en la Royal Air Force—. No sabemos el infierno que esa pobre chica pudo vivir.

Miró atentamente a Woodie cuando se puso un cigarrillo en la boca y, protegiéndolo con una mano, encendió una cerilla. Después, asintió.

—Que una joven actriz se suicide desde el símbolo de la fama demuestra la oscuridad que esconde el sueño americano. —Un suspiro escapó de sus labios.

Callaron durante un instante. Los hilos de la Historia aleteaban a su alrededor como cintas mecidas por la misma brisa que agitaba sus cabellos grises. Jeanie sacudió la cabeza como queriendo desprenderse de aquellos pensamientos negativos y retomó el hilo de la conversación.

—Supongo que los espiritistas se sintieron aliviados con la muerte de Houdini.

—Sobre todo los médiums a los que el mago arruinó el negocio. En 1923 desenmascaró al psíquico napolitano Nino Pecoraro, que aseguraba que, durante las sesiones, un ente incorpóreo invocado por él hacía sonar instrumentos musicales mientras Pecoraro estaba inmovilizado por una larga cuerda. Houdini detectó el truco en la excesiva longitud del cordel. Lo cortó en tramos cortos, amarró al embaucador y no volvieron a sonar los instrumentos, demostrando que el médium conseguía liberar una mano en la oscuridad para manipularlos. Años después, en 1931, el mismo Pecoraro confesó cómo engañó a muchos famosos, entre ellos a Conan Doyle. Al año siguiente, Houdini cortó las alas a un aristócrata español que decía tener rayos X en los ojos.

—¿Rayos X? A ver, cuenta, cuenta —requirió la anciana, movida por la curiosidad—. Me encantan tus historias. Cómo envidio tu excelente memoria.

—Se llamaba Joaquín Argamasilla de la Cerda. Era un aristócrata de Madrid, marqués o algo así. Se hizo famoso en España porque aseguraba tener en sus ojos el poder de los rayos X y podía ver a través de las paredes y visualizar el interior de cajas metálicas o de relojes cerrados con tapa. *Metasomoscopia*, llamaba al prodigio.

La afición a lo paranormal le había llegado de su padre, un carlista que, en 1920, fundó la Sociedad Española de Estudios Metapsíquicos. Al joven Joaquín le otorgaron fama de vidente y llegó a convencer a parte de la academia científica. Su popularidad creció entre la aristocracia, y la reina María Cristina ordenó la constitución de una comisión presidida por el premio Nobel Santiago Ramón y Cajal y formada por oculistas, neurólogos, psiquiatras y físicos, que debían estudiar el caso. Por entonces, los científicos andaban divididos, pues los propios avances científicos demostraban que lo que en el pasado parecía imposible, hoy era una realidad, así que estaban casi obligados a dejar una puerta abierta a lo desconocido. El mejor ejemplo era la revolucionaria doctrina de la neurona desarrollada por el propio Ramón y Cajal. Argamasilla convenció a famosos, como el escritor Ramón María del Valle-Inclán, o al premio Nobel en Medicina Charles Robert Richet, que consideró que aquellos poderes eran un vestigio evolutivo perdido en la mayoría de los humanos. Además, el vidente era un hombre acaudalado, y a diferencia de otros psíquicos, el dinero no se encontraba entre sus pretensiones. Dada su posición, tenía más que perder que ganar, por lo que muchos le otorgaron credibilidad.

—En 1924, tras su éxito en España y Francia, cruzó el Atlántico para demostrar sus poderes al público norteamericano —aportó Woodie—, pero el español no contó con un problema inesperado...

—Déjame adivinar: Houdini le jodió el plan —se adelantó Jeanie, esbozando su sonrisa octogenaria.

Woodie dio una calada al cigarro y el humo salió expelido junto a una risotada.

—Regresó a España alegando una súbita pérdida de poderes. Un farsante menos.

—Houdini era un grano en el culo de videntes y psíquicos. —Rio estrepitosa la anciana uniformada—. ¿Cómo lo desenmascaró?

Con la expresión resuelta, Woodie explicó cómo el mago se percató de que el marqués se ubicaba siempre cerca de una ventana. ¿Para qué precisaba luz con los ojos vendados? Cuando Houdini le pidió que repitiera el truco usando cajas metálicas que no fueran de su propiedad, no fue capaz de leer a través de ellas. En la prueba del reloj, Harry observó una hábil maniobra con la que el aristócrata madrileño conseguía una imperceptible apertura en la tapa, lo que le permitía echar un rápido vistazo a la hora. Cuando Houdini le ofreció un reloj con la tapa bloqueada, los rayos X no funcionaron y quedó en evidencia. La prensa calificó de fraude los supuestos poderes de Argamasilla, y solo el periódico monárquico español *ABC* publicó, en mayo de 1924, que el joven aristócrata había superado los retos de Houdini, al tiempo que el *The New York Times* se hacía eco de los ataques al mago húngaro por parte de la familia Argamasilla, que se quejó de las pruebas que había elaborado el escapista y que el joven español no pudo superar. Ante el descrédito, el marqués dejó la visión prodigiosa y se metió en política. Durante la dictadura del general Franco, fue nombrado director general de cinematografía, donde se encargó de la censura del cine.

—Supongo que por sus facultades de ver más allá de la realidad —ironizó Jeanie—. Los espiritistas deberían agradecer a Houdini que limpiara de truhanes el colectivo.

—Que los espiritistas detestaban a Houdini lo sabía todo el mundo. El mago se convirtió en su peor enemigo. La prensa amarilla insinuó un posible complot de los espiritistas para acabar con Houdini, pues murió poco después. La Asociación Nacional de Iglesias Espiritistas protestó enérgicamente, pero el periódico *The Sun* publicó una carta de Conan Doyle a Houdini en cuya despedida incluía una amenaza soslayada. Por entonces, sir Arthur estaba furioso con Harry.

—¿Qué amenaza?

El anciano aplastó lo que quedaba del cigarrillo con la suela del zapato, como alargando la espera de una respuesta inquietante.

—La frase decía: «Recibirás los postres justos con mucha exactitud. Creo que el día del pago general va a llegar pronto». Alguien la filtró a la prensa tras la muerte de Houdini.

—¡Oh, Dios mío! —prorrumpió Jeanie llevándose la mano a la boca—. Nunca supe nada de esto.

—La muerte de Harry Houdini tuvo más trasfondo del que parece.

Woodie se sentó en el rebaje liso de una roca y se dispuso para una larga disertación.

13
LA NOTICIA

Crowborough, diciembre, 1926

Tras un agotador apostolado espiritista de diez años, en el que recorrió más de ochenta mil kilómetros y en el que invirtió más de doscientas cincuenta mil libras, sir Arthur se encerró en su estudio con la intención de hacer caja. Optó por retomar las aventuras del profesor Challenger. Al fin, publicó *El país de las brumas,* en el que, para sorpresa de los lectores, el protagonista de *El mundo perdido* se adentró en esta ocasión en un universo poblado de fantasmas y casas encantadas, con la aparición providencial de espiritistas salvadores. La crítica no vio con buenos ojos utilizar a sus antiguos personajes para un proselitismo ideológico en decadencia y lo trató con dureza. «Demasiado ingenuo y edulcorado», sentenció *The Times.* «Propaganda espiritista pura y dura. Como ensayo de ficción es indigno de un contador de historias tan hábil como sir Arthur Conan Doyle», añadió *The New Statesman.*

Jean entró en el estudio con un periódico y una carta.

—¿Desde cuándo no lees la prensa, querido?

—¡Para lo que hay que leer! Ya ves cómo me tratan esos gacetilleros ignorantes —se lamentó sir Arthur sin separar los ojos del volumen del historiador espiritista Henri Sausse, del que tomaba notas.

Con semblante grave, Jean le entregó el periódico atrasado, señalando un titular en la portada. «Mira».

—Fallece el Gran Houdini.—Impactado, enarcó las cejas y tragó saliva—. ¿Harry ha muerto? ¿Cuándo?

—El 31 de octubre, en Detroit.

A sir Arthur le invadió un escalofrío, esa conmoción habitual que aparece tras la noticia de una marcha inesperada que nos recuerda que nuestro reloj personal sigue su cuenta atrás. La muerte de un conocido siempre te abre los pies bajo el suelo y nos muestra el sentido efímero de nuestra existencia, jodidamente circunstancial.

—¿Por qué nadie me ha dicho nada?

—Llevas casi dos meses sin salir del estudio, enfrascado en... esa novela.

Sus dos últimas palabras sonaron con desdén, lo cual sorprendió a sir Arthur, porque la idea de incorporar entes y espiritistas en las aventuras del profesor Challenger había sido de Jean. Sí, fue idea suya, pero la responsabilidad de la pésima crítica, a juicio de ella, recaía enteramente sobre él.

Arthur, con el gesto grave, cogió el periódico, se calzó sus lentes de lectura y leyó en voz alta:

El mago, cuyas hazañas y fugas asombrosas impactaron a las audiencias de todo el mundo, y cuya exposición de medios espurios le valió el elogio de científicos, sucumbió ayer a la peritonitis, incapaz, al final, de escapar a la llamada de la muerte. Houdini fue operado hace una semana y nunca se recuperó de los efectos posteriores. Dejó de existir en el hospital Grace cuando faltaban cuatro minutos para las dos de la madrugada del pasado 31 de octubre, acompañado de su esposa y de uno de sus hermanos. El cuerpo del artista llegó la mañana del 2 de noviembre a la estación Gran Central de Manhattan, donde fue recibido por miles de personas que lo escoltaron en completo silencio hasta la capilla ardiente instalada en el gran salón de los Elks, en la calle 43 Oeste. El presidente de la Sociedad Americana de Magos le rindió honores con un sentido panegírico que culminó con el simbólico ritual de la rotura de la varita mágica. El entierro, digno de un jefe de Estado, se llevó a cabo en el mausoleo que el famoso escapista mandó construir en el cementerio judío neoyorquino de Machpelah.

—Dios santo, esto es... —Dejó la frase en el aire, se quitó las gafas y se frotó los ojos, como si no diera crédito a lo que había leído.

Sintió una puñalada de culpa por no haber sabido conservar aquella gran amistad y haberse dejado llevar por las asperezas que destruyeron la relación. Ya eran inútiles los buenos propósitos.

—Hay que enviar un cable a Bess dándole el pésame. Después de tanto tiempo pensará que aún guardamos rencor —musitó, sin dejar de mirar un punto invisible del periódico.

—Me ha escrito —soltó Jean.

—¿Bess te ha escrito a ti?

La esposa asintió y le entregó el sobre abierto, del que sir Arthur extrajo una carta y un recorte de prensa.

—Lee primero el recorte de periódico.

Tras colocarse de nuevo las gafas, el escocés leyó:

Según un despacho de una agencia de noticias, el famoso ilusionista Houdini no ha fallecido de muerte natural, sino a consecuencia de los puñetazos que le propinó un estudiante para probar su resistencia física. Como se recordará, Houdini, famoso por sus escapes y su talento prestidigitador, últimamente se dedicaba a descubrir los trucos de supuestos milagros o facultades psíquicas extraordinarias de las que alardeaban médiums espiritistas.

Doyle dejó de leer y miró a Jean por encima de sus lentes.

—¿Puñetazos? ¿Pero no había muerto de peritonitis?

Jean se encogió de hombros y el escritor abrió con prisas la carta.

Querida Jean:

Supongo que ya conocerás la triste noticia: se nos ha ido Harry. Su cuerpo ya descansa en el cementerio de Machpelah, en Queens. Espero que vosotros os encontréis bien.

Te extrañará que te escriba, dada la tensa relación que sostuvieron nuestros esposos en los últimos tiempos y que dio al traste con su bonita amistad. Harry se mostraba profundamente apesadumbrado con aquellos comentarios periodísticos que se publicaron sobre sus diferencias en torno al espiritismo. Mi esposo decía que la prensa metió mucha cizaña, pero nunca dejó de reconocer su admiración por Arthur y le respetaba más que a cualquier hombre que hubiese conocido. En más de una ocasión me dijo que, salvo en lo tocante al espiritismo —ya conoces las decepciones que sufrió— la vuestra fue una de las amistades más sinceras.

Su última actuación en Detroit fue desastrosa por los intensos dolores que sufrió, pero se empeñó en concluirla. En el hospital, los médicos dijeron que la causa del fallecimiento fue una peritonitis, pero su óbito estuvo rodeado de irregularidades que no consigo entender y que me hacen dudar de la versión oficial. La Policía y el juzgado dieron por bueno el informe del hospital y se negaron a hacer indagaciones. Algunos de sus seguidores, entre ellos varios periodistas, insinúan que pudo tratarse de un asesinato, pero no hay pruebas.

En estos momentos de aflicción y soledad, solo anhelo conocer los verdaderos motivos de la inesperada muerte de mi querido esposo, pues estaba sano y en forma. Esta incertidumbre me llena de desasosiego y no sé cómo proceder. Me sería de gran ayuda que Arthur, con ese maravilloso olfato detectivesco que posee, apartando cualquier reticencia del pasado, se tomara la molestia de estudiar la documentación de que dispongo y me ofrezca su erudita opinión. En caso afirmativo, daría instrucciones a mi abogado para que le remita la información que poseo.

No quise escribir directamente a Arthur para no reavivar rescoldos de algún resentimiento, aunque, conociéndole, sé que aún guarda de Harry un grato recuerdo. No obstante, he preferido escribirte a ti, dejando a tu criterio que intercedas por mí u omitas mi planteamiento, deshaciéndote de la presente carta si la consideras inadecuada, dadas las circunstancias.

Un abrazo sincero de vuestra amiga, que siempre lo será.

Dios os bendiga.

Bessie Houdini

Sir Arthur dejó la carta sobre la mesa y se puso a acariciarse la barbilla, pensativo. Después me miró con ojos inquisidores.

—¿Woodie, tú sabías que había muerto?

—Sí, pero le vi tan aislado y empeñado en cumplir los plazos de la editorial, que no me atreví a desconcentrarle. La señora me mostró la carta de Bess y he indagado por mi cuenta. Es cierto que algunos periodistas estadounidenses han lanzado rumores de un complot espiritista para acabar con Houdini.

—¿Un complot espiritista? ¡Menuda majadería! Ya no saben qué inventar con tal de atacarnos.

Jean me miró con cara de circunstancias y me hizo una señal

con la barbilla. Saqué del bolsillo de mi chaqueta un ejemplar doblado de *The Sun* y mostré a sir Arthur un titular inquietante. «Ayer alguien arrojó este periódico por encima de la valla», le advertí. Señalé el pequeño recuadro de opinión suscrito por un periodista llamado Mario Bruno. Sir Arthur leyó el breve con reticencia. Ya el titular no anunciaba nada bueno:

LA AMENAZA DE CONAN DOYLE

Sobre la trágica muerte de Harry Houdini, y a partir de los rumores que se mueven en los mentideros sobre un posible complot espiritista, hemos conocido una inquietante carta remitida a Harry Houdini por el conocido escritor sir Arthur Conan Doyle en la que, tras duros reproches al mago, el británico lo amenaza abiertamente: «Recibirás los postres justos con mucha exactitud. Creo que el día del pago general va a llegar pronto». Como es sabido, sir Arthur Conan Doyle, además del creador del célebre detective de ficción Sherlock Holmes, es uno de los más fervientes y destacados espiritistas y recientemente mantuvo con Houdini una dura batalla dialéctica pública en la que ambos se amenazaron con emprender acciones legales. ¿Guarda alguna relación esta amenaza con los rumores de una supuesta maquinación espiritista?

Sir Arthur palideció.

—Supongo que esa noticia no se ajusta a la verdad —inquirió Jean consternada.

—¡Malditos periodistas! —Su vozarrón lo sacudió todo—. Han sacado la frase de contexto de forma mezquina. ¿Por qué dice «recientemente» si la carta tiene más de un año? Es obvio que me refería a que el destino pasará factura de nuestros actos en el juicio final. Estaba muy enfadado, pero hay que leer la carta completa para comprobar que no se trataba de ninguna amenaza.

—Es evidente que alguien está interesado en relacionar esa supuesta advertencia con la muerte de Houdini —apunté.

—¡Una soberana ruindad! —tronó soliviantado. Su rostro encendido era la viva imagen de la indignación.

—¿Cómo pudo ese periodista tener acceso a una carta privada? —pregunté.

—Alguien del círculo de Houdini debió de cogerla de su archivo —dio por hecho sir Arthur.

—O fue robada —añadió Jean.

—O el propio Houdini la entregó a algún amigo en vida —propuse.

—Cariño, esto es un asunto muy serio y es extraño que el movimiento espiritista no haya ofrecido ya una respuesta —expuso Jean, preocupada.

Al oír esas palabras, sir Arthur giró la cabeza como acordándose de algo. Abrió la caja de la correspondencia pendiente y buscó entre los sobres. Sacó una carta sin abrir remitida desde Wisconsin. La había recibido unos días antes, pero pospuso su lectura y la olvidó, sumido en sus quehaceres. Inquieto, tomó el abrecartas y rasgó el papel. La suscribía Tyrone McKenna, responsable de la Asociación Nacional de Iglesias Espiritistas de los Estados Unidos. En ella se lamentaba del deterioro de la imagen de la organización debido a los rumores inciertos, deliberadamente difundidos por periodistas que, en su opinión, seguían directrices de los enemigos del espiritismo. También le informaba de una noticia publicada en *The Sun* que había levantado cierto escándalo, algo sobre una supuesta amenaza escrita por él y remitida por carta a Houdini. Concluía sugiriéndole la conveniencia de que viajase a Estados Unidos para aclarar todo el embrollo y alejar al espiritismo de cualquier sospecha de complot. Insistía en que la doctrina espírita es respetuosa con toda ideología, rechaza la mediumnidad fraudulenta y jamás formaría parte de un complot para perjudicar a sus detractores, pese a la persecución y procesamiento de los médiums, sometidos a las leyes de adivinación y a las críticas implacables de ministros de distintos credos, sobre todo de las Iglesias cristianas.

Sir Arthur introdujo la carta en el sobre y, sin pensárselo dos veces, comunicó su decisión.

—He de viajar a Estados Unidos. Tengo que solventar varios asuntos. Escribiré hoy mismo a Bess.

—En esta ocasión no puedo acompañarte. Las fieras están últimamente desatadas —Jean se refería a sus hijos adolescentes—, pero no deberías ir solo, ya sabes lo que te dijo el médico.

Sir Arthur dio unos pasos y puso su mano en mi hombro izquierdo.

—Querido «Watson», ¿estás dispuesto a acompañar a este anciano a Nueva York?

—Siempre dispuesto, admirado «Holmes».

Con paso decidido, impulsado por una indignación creciente, se dirigió al teléfono, descolgó el auricular y giró con energía la manivela del magneto.

—Operadora, póngame con el despacho de telégrafos de Crowborough. —Se hizo un silencio que sir Arthur aprovechó para mirarnos. Negó con la cabeza en un gesto de preocupación. No estaba dispuesto a que se pusiera en duda su honestidad con golpes tan ruines que echaran por tierra años de esfuerzo y su entrega a una causa que creía noble y justa. Una empresa que, en los últimos tiempos, sufría un severo desprestigio por los Houdini—. Hola, Andrew, soy Arthur Conan Doyle. ¿Qué tal estás? Me alegro. Te llamo porque necesitaría poner un par de cables urgentes. Sí, toma nota: Tyrone McKenna, Asociación Nacional de Iglesias Espiritualistas de los Estados Unidos. Instituto Morris Pratt en Milwaukee, Wisconsin; y el segundo es para el coronel Dan Agnew, de la Sociedad Histórica de Nueva York, en Central Park West.

14
EL CASO HOUDINI

Bahía Upper New York, enero de 1927

El RMS Olimpic, conocido como el Viejo Fiable, era el único superviviente del trío de trasatlánticos de su clase construidos en los astilleros de Belfast para la naviera White Star Line. Sus gemelos, el Titanic y el Britannic, se hundieron en 1912 y 1916, respectivamente. El primero impactó contra un iceberg; el segundo, por la explosión de una mina o un sabotaje durante la guerra, lo que nunca llegó a aclararse del todo.

La costa de Long Island se dibujaba en lontananza sin fijeza, desvaída por la bruma. Cuando el Viejo Fiable enfiló proa a Nueva York, nos unimos al tradicional aplauso de gratitud al Altísimo. Hasta nosotros llegaba un céfiro salitroso, entreverado de olores a puerto. Ya en el muelle, junto al coche que debía recogernos, Bess Houdini agitaba la mano con una sonrisa algo forzada. Estaba pálida como una muñeca de porcelana, y en su cara destacaban grandes ojeras oscuras. Sofisticada, nunca renunció a ir a la moda ni en periodo de duelo, del que solía decir, con criterio, que solo debe llevarse en el corazón. No obstante, pese al elaborado peinado de ondas, sus collares largos y la elegante estola de marabú, sus ojos húmedos hablaban de dolores hondos en el infierno de noches iguales. Junto a ella, Gregor, su chófer, ya bien cano, alto, con buena planta, bigotudo, cara larga bermeja y gorra de plato; y un segundo hombre, calvo con bigote francés engominado, sombrero fedora y abrigo con cuello de piel, que resultó ser Eduard Saint, representante de Bess. Tiempo después supimos que Saint había tenido una vida algo azarosa como fracasado *showman* de carnaval y que era conocido en el mundo del espectáculo como el profesor Sesrad. En cambio, desde que representaba a la viuda de Houdini, todo el mundo lo respetaba. Con el tiempo, se convirtió en su sombra, dando lugar a múltiples habladurías.

Bess abrazó a sir Arthur y no pudo evitar las lágrimas cuando recibió sus condolencias. «Cuánto tiempo perdido, querido Arthur. Debisteis arreglar vuestras diferencias hace tiempo», sollozó. Él asintió emocionado: «Me ha sido imposible venir antes».

Tras las presentaciones y los saludos de rigor, nos acomodamos en el vehículo que nos llevaría a casa de los Houdini, en Harlem.

—¿Cómo están Jean y los niños? —preguntó con los ojos líquidos.

—Jean está bien. Más guapa con el paso de los años. Y los niños en edad de meterse en líos. Imagínate: el mayor, 17, el del medio, 16 y la pequeña, que vale por dos, 14. Están en unas edades complicadas y Jean no quiso dejarlos solos, por eso no me ha podido acompañar.

—La mayor, Mary, ya debe de rondar los treinta, ¿no? —se refería a Mary Louise, primogénita de su primera esposa.

—Treintaisiete.

—Oh, cómo pasa el tiempo.

—¿Y tú cómo estás, Bessie? —preguntó sir Arthur.

—Bueno... —Bajó la cabeza. Sus párpados se inundaron—. Lo de Harry fue tan inesperado y doloroso que aún no lo he asumido. Intento distraerme, pero me cuesta. Me cuesta un mundo.

El escocés cambió de tema para no ahondar en su dolor. Sir Arthur, que era un amante de los coches a motor, observó la carrocería encarnada del vehículo y el salpicadero.

—¿Es un Star Sedán de cuatro cilindros? —preguntó a Bess.

—De automóviles solo sé que tienen cuatro ruedas y un motor que apesta a petróleo. Seguro que Gregor lo sabe —dijo Bess, instando al chófer a responder.

—Un Buick de seis cilindros y cincuenta y cinco caballos, fabricado en Míchigan —respondió el sobrio chófer de la familia. Gregor tenía rasgos de terracota, rostro enrojecido, cabello plateado, entrecejo peludo, mejillas pendulares y un aire de aparente benevolencia que echaba a perder una boca despiadada y una nariz puntiaguda. Parecía una viñeta de la discordia.

—Se parece mucho al Star británico. El espionaje industrial es evidente.

—¿También entiendes de coches? —preguntó Bess, esbozando una apática sonrisa.

—He tenido varios. Me gusta conducir. ¿Sabías que en 1911 Jean y yo participamos en el *rally* de Hamburgo a Londres organizado por el príncipe Enrique de Prusia, hermano del káiser? Era una prueba de resistencia de tres semanas entre vehículos alemanes e ingleses. Por entonces teníamos un bonito Lorraine-Dietrich de color verde al que con el tiempo llamamos *Byllie,* por nuestra hija menor.

—¿La menor no se llama Lena Jean?

—Sí, pero hubo un tiempo que se empeñó en que quería ser un chico y nos hacía llamarla *Byllie.* —Sir Arthur consiguió arrancar una sonrisa a los pasajeros.

—Un *rally*. Qué emocionante. —Suspiró Bess.

—¡Bah! Fue como una *tournée* para ricos, con fiestas y bailes en las escalas. Y cuando nos cansábamos de conducir, nos relevaba el chófer. Fue un pretexto para mejorar las relaciones entre los dos países y exhibir su industria del motor, pero ganamos los ingleses, para disgusto del Príncipe Enrique. Al poco estábamos matándonos unos a otros en la Gran Guerra.

***

Harlem, Nueva York

El Buick rojo se adentró en Harlem y se detuvo ante una casa revestida de piedra en el 278 de la calle 113 Oeste, a tres manzanas de Central Park. Era una vivienda de cuatro plantas de finales del XIX, pareada y muy amplia, aunque nada comparable con Windlesham Manor, la suntuosa mansión de los Doyle en East Sussex.

Un grupo de personas se arremolinó en la puerta. Doyle, sorprendido, supo que eran periodistas.

—¿Habéis avisado a la prensa? —preguntó, incómodo.

—No sé qué hacen aquí —respondió Bess.

—Estos gacetilleros se enteran de todo —soltó Eduard con desdén.

El chófer detuvo el vehículo, que rápidamente fue rodeado por los periodistas.

Cuando los ocupantes se apearon, Eduard abrió la verja de entrada y, tras ascender unos peldaños, franqueó la puerta principal. Los reporteros rodearon a sir Arthur, interesándose por el motivo de su viaje a Estados Unidos y la razón de la visita a la casa de su antiguo rival. Uno de ellos, delgado, con bigotito de lápiz y pelo engominado, fue más directo: «¿Ha venido a declarar por la amenaza a Houdini? ¿Ha sido citado por la Policía o por el juez?». Sir Arthur, que se disponía a entrar en la casa sin hacer declaraciones, se detuvo en seco y leyó la acreditación que el reportero exhibía pinzada en el bolsillo de la chaqueta: «PRESS. STATE: New York. NAME: Mario Bruno. NEWSPAPER: *The Sun*».

—Mario Bruno. —Doyle frunció el ceño—. Así que fue usted quien publicó aquel ofensivo artículo. Supongo que sabrá que la violación de correspondencia privada es un delito, y estoy dispuesto a demandarlo a usted y a su periódico si no publican una retractación y citan la procedencia de su información.

—El secreto profesional nos exime de citar nuestras fuentes —alegó el reportero con aires de mundo.

—No cuando difaman y menoscaban el honor de personas respetables con falsedades.

—Ahora tiene usted una magnífica oportunidad de rebatir ese artículo —lo invitó Bruno, mientras se preparaba para tomar notas en su cuaderno.

El periodista supo que había pinchado hueso. Doyle le clavó su mirada rapaz y dedujo, por sus hechuras y la sobrada solvencia, que aquel chupatintas estaba habituado a desenvolverse en los estercoleros para hacer noticia de cualquier bagatela. Ya imaginaba el titular de la mañana siguiente: «Doyle no desmiente que ha viajado a Estados Unidos a declarar sobre su amenaza de muerte a Houdini».

—La supuesta amenaza a mi amigo Houdini es una falacia de su periódico. Ustedes publicaron una frase sacada de contexto de una carta privada y en la que se aludía, en el transcurso de un intercambio dialéctico de índole personal, a que el destino pondrá a cada cual en su lugar. Publicar una carta privada sin autorización de quien la ha escrito es un quebranto del derecho a la intimidad. No he sido citado por ninguna autoridad y dudo que lo sea, pues cualquiera que lea la carta íntegra, repararía en la absoluta ausencia de amenazas. Demandaré a cualquier medio que ofenda mi honor con informaciones ficticias y difamatorias.

—¿Entonces, a qué ha venido a Nueva York? —preguntó otro reportero.

—Mi viaje se debe a asuntos estrictamente personales. Ahora, si me permiten, debo marcharme.

—¿Por qué visita la casa de Houdini tras vilipendiarlo en los últimos años de su vida? —insistió cáustico Mario Bruno.

Doyle le lanzó una mirada feroz. Periodistas como él, pensó, eran el veneno que emponzoñaba el colectivo.

—Su pregunta es tan impertinente como usted. Su periódico tiene un amplio currículo de escándalos y embustes, como cuando publicaron la existencia de una civilización en la Luna en 1835, de lo que nunca se retractaron, o la falsa travesía del Atlántico en globo aerostático en 1844, entre otras. Deberían avergonzarse y dejar de propagar sofismas y mentiras —profirió con el rostro crispado antes de enfilar la escalinata de entrada a la casa. El reportero sonrió de colmillo.

—Cuídese de ese tipo. No es trigo limpio —advirtió el agente de Bess tras cerrar la puerta.

Aún resonaba en la cabeza de Doyle la capciosa pregunta de Mario Bruno. Era evidente que alguien había filtrado los detalles sobre su llegada y por eso enviaron a aquel mordaz reportero para tirarle de la lengua.

—Lamento el desorden, estamos embalando los enseres de Harry. Vamos a poner la casa en venta —se disculpó Bess ante sus invitados.

Reparé, y sin duda también sir Arthur, en el detalle de que la viuda empleaba tiempos verbales en plural: «estamos», «vamos». Era evidente que las decisiones no las tomaba en solitario.

—Fue inhumado en el ataúd de zinc que él mismo diseñó para el número *Enterrado en vida*. Tal y como dejó dicho, pusimos debajo de su cabeza una almohada rellena con todas las cartas de su madre —dijo Bess con lágrimas brillándole en los ojos—. Meses antes de morir nos daba continuas instrucciones para cuando él faltara, como si presintiera que se marcharía pronto.

Junto a la viuda, recorrimos la silenciosa moqueta de un largo pasillo hasta la gran biblioteca de Harry, ya medio desmantelada. Sir Arthur se quedó un rato mirándola.

—No imaginas la sensación de soledad que me embargó en esta biblioteca después del funeral. Parecía una casa distinta, un mundo congelado, silencioso, tan lejano como si hubiera vivido una vida que no era la mía —musitó contemplando con nostalgia los anaqueles semivacíos. Sus ojos secos pronto se cuajaron de lágrimas—. Sentí como si sus artilugios de magia, sus libros y sus recuerdos hubieran perdido la esencia que tenían cuando él vivía, como si el alma de cada objeto se hubiera marchado con él. —Se aproximó a la mesa de lectura y desplegó una de las carteleras que anunciaban al Gran Houdini. Deslizó sus dedos por la imagen de Harry—. Tenía que tomar decisiones, pero algo en mí se resistía a tocar sus papeles y sus libros, sentía que estaba saqueando su intimidad.

Doyle la escuchaba con atención y rememoraba su duelo tras la muerte de Touie, su primera esposa, en 1906. Al menos ella le había dejado dos hijos y, además, la pérdida se vio compensada con la posibilidad de regularizar su situación con su joven y bella amante, Jean, con la que contrajo segundas nupcias un año más tarde y con la que tendría tres hijos más. Pero Bess no había tenido descendencia, y a sus 50 años, aún se llevaba las manos a su vientre yermo como extrañando al hijo que nunca tuvo. Siempre pensó que ser madre significaba que tu corazón dejaba de ser tuyo porque deambulaba por dondequiera que estuvieran tus hijos, algo por lo que ella hubiera dado todo.

Bess se frotó los ojos cansados, pero solo consiguió empeorar el aspecto de sus ojeras. Levantó la mirada hacia sir Arthur, con la expresión amable y gastada.

—He pasado unas semanas horribles, pero Eduard me ha hecho ver que debo honrar la memoria de Houdini, perpetuar su legado y seguir avanzando. Está convencido de que Harry no se fue del todo, que se encuentra de viaje por países lejanos. Conociéndolo, tal vez esté montando números de magia en alguna dimensión próxima a Orión, o representando la *Metamorfosis* ante Cleopatra y Marco Antonio, o el escape de la camisa de fuerza ante Shakespeare y Cervantes, o haciendo desaparecer un camello ante el mismísimo Tutankamón. Y en primera fila, Cecilia Weisz, aplaudiendo dichosa a su hijo. —Bess abrió un estuche y extrajo una de las barajas de naipes con la que su esposo hacía trucos imposibles. Se quedó callada con la mirada perdida en el as de corazones—. Me gusta pensar que sigue haciendo lo que le gusta y es feliz. —Se volvió hacia él con una sonrisa triste y, con el dorso de la mano, se secó una lágrima que se le deslizaba por la mejilla.

Emocionado, Arthur salió al paso.

—Ten la seguridad de que es feliz al otro lado del velo. El planteamiento de Eduard es acertado. Salta a la vista que simpatiza con el espiritismo.

—Me está ayudando mucho. —Le devolvió una mirada brillante y temblorosa.

Bess observó el desorden de la sala, colmada de cajas a medio embalar.

—Donaré a la Biblioteca del Congreso varios miles de ejemplares. Otros se repartirán entre familiares, amigos y conocidos. Los artilugios de magia y escapismo pasarán a su hermano Theo Hardeen, que también es mago. Harry lo dejó escrito en su testamento.

La viuda contuvo las lágrimas y se dirigió con paso sereno hasta la mesa de lectura, donde descubrió la sábana que cubría una marea de libros y papeles.

—He encontrado estos ejemplares de espiritismo. Quién mejor que tú para conservarlos —musitó Bess con nostalgia acariciando las cubiertas.

—Los hubiera aceptado de manos de Harry, pero creo que en el momento de su muerte aún guardaba sentimientos negativos hacia mí —rechazó sir Arthur—. Te lo agradezco de corazón, pero debo rehusar tu ofrecimiento.

—Lo entiendo, pero debes saber que Harry te apreciaba. Lo de la carta de su madre en Atlantic City lo sacó de sus casillas. La atribuyó al subconsciente de Jean, por lo que retomó con más empeño su batalla antiespiritista.

—Jamás estuvo en nuestro ánimo hacerle sentir mal. Jean solo dio forma escrita a los impulsos psíquicos que percibió durante el trance.

Aprovechando el silencio de Bess, provocado por la prudencia o tal vez el desaliento, sir Arthur echó una ojeada a los libros declinados. Allí estaban los títulos más relevantes sobre espiritismo: la antología de Allan Kardec, obras de Henri Sausse, Francisco Thiesen, Zêus Wantuil, Sir William Crookes, monografías sobre Swedenborg, Irving, las hermanas Fox, Daniel Dunglas Home, los hermanos Davenport, entre otros muchos. Le sorprendió encontrar las tres obras que el propio Conan Doyle tenía escritas sobre doctrina espírita: *La nueva revelación*, *El mensaje vital*, incluso la reciente *Historia del espiritismo*, que Houdini debió de adquirir poco antes de su fallecimiento.

—Desconocía que tuviese obras sobre espiritismo. No me dijo nada cuando me mostró su biblioteca —comentó sorprendido.

—Harry leía mucho sobre espiritualidad, incluso tus obras, como puedes ver. Necesitaba creer en el más allá. Asistió a cientos de sesiones espiritistas con la esperanza de comunicarse con su querida madre, pero era desconfiado e iba predispuesto a desenmascarar a los estafadores —se lamentó la viuda.

—Ese fue su error. No dejaba fluir su energía y no se integraba en el círculo. Debió usar sus fabulosos poderes psíquicos para potenciar el contacto con el otro lado.

Bess, sorprendida de que, pese al tiempo transcurrido, Doyle persistiera en los poderes sobrehumanos de Harry, se encogió de hombros como dando a entender que a esas alturas ya le daba igual. A ella le hubiera encantado que su esposo tuviera facultades sobrenaturales para liberarse de su enterramiento, como en aquella ocasión en Santa Mónica, en 1915, cuando lo enterraron encadenado dentro de un ataúd a tres metros bajo tierra. Ojalá hubiera esquivado la muerte una vez más. Solo una vez más. Volvió a tapar los libros con la sábana de la resignación, preguntándose si había sido buena idea pedir asesoramiento a un amante de la criminología en franca decadencia. Lo que en aquellos momentos necesitaba era la mente analítica de Sherlock Holmes, no a un espírita ingenuo que convertía en ciencia el fideísmo hacia lo inexplicable.

Hacía rato que Doyle observaba a Eduard merodear por la biblioteca fingiendo tareas inexistentes, por lo que se aproximó a Bess: «¿Podemos hablar en privado?», susurró. Ella asintió y se inventó una excusa para que su representante se ausentara. Bess y sir Arthur tomaron asiento en las confortables butacas de cretona. «Cuéntame todo desde el principio», la invitó el escocés, impaciente.

—En los primeros días de octubre empecé a sentirme mal en Rhode Island. Creo que fue debido a una intoxicación alimentaria del día anterior, en Providence. Tuve que quedarme en el hotel mientras Harry cumplía sus compromisos. Sufrí fiebres muy altas, incluso convulsiones. El sábado, día 9, yo todavía no estaba bien, pero me sentí algo recuperada y cogimos el tren hasta Albany. El martes 12, Harry tuvo que viajar a Nueva York para reunirse con Bernard Ernst, nuestro abogado. Tenían que preparar la defensa de las demandas que varios líderes espiritistas le habían interpuesto por difamación y calumnias. Solicitaban indemnizaciones que superaban el millón de dólares. De regreso a Albany, yo me encontraba algo mejor, aunque todavía en cama, y él actuó en el Capitol. Durante la función, algo falló. Cuando realizaba el número de escape de la celda acuática, un cable se soltó y le rompió el tobillo. Estuvo a punto de morir ahogado. Era el primer accidente en toda su carrera. Nadie se explicaba cómo pudo pasar. El dolor era insoportable, y tuvo que ser asistido en el camerino por un médico que había entre el público, que insistió en que debía acudir al hospital, pero Harry terminó la función cojeando. El lunes 18, llegamos a Montreal. Imagina cómo pudo dar dos funciones diarias en el teatro Princess con el tobillo roto. Para colmo, yo recaí y volvieron los vómitos y la fiebre. Al día siguiente, Harry empezó a quejarse de dolores abdominales. Aun así, impartió una conferencia sobre espiritismo en la Universidad McGill. Tras un viaje infernal de quince horas, llegamos a Detroit, donde el día 24 casi no pudo terminar el espectáculo en el Teatro Garrick debido a los dolores que lo atenazaban. Como os dije por carta, los médicos del hospital Grace le extirparon el apéndice. A la semana lo volvieron a intervenir y le pusieron un suero experimental, pero ya no se recuperó, no pudo más. Nos dijeron que murió por peritonitis. No me lo explico, estaba en plena forma física. Alegaron que el incidente de Montreal fue el desencadenante y nos responsabilizaron de no acudir a que lo atendieran con los primeros dolores —glosó Bess, cuyos ojos volvieron a inundarse.

—¿A qué incidente en Montreal te refieres?

—Fue después de la conferencia que impartió en el Union Hall de la Universidad McGill, durante la que alertó de los fraudes y supercherías espiritistas: los trucos para levitar objetos, las dobles exposiciones fotográficas para mostrar fantasmas o la confección de ectoplasma con muselina, clara de huevo, jabón y papel, que él mismo había mandado analizar tras algunas sesiones. Habló de las manos espirituales hechas con moldes de cera y el truco de la huella digital espiritual. Cuando abordó el fraude de la escritura automática, puso como ejemplo su experiencia con la falsa carta de su madre escrita por la esposa de Conan Doyle. Lo siento, pero así fue.

Sir Arthur trazó una mueca de resignación. «Continúa», fueron sus únicas palabras.

—Ofreció diez mil dólares a cualquier médium que contactara con espíritus en su presencia, sin que él pudiera descubrir sus trucos. Tras la conferencia, Harry conversó con estudiantes y profesores de esa universidad. Smiley, un estudiante de Arte, hizo un bonito boceto de Harry mientras conferenciaba. Le gustó tanto, que lo invitó a la función del día 22 en el Teatro Princess y, tras el espectáculo matinal, le encargó que le hiciera un retrato en el camerino. El día acordado, Smiley acudió con unos amigos. Por la noche lo vi pálido, tenía mal aspecto y le pregunté qué le pasaba. Dijo que le dolía el vientre. Al parecer, los estudiantes querían saber si era verdad que podía aguantar golpes en el estómago. Él dijo que sí, y uno de los chicos le golpeó y se marcharon. Puede parecer una baladronada, pero lo hizo una y otra vez. Harry tenía unos abdominales entrenados, capaces de soportar cualquier golpe. Seguramente no quiso defraudar a los jóvenes. Al poco empezaron los dolores. Justo después viajamos quince horas en el tren nocturno a Michigan. Telegrafiamos con antelación para que un médico lo examinara a nuestra llegada. En Detroit, el médico sospechó que era apendicitis y nos recomendó acudir al hospital, pero el Teatro Garrick había vendido quince mil dólares en entradas y Harry se negó a suspender la función. «Haré mi *show* aunque sea el último», dijo. Lo terminó a duras penas, en unas condiciones lamentables.

—¿Por qué se negaba a que lo viese un médico?

—A lo que se negaba era a ir al hospital de Detroit, decía que allí había gente indeseable. Me costó una fuerte discusión con él. Llamé al médico del hotel, quien, tras reconocerlo, recomendó su hospitalización, pero siguió resistiéndose. Llamó por teléfono a William Stone, su médico personal, que también insistió en que fuéramos con urgencia al hospital. Al final, se vio tan mal que accedió de mala gana y llegamos a Urgencias a las tres de la madrugada. Antes de entrar al quirófano me dijo que había hecho testamento, por lo que pudiera pasar, y que no olvidase nuestro pacto. Tras la primera operación, aun cuando los médicos mantenían las esperanzas, él insistía en que no saldría vivo de allí y me abrazó emocionado, como despidiéndose. Pensé que deliraba por la fiebre. Murió unos días después, tras la segunda intervención quirúrgica. Después del entierro algunos periodistas insinuaron un posible complot espiritista para acabar con él y poner fin a su campaña contra los charlatanes y los médiums fraudulentos.

—Los espiritistas jamás harían eso. ¿Fueron interrogados los estudiantes?

—Sí, pero demostraron què Harry les dio permiso para ser golpeado.

—¿Tuvo fiebre? —preguntó sir Arthur.

—En Detroit estaba encendido de fiebre, tuvimos que refrescarlo con bolsas de hielo. También vomitó varias veces y era evidente que tenía mucho dolor. Llegó a perder el conocimiento. ¿Qué es eso del apéndice?

—Verás, existe una pequeña bolsita conectada al comienzo del intestino grueso. Se llama apéndice vermiforme, porque tiene forma de gusano largo. No está claro para qué sirve y, desde 1886, se sabe que a veces se inflama y hay que extirparlo. De no hacerlo a tiempo, explota y vierte en el abdomen su contenido de heces y gases intestinales provocando una infección que afecta al peritoneo, la membrana que cubre el abdomen. La peritonitis puede tener fatales consecuencias, como un fallo orgánico múltiple. Dolor, fiebre y vómitos son síntomas de peritonitis.

—¿Cómo sabes todo eso?

—Recuerda que soy médico, aunque no ejerza.

—Es verdad, lo olvidé —reparó Bess, que se llevó la mano a la frente como queriendo desprenderse del aturdimiento—. Aun así, creo que hay cosas que no cuadran.

—¿Qué cosas?

—Nunca supe por qué no le hicieron la autopsia. Mira... —Bess abrió una carpeta y le entregó un documento. En sus ojos había un brillo lúcido que no pasó desapercibido para sir Arthur—. Este es el certificado de defunción. Cuando me lo entregaron, Harry llevaba 20 días enterrado en el cementerio de Queens, cuando lo habitual es que los familiares dispongan de él el mismo día de la defunción o, a lo sumo, en la inhumación. La falta de explicaciones coherentes y el secretismo de las autoridades locales me resulta sospechoso.

Sir Arthur leyó con atención el certificado. Sorprendido, levantó la ceja de la reticencia.

—No me resulta extraño que no hubiera autopsia, porque solo es obligatoria cuando los médicos no pueden establecer la causa de la muerte o cuando se considera sospechosa o inusual. Harry murió por una peritonitis. Al menos, *a priori* es así. Lo que sí me resulta muy extraña es tanta demora en certificar una defunción por causas naturales. Hay también otro dato curioso.

—¿Qué dato? —preguntó Bess, soliviantada.

—Se certifica que la causa de la muerte fue «peritonitis difusa por estreptococo» y como causa secundaria «rotura del apéndice», pero en el apartado para indicar el lugar donde se produjo, alguien empezó a escribir algo que fue tachado y, a continuación, escribió: «Montreal». ¿Lo ves? —dijo sir Arthur señalando una línea del documento.

—Pero Harry no falleció en Montreal, sino en Detroit.

—Por eso resulta extraño. Tal vez intentaban asociar el origen del problema al incidente del puñetazo de Montreal, pero es imposible determinar con seguridad que esa sea la causa. No le encuentro otra explicación. Debieron reflejar que murió en Detroit de peritonitis, sin entrar en más consideraciones que desconocían.

Bess se quedó pensativa unos segundos. Se levantó, cruzó los brazos instintivamente sobre el pecho y dio un paseo por la sala intentando encajar las piezas de un puzle invisible. Arthur la escrutaba, intuyendo que luchaba por evitar preguntas incómodas.

—¿De verdad piensas que los espíritas están detrás del asunto? —se adelantó el escocés.

—No lo sé, Arthur. Hay mucha gente que lo piensa.

—Tu esposo era un héroe para sus incondicionales. Muchos de sus seguidores no están dispuestos a asumir que alguien que siempre ganó los pulsos con la muerte cayera ante una simple apendicitis. Es lógico que su inesperada desaparición actúe como catalizador de conspiraciones. Pero la ciencia es determinante, y no es justo implicar a personas o colectivos que nada tienen que ver, aunque sean rivales —razonó el británico, que intuía el anhelo de venganza como único antídoto capaz de mitigar el dolor.

—Harry era el amor de mi vida, aunque en los últimos años tuvimos serias diferencias por su empeño en desacreditar a los psíquicos tramposos. Se obsesionó tanto con ellos que modificó el programa de las actuaciones para incluir en el espectáculo las prácticas mediúmnicas fraudulentas. Yo le insistía en que debía centrarse en su trabajo y dejar de granjearse enemigos, pero era obstinado. Decía que solo los que defienden una causa tienen enemigos. Le interpusieron demandas judiciales, y unos meses antes de su muerte testificó en el Congreso en apoyo al proyecto de ley que prohibía la adivinación en Washington. Me asusté cuando empezaron a llegar cartas anónimas con amenazas de muerte. Su campaña contra aquella famosa médium de Boston... ¿cómo se llamaba?... Lina Margot, o algo así...

—Lina Crayton, más conocida por *Margaret*.

—Sí, Margaret. No encajó la humillación de que Harry desvelara sus trucos.

—Margaret no utiliza trucos. —La voz de sir Arthur se tornó grave—. Es una psíquica prestigiosa y ha sido investigada por reconocidos miembros de la Sociedad Americana para la Investigación Psíquica y por especialistas de la *Scientific American,* que han reconocido que no practica engaño alguno. No es fácil pasar el filtro de estas prestigiosas instituciones.

—Pues si no hace trucos la cosa es aún peor. En una sesión espiritista, Margaret dijo haber canalizado el espíritu de su hermano muerto, para ir en contra de Harry. «Maldito bastardo. Mi maldición te seguirá todos los días por el resto de tu corta vida», dijo por boca de su hermano. ¿No es esto una amenaza en toda regla? Había testigos, Arthur —expuso indignada.

—Desde su plano dimensional, los espíritus conocen nuestro destino, sabían que Harry iba a morir de peritonitis y...

—¿Y lo de la maldición qué explicación tiene? —atajó indignada—. Además, el extraño accidente de Albany fue celebrado por el movimiento espiritualista. El escritor Fulton Oursler, que era amigo de Harry, le mostró un telegrama que recibió de un médium que decía: «Las aguas están negras para Houdini». Luego está tu carta, fechada al poco de la amenaza de Margaret, en la que parecía que te unías a ella con tus alusiones a que Harry recibirá «los postres justos con mucha exactitud» y que pronto llegará «el día del pago general» —recriminó ceñuda.

Sir Arthur se puso tenso y chasqueó la lengua en reprobación.

—Sabía que volvería a salir esa dichosa carta. Por correo te expliqué que es una frase sacada de contexto y me acabas de oír ante la prensa. De aquello hace año y medio, por Dios, ¡cómo va a ser una amenaza de muerte! Es un disparate. Pero no me extraña, hace unos años hubo hasta quien creía que yo era Jack el Destripador por el hecho de poseer conocimientos anatómicos y cuchillos de cirujano en mi consulta —se lamentó con resignación.

—Unos meses antes —prosiguió Bess—, Madame Marcia, la astróloga de la Casa Blanca, se enfrentó a Harry en una sesión del comité del Congreso y predijo que moriría en noviembre. Demasiadas coincidencias, ¿no te parece? Siempre he creído que las coincidencias son sutilezas de Dios para transmitir sus mensajes.

—Madame Marcia también predijo la elección del presidente Irving y su muerte durante el mandato. Y acertó. Son poderes psíquicos, Bess, lo he visto muchas veces.

La viuda, desorientada, sollozó y se enjugó las lágrimas. Sir Arthur, tras una pausa incómoda, volvió a tomar asiento.

—Dime una cosa, Bess. ¿Cómo ha llegado mi carta privada a manos de la prensa?

—¿Crees que la filtré para implicarte?

—Solo pregunto.

—No, Arthur —resopló disgustada—. No conocía la existencia de esa carta. Harry me comentaba sus cosas, pero no me daba a leer su correspondencia. No sé cómo pudo llegar a conocimiento de aquel periódico. ¿Por qué iba a implicarte al tiempo que te pedía ayuda? Me duele que desconfíes de mí.

—Reconocerás conmigo la evidencia de que solo pudo entregarla a la prensa alguien que tuviera acceso a los efectos personales de Harry con la pretendida intención de señalar a los espiritistas. A no ser que el propio Harry la entregase a algún periodista cuando estábamos disgustados, y él decidiera publicarla tras su muerte —razonó el escocés encendiendo su pipa.

—Eso nunca. Él no era así —lo defendió, disgustada.

—¿Quiénes pudieron robar la carta?

Bess negó con la cabeza, se dirigió al mueble donde Harry guardaba las cartas que deseaba conservar, sacó una caja con un buen número de tarjetas, esquelas y epístolas, rebuscó, extrajo un sobre y lo puso en manos de Doyle.

—Aquí está tu carta. Nunca la robaron.

Extrañado, la abrió y verificó que, efectivamente, se trataba de la misma que él escribió. La introdujo de nuevo en el sobre, lo escrutó por ambos lados y lo olió, antes de devolvérselo.

—Luego entonces, alguien debió copiar literalmente su contenido, pero me extraña que un periódico como *The Sun* se atreviera a publicar el texto de una carta sin disponer del original para cubrirse las espaldas. A no ser... —sir Arthur quedó pensativo.

—¿A no ser, qué?

—Que alguien la fotografiase. Dime, ¿qué personas han tenido acceso a esta biblioteca desde el fallecimiento de Harry?

—Las semanas siguientes al entierro me visitaron muchos conocidos, familiares y vecinos para expresar sus condolencias, además de algunas autoridades. Los recibía en la biblioteca porque es la sala más amplia de la casa y de la que Harry se sentía más orgulloso. Podría hacerte un listado con nombres a medida que vaya haciendo memoria.

—Te lo agradecería. Disculpa mi indiscreción, no pretendo inmiscuirme en tu vida privada, pero sería conveniente saber qué personal ha entrado en la casa regularmente desde entonces. —Doyle sacó su estilográfica de oro de tajo afilado, y el pequeño cuaderno que siempre llevaba en el bolsillo interior de su chaqueta. Bess comprobó con alivio que el espíritu de Holmes había regresado.

—Con regularidad, solo Eduard Saint, mi representante; Gregor, el chófer; nuestra enfermera, Sofía Rosellini; mis amigas, las hermanas Angelina y Barbara Torres, y mi criada, Nelia Bennet. —Se quedó pensativa un momento por si olvidaba a alguien—. Varias veces vino Bernard Ernst, el abogado de Harry, a quien ya conoces.

—¿Alguno pudo tener acceso a la correspondencia de Harry?

—Menos Angelina y Barbara, que desconocen dónde se guardan las cartas, cualquiera de ellos pudo acceder a ese mueble. Eduard, porque ayuda en el inventario de los efectos personales de Harry; Bernard, porque busca documentos para la defensa de las demandas, y Nelia, porque limpia. Pero son personas de confianza. A Sofía no la creo interesada.

—¿Y el chófer?

—No sabría decirte. Gregor lleva pocos meses con nosotros y no habla mucho. La verdad es que no entiendo qué interés puede tener nadie para filtrar esa carta.

—La persona que leyó esa epístola tiene especial empeño en perjudicar el crédito de la ciencia psíquica y, de paso, mancillar mi reputación.

Bess se llevó las manos a la boca y desorbitó los ojos. Una expresión de decepción se dibujó en su rostro.

—¡Ahora lo entiendo! No has venido a averiguar qué hay detrás de la muerte de Harry, sino a limpiar tu reputación y la del espiritismo, ¿verdad? —soltó iracunda.

Contrariado ante la franqueza de la viuda, no supo qué decir. Cuando abrió la boca, no le salió nada. Finalmente, se aproximó a ella y la serenó posando las manos sobre sus hombros. Vio en sus ojos una sombra de preocupación que lo conmovió tanto como sus palabras.

—Querida Bess, no dudes de que haré lo que esté en mi mano para averiguar qué pasó realmente en torno a la muerte de Harry. Se lo debo a él. Woodie y yo nos alojaremos en el Hotel Saint Regis, junto a la Quinta Avenida. Estate tranquila, nos veremos en unos días.

Le besó la mano y salimos de la biblioteca. «Gracias, Arthur», se oyó al fondo. Doyle tocó brevemente el ala de su sombrero en señal de despedida pero, antes de salir, se giró.

—¿Puedo saber qué pacto te pidió Harry que recordaras antes de entrar al quirófano? —preguntó desde el umbral de la puerta.

—Son cosas nuestras, Arthur.

Doyle asintió. Ya en la calle, el bigotudo chófer nos abrió la puerta del vehículo, pero Doyle no quiso acceder.

—Gracias, Gregor, pero daremos un paseo. ¿Podría llevar nuestro equipaje al hotel Saint Regis y entregarlo en la recepción, por favor?

—Claro, señor.

El vehículo no tardó en perderse por la Octava Avenida.

—¿Un paseo? Debemos estar a tres o cuatro millas del hotel y hace un frío que pela —musité, contrariado.

—Caminar es saludable, querido Woodie. El movimiento proporciona más recursos al cerebro, y más pensamientos por segundo equivalen a más probabilidades de resolver problemas —dijo consultando su reloj de cadena—. Además, he quedado con alguien en Central Park.

—Está anocheciendo y le prometí a Jean que no le dejaría solo en ningún momento.

—No se va a enterar, a menos que tú se lo digas. Y no se lo vas a decir.

Doyle sacó su pluma y su cuaderno de bolsillo y anotó un número de teléfono y cuatro nombres.

—Averigua cuanto puedas de las amigas de la señora, de la criada, de la enfermera y del chófer —dijo entregándome la página cercenada de su libreta.

—¿Cómo voy a hacer eso?

—¿Recuerdas a Joe Mendoza, de la comisaría de Midtown?

—¿Mendoza? —dudé—. ¿Aquel policía gordo apasionado de los dónuts y las novelas de Holmes?

Asintió esbozando media sonrisa bajo su mostacho de morsa. Mendoza era un tipo inteligente y leído, pero la imagen que nos dejó en nuestro anterior viaje a la Gran Manzana fue verlo devorar sin contemplaciones media docena de rosquillas y palmear las migajas de su panza mientras enumeraba autores de narrativa policiaca. Saltaba a la vista que no era un poli de calle, sino de archivo y teléfono. Socarrón y grasiento, de humor escolástico, pero indiscutiblemente servicial y resolutivo. La crema de su división, quién lo diría.

—Ahora es capitán jefe de operaciones del Departamento de Policía de Nueva York y ha practicado algunas diligencias sobre la muerte de Houdini —explicó Doyle—. La comisaría de Midtown está a unas cuatro millas al sur. Coge un taxi. —Doyle estampó un par de frases y su firma al dorso de su tarjeta de visita y me la entregó—. Ve a verle. Se alegrará de saber que estoy en Nueva York y querrá que le firme mis últimas obras para su colección. Dile que mañana lo invitaré a desayunar en el hotel. Te echará una mano. Así que, aviva, se me hace tarde.

Lo dejé balanceándose sobre sus talones y fumando sin parar, con las cejas densas, fruncidas en el ceño, y los dedos nerviosos tamborileando sobre la cazoleta de su pipa. Premisas e hipótesis se maceraban en sus lóbulos cerebrales.

* * *

Central Park

Sir Arthur caminó dos millas por el oeste de Central Park observando sus especies arbóreas, con el soniquete lejano de los pájaros carpinteros. Reparó en el imprevisible vuelo de los estorninos y en el paso vacilante de las ocas que se perdían en lo espeso, junto al Gran Lago. Cruzó la avenida y se situó ante la puerta del New York Historical Society, el museo más antiguo de la ciudad. Había sido fundado en 1804 como Sociedad Histórica, ubicada inicialmente en la calle 11 y trasladada en 1902 al nuevo edificio, frente al Central Park. Contempló su fachada de granito y su estilo clásico ecléctico, que recordaba los palacios reales dieciochescos. Subió la escalinata y miró su reloj de cadena. Apareció un tipo enjuto con gabardina, barba de tacón y nariz aguileña. Disimulaba su cojera apoyándose en un bastón de chonta y sonrió nada más verle.

—Me fascina la puntualidad británica —dijo estrechándole la mano y palmeándola con afecto.

—¿Qué tal, coronel? Me alegra verte de nuevo.

—Vayamos dentro, se está mejor.

El imponente edificio de la Historical Society conservaba la memoria colectiva a través de exposiciones innovadoras, colecciones excepcionales y documentos antiguos. Además de su amplia colección en obras de arte y objetos cotidianos de distintas épocas, poseía una impresionante biblioteca con más de tres millones de títulos, también manuscritos, fotografías, periódicos, grabados y planos que documentan la historia del país desde el siglo XVI. Un espacio donde más que entrar a curiosear, uno se sentía tentado a quedarse a vivir.

El coronel Dan Agnew tenía la elegancia rígida propia de los hombres que han envejecido de uniforme y ostentaban muy a gala su condición. Tenía una mirada despierta y hablaba firme, jaque, algo desabrido, con la actitud fija de los que no soportan ni la sombra de una inconveniencia. Jubilado por méritos de guerra, conservaba una historia peculiar. Conoció a sir Arthur en una de sus conferencias en Glasgow, e hicieron amistad unidos por su Escocia natal y su afición a la novela policiaca. Dan, que presumía orgulloso de pertenecer al clan de los Agnew de las Tierras Bajas, decidió emigrar a Estados Unidos. No todos los clanes, repetía ufano cuando encontraba ocasión, gozaban de tartán propio, un jefe baronet con castillo, insignia y un peculiar lema: «Consilo non impetu» —Aconsejo no apresurarse—, máxima que él siguió en su vida con excelentes resultados. Había hecho carrera militar con participación destacada en la guerra hispano-estadounidense, donde la armada norteamericana humilló al Imperio Español, que perdió sus colonias de ultramar, y Estados Unidos se convirtió en la primera potencia del mundo. Una esquirla de metralla le destrozó la cadera, lo que le causó una cojera permanente, por lo que el Departamento de Guerra le concedió un puesto en el servicio de inteligencia y contraespionaje, pero con las reformas del secretario Elihu Root, fue licenciado en 1902 con empleo de coronel, siendo adscrito a un puesto civil en la flamante New York Historical Society. Aunque fue sustituido por técnicos más cualificados, Agnew, ya jubilado, continuó trabajando para la institución y velando por la historia y la defensa de las artes y las costumbres de la Gran Manzana, sin llegar nunca a perder sus vínculos con los servicios secretos.

Dan hizo pasar a Doyle a un confortable despacho, cerró con llave y tomaron asiento en torno a una mesa colmada de libros y documentos.

—He indagado sobre los asuntos que me indicabas en tu último cable. Tuve que tirar de contactos y llamar a varias puertas, algunas de ellas difícilmente se abren para nadie, pero, aunque ahora debo favores, mereció la pena.

—¿Y bien?

—Tu intuición era cierta: Houdini llevaba una doble vida —confirmó, decidido a entrar en el asunto sin ambages.

—¿Una amante?

—No exactamente, aunque seguro que en ese campo también hizo sus pinitos.

—¿Entonces?

Las manos uncidas del coronel reposaban sobre la mesa de manera en apariencia relajada, pero no dejaba de frotar entre sí las puntas de los pulgares, señal de cierta inquietud.

—Era espía —soltó el coronel ajustando el tono a la confidencia.

Contrariado, sir Arthur se dejó caer sobre el respaldo de su silla. Cuando pidió ayuda a Agnew sobre los enemigos que podía tener Houdini fuera del mundo espiritista, cuando le transmitió su convencimiento de que, de haber una conspiración contra él, no partía del mundo psíquico sino de otros manejos del mago, cuando le imaginaba una doble vida en sus continuos viajes por el mundo, no pensó que fuese por asuntos de espionaje. Si aquella confidencia era cierta, podía ser la clave para liberar de sospechas a los espíritas, pues los espías han sido siempre perseguidos por el contraespionaje de los países afectados.

—Espía —repitió sorprendido el escritor, como si la palabra oliera mal.

—Hacía trabajos para el Servicio Secreto Británico y la Inteligencia estadounidense.

—¿Qué pruebas hay?

Agnew abrió un portafolios y mostró una serie de fotografías de un libro manuscrito que Doyle repasó con interés.

—Pertenecen al diario del primer jefe de la oficina del Servicio Secreto Británico, conocido como «M», nombre en clave de Morgan.

—¿Morgan? —sir Arthur trató de hacer memoria, pero no recordaba ningún pez gordo de Scotland Yard ni en el servicio secreto apellidado Morgan. Y eso que durante años fue asesor de la Policía londinense, donde tenía amplios contactos.

—Morgan era en realidad William Melville.

—¡Melville!

—¿Lo conocía? —preguntó el coronel.

—¡Claro! Fuimos amigos. Fui a su entierro en 1918. Lo admiraba porque fue el azote de fenianos y anarquistas cuando era superintendente de Scotland Yard. Recuerdo que participó en la protección personal de la familia real británica, pero nunca sospeché que trabajase para el Servicio Secreto.

—Por algo se llama «secreto» —dijo Agnew con un deje de sarcasmo y exagerando un acento que no había tenido nunca—. Melville destapó la conexión rusa del anarquismo, incluso frustró un complot para asesinar al káiser de Alemania durante el funeral de la reina Victoria, pero no siempre jugó limpio. En 1892, varios anarquistas fueron arrestados en Walsall acusados de fabricación de explosivos y atentados, pero fue una estratagema de los hombres de Melville para culpar al anarquismo y presumir de evitar una rebelión a gran escala. Ese turbio asunto todavía está clasificado como alto secreto en el Reino Unido.

Dan hizo una pausa para sacar la pitillera y ofrecer un cigarro a su invitado.

—Ahora viene lo bueno —continuó tras encender los cigarros—. Según el diario de Melville, en junio de 1900, Houdini hizo un número de escapismo en Scotland Yard que dejó impresionados a los agentes. Se liberó de las esposas, de la celda donde lo recluyeron y de todas las cerraduras que encontró hasta alcanzar la calle. Melville se ganó su confianza y, en una reunión clandestina, propuso al mago colaborar con el Servicio Secreto británico informando sobre los países que visitara. Houdini se conocía Europa como la palma de su mano, sobre todo el Imperio Alemán, Austria y Hungría. El diario de Melville registra frecuentes reuniones con Houdini. Lo mismo hizo la Policía de Chicago. El mago aceptó, pero, a cambio, pidió que lanzaran su carrera a nivel internacional. Iniciada la Gran Guerra, fue convocado a la Casa Blanca por el presidente Wilson para una audiencia privada.

—Sorprendente —exclamó sir Arthur.

—No tan sorprendente. Houdini no fue el primer ilusionista en colaborar con los gobiernos, ni será el último. En 1856 ya lo hizo el francés Robert-Houdin, admirado maestro de Houdini, de quien tomó su nombre artístico. Napoleón III lo convocó para sofocar una rebelión en la colonia de Argelia, atemorizando con su magia a los sacerdotes morabitos que instigaban al pueblo. Utilizó electroimanes para mover o fijar mesas y los impresionó en un duelo a pistola con el viejo truco de atrapar la bala con los dientes. Impactados por sus poderes, los morabitos depusieron su rebeldía.

—Y luego dicen que los médiums manipulan a los ingenuos —se lamentó Doyle.

—El pacto con Houdini funcionó. Tras una década actuando en pequeños espectáculos circenses de a diez centavos la función, de pronto su carrera dio un giro espectacular. De la noche a la mañana le llovieron los contratos en los grandes coliseos y su nombre fue portada de los periódicos con mayor tirada. Otro tanto ocurrió en Europa. Allá donde fuera congregaba a miles de personas, incluso actuó para el zar de Rusia, el rey de Dinamarca o los presidentes Roosevelt y Wilson. Amasó una gran fortuna, creó una productora de cine y participó en muchos negocios. Compró a su idolatrada madre un vestido que perteneció a la reina Victoria. Nadie sospechó que realizaba labores de espionaje informando a los servicios secretos estadounidenses y británicos sobre las actividades de la Policía alemana o los anarquistas rusos. Llegó a simpatizar con algunos de ellos para obtener información. Houdini no se habría convertido en leyenda, ni sus hazañas habrían tenido la trascendencia que tuvieron, de no haber contado con la complicidad de la prensa, que las difundía hasta en el último rincón del mundo. Ya fuera a saltar de un avión a otro o a calzar a quinientos niños pobres, siempre había periodistas cerca para hacerse eco de sus proezas. Creó su propia marca, lo que se conoce ahora por *marketing*. Incluso contrató a autores consagrados para escribir los libros que él firmaba. Todo estaba medido.

—¿Y así hasta su muerte? —se interesó Doyle, impactado.

—No. La pérdida de su madre lo dejó muy tocado. A partir de entonces redujo sus servicios de espionaje y, paralelamente a sus espectáculos, se centró en el espiritismo, hasta el punto que declaró una guerra abierta a videntes, adivinadores, médiums y a todos los farsantes que dijeran contactar con los muertos.

—Conozco esa historia.

—Muchos lo idolatraban, pero en el Servicio Secreto lo teníamos calado. Houdini era un *showman* ególatra que sabía vender su marca. Vuestra beligerancia pública en los medios de comunicación solo te perjudicó a ti. Para él fue una fuente de proyección, una publicidad permanente, incluso incorporó a sus espectáculos los trucos que empleaban los psíquicos fraudulentos. Recuerda que fue él quien empezó la polémica, con aquellos artículos tan mordaces.

—Ya veo —musitó el escritor, decepcionado.

El coronel Agnew rebuscó entre los papeles y escogió uno de ellos.

—He indagado si tiene antecedentes, pero no hay gran cosa. En 1901, poco después de su fichaje por Melville, la Policía alemana, que debió de ver algo raro, lo detuvo para tomarle declaración antes de su actuación. No se atrevieron a detenerlo para no provocar un conflicto diplomático. Al año siguiente, un periódico de Colonia lo acusó de intentar sobornar a un policía para amañar un intento de fuga, pero Houdini demandó al periódico y al policía por difamación. En el juicio, el juez pidió al mago que, sin herramientas de ningún tipo, abriera la misma cerradura fabricada por el policía objeto de la denuncia. Pudo hacerlo sin dificultad y ganó el caso.

—Hay que reconocer que tenía facultades prodigiosas —reconoció sir Arthur.

—Era bueno en lo suyo, ciertamente. En Alemania tuvo un

gran éxito. En Berlín, fue desnudado e inmovilizado con cadenas, candados y diferentes hierros en manos y codos ante trescientos policías. Consiguió liberarse en seis minutos ante el asombro de los agentes. Pero tras la Gran Guerra, con la derrota de Alemania y el exilio del káiser Guillermo II, se corrió la voz de que Houdini había colaborado con el MI5 y los anarquistas juraron venganza. Recibió varias cartas anónimas con amenazas de muerte. En una de ellas lo tildaban de chivato, traidor y espía. Por el contenido, aquellas advertencias nada tenían que ver con el espiritismo.

—Pero murió de peritonitis.

—Esa fue la versión oficial. ¿Sabías que fue vapuleado a puñetazos unos días antes?

—Sí, estoy al tanto. El 22 de octubre, tres estudiantes de la Universidad McGill lo visitaron en el camerino del Teatro Princess de Montreal, le preguntaron si era verdad que aguantaba los golpes en el estómago y Harry los invitó a probar. En el hospital de Detroit creen que esos golpes pudieron causarle las lesiones internas que provocaron su fallecimiento.

El coronel Agnew negó con la cabeza, abrió el portafolios y extrajo las transcripciones de estenógrafo de las declaraciones de los jóvenes estudiantes y se las mostró a Doyle.

—No fue exactamente así. Aquel día, un estudiante de Arte de 20 años, Samuel Smilovitz, más conocido por Smiley, se presentó con su compañero Jacques Price para hacer el dibujo de Houdini mientras posaba en el diván de su camerino. El mago estaba recostado porque el 11 de octubre se había roto el tobillo mientras realizaba un escapismo en Albany, pero Harry, que estaba habituado a convivir con el dolor, se las ingenió para llevar a cabo las siguientes actuaciones, en contra de las órdenes del médico. Al rato se unió un tercer estudiante más fornido y de mayor edad. Fue él quien le preguntó a Houdini si era verdad su resistencia a los golpes en el estómago. Resultó que ese desconocido era la estrella del equipo de boxeo y pegaba duro de derecha. Dio el primero sin avisar y continuó la serie con otros golpes soltados con el placer del que no espera la contra —el coronel tomó la declaración de Price y leyó literal—. «No recuerdo exactamente cuántos golpes le dio, pero estoy seguro de que al menos cuatro o cinco fueron muy fuertes y severos, porque al final del segundo o tercero protesté contra el repentino ataque por parte de aquel estudiante, que continuó golpeando a Houdini con toda su fuerza. Houdini lo detuvo bruscamente con un gesto que indicaba que ya era suficiente. Inmediatamente después, el mago afirmó que no había tenido oportunidad de prepararse contra los golpes». —Dejó el documento sobre la mesa y miró a Doyle—. En otras palabras, le dio una buena tunda ante los gritos recriminatorios de los presentes. El ataque fue repentino y, por tanto, deliberado.

—¿Quién era ese tercer estudiante?

—Jocelyn Gordon Whitehead. —El coronel le mostró una fotografía—. Tiene 31 años y no era conocido de los otros dos estudiantes. Tras la muerte de Houdini, los tres fueron llamados a declarar por el Comisionado del Tribunal Superior del Distrito de Montreal. Whitehead demostró con testigos que el mago le dio autorización para golpearlo.

—¿Qué testigos?

—Léelo tú mismo. —Agnew señaló los documentos con la barbilla.

Doyle tomó la declaración del joven Jacques Price y la leyó.

—Estaban presentes Sofía Rosellini, la enfermera de los Houdini, dos secretarias y... ¡la señora Houdini! —El escritor buscó entre los documentos la declaración de Bess como testigo, pero no la encontró.

—Eso dijeron los declarantes.

Sir Arthur quedó contrariado. Bess le había dicho que por la noche vio que Harry tenía mal aspecto, le preguntó qué le pasaba y él le contó el incidente con los estudiantes. En ningún momento reconoció que estuviera presente y hubiese sido testigo. ¿Por qué lo hizo?

—Whitehead era un tipo extraño y reservado, un fracasado sin medios para sustentarse, un ladronzuelo que vivía de las mujeres —continuó Agnew—. Trataba de compensar sus complejos con impulsividad y la fuerza bruta que le permitía su corpulencia. Medía más de seis pies y pesaba más de doscientas veinte libras. A pesar de su edad, acababa de inscribirse en el primer curso de Arte, lo que resultó sospechoso.

—Todo indica que alguien lo envió para ajustar cuentas con Houdini —dedujo Doyle.

—Se ha especulado con un complot de los espiritistas para acabar con su eterno rival, pero Whitehead no era espiritista, y entre su círculo de amistades, había un par de revoltosos vinculados al anarquismo. Después, desapareció. Es posible que los mismos anarquistas lo escondieran. La Policía no se molestó en buscarlo porque no había ninguna orden de arresto contra él. Si hubo alguna conspiración contra Houdini, desde luego partió del anarquismo, no de los espíritas. Ya conocemos de lo que son capaces anarquistas y comunistas.

Doyle volvió a la fotografía de Whitehead. Aquellas palabras eran bálsamo para sus oídos. Sabía que la confabulación espiritista era una farsa.

—Llévate el portafolios con la documentación. Te hará falta —le ofreció el coronel.

Doyle se quedó pensativo mirando la imagen. Había detalles que se le escapaban.

—Es posible que la posición reclinada de Houdini, con los músculos abdominales relajados, hicieran más vulnerables a sus órganos. Cuando estás de pie, el retroceso corporal puede absorber la fuerza de un puñetazo, pero al estar reclinado contra una superficie dura como un sofá, aumenta el riesgo de lesiones. Por otra parte, aun suponiendo que Whitehead acudiera al camerino para cumplir con el encargo de zurrar a Houdini, esos golpes, aunque dolorosos, no debieron ser mortales. Si el ataque fue planeado, no iría más allá de un ajuste de cuentas camuflado con el permiso previo, pues había testigos. Aquel matón no podía saber que el mago padecía de apendicitis o que esos golpes podrían derivar en una peritonitis mortal. Tampoco podía ser conocedor de la resistencia de Harry a recibir asistencia sanitaria y demorarla hasta el punto de sufrir una sepsis generalizada.

El coronel se encogió de hombros.

—Pero al final el resultado fue la muerte y el autor huyó. Lo que está claro es que los espiritistas están al margen de este enredo.

Doyle ancló la mirada en las declaraciones de los testigos. Su mente era un hervidero de preguntas: ¿Por qué mintió Bess? ¿Sabía que su marido había sido espía? ¿A qué se debió el retraso de 20 días en la expedición del certificado de defunción? ¿Por qué rectificaron lo tachado? ¿Quién envió al boxeador a golpear a Houdini? Doyle sacó del bolsillo un sobre con un fajo de billetes, lo puso en la mesa y lo deslizó hacia el coronel.

—Lo acordado. Te estoy muy agradecido por la información que me has proporcionado.

—Sabes que puedes contar conmigo —zanjó Agnew, guardándose el sobre. Se despidieron estrechándose la mano.

Camino del hotel, con el portafolios del coronel bajo el brazo, sir Arthur sintió sensaciones encontradas. Por una parte, le alivió comprobar que no había componenda espiritista. El coronel Agnew le acababa de proporcionar la información suficiente para echar por tierra esa teoría ante los medios de comunicación. Por otra, sintió caer el mito de su antiguo amigo cuando supo que su proyección internacional no procedía de sus propios méritos como escapista y mago, sino de una maniobra gubernamental costeada con dinero público a cambio de servicios de espionaje. Pero había otras cuestiones que le perturbaban al sentir que corríamos en círculos, hilos sueltos que se enredaban como una tela de araña en las piezas de un puzle antiguo que impedía que ensamblaran. Vaciló al doblar la esquina, como si algo no encajara.

La noche cernió una espesa bruma sobre Central Park. Conforme caminaba, su cuerpo dejaba atrás espirales de niebla como fantasmas deshilachados. Un viento ácido impregnó el aire de efluvios de lodo y excrementos de pato. A lo lejos, el grito agudo de un ave de presa hizo más profunda la tiniebla. En el cielo, el rostro de la luna se dejaba adivinar entre la trama de unas nubes preñadas de vapor de agua. Sir Arthur se levantó las solapas del abrigo y apretó el paso cuando descubrió que una sombra se perfilaba detrás de él y seguía sus pasos. Un rostro oscuro con sombrero, embozado en una bufanda, con un cigarrillo entre sus guantes de piel. El viento le agitó la chaqueta y lo despeinó. Le llegó un frugal aroma a menta, como un elixir encantado. Inopinadamente, se arrancó a llover con despecho, su perseguidor se esfumó y él dejó que el agua le arrancase el día del cuerpo.

15
LOS HILOS

Hotel Saint Regis, 1927

A la mañana siguiente, entre dos luces, ya estaba en danza. El aire traía aromas de café y tabaco de pipa, y la lluvia de la noche anterior había esculpido nubes de algodón sobre el azul resplandeciente de un cielo distinto. Le sobresaltaron tres golpes de nudillos sobre la puerta de su habitación.

—¿Quién es?

—Soy Alfred. Hemos quedado en diez minutos con el capitán Mendoza. ¿Le espero en la cafetería?

«Pasa, Woodie», dijo estirando el cuello para mirar a ambos lados del pasillo. Lo noté más precavido de lo habitual.

—Me extrañó que no acudiera a la cena. Lo vi subir directamente a la habitación. ¿Ocurre algo?

—Anoche alguien me siguió cuando regresaba al hotel y preferí no exponerme ni exponerte a ti —respondió Doyle.

—¿Ve como no era buena idea separarnos? Si Jean se entera de que se quedó solo, dejará de confiar en mí por permitirlo. ¿Quién era? —le pregunté, inquieto.

—No le vi la cara, me siguió a través de la arboleda del parque y estaba oscuro.

Sir Arthur cambió de tema, había otro asunto que reclamaba su atención. Señaló sus maletas con la barbilla.

—Supongo que tú no has abierto mi bagaje —me preguntó.

—Por supuesto que no. El recepcionista ordenó al botones llevar las maletas a la habitación de cada uno. ¿Por qué lo pregunta?

Siempre que sonreía y se llevaba la pipa a la boca, ya estuviera apagada o encendida, podía estar seguro de que en su mente rondaba alguna premisa.

—No existe una combinación de sucesos que la inteligencia de un hombre no sea capaz de explicar —recitó.

Recordé haber leído aquellas palabras en *El signo de los cuatro*. La acertada reflexión de Holmes procedía de un tiempo en el que Conan Doyle se manejaba con una mente racional y analítica. Chocaba oírselo decir 37 años después, porque, si bien aquel razonamiento encajaba en la resolución de un caso criminal, resultaba impropio de sus firmes creencias espiritistas, al aceptar que la inteligencia del hombre es incapaz de explicar elevados sucesos celestes. Una contradicción sobre la que guardé prudente silencio, pues, en aquel instante, era Holmes quien hablaba por él y no tenía la más mínima intención de espantar su presencia ahora que tanto lo necesitábamos. «Vamos, Mendoza nos espera», fueron mis únicas palabras.

* * *

Parecía estar cerca de cumplir los 55, le sobraban más de treinta kilos, y se expresaba con acento sureño. Pequeño de estatura, mirada gatuna, negro de piel y agudo de ingenio. Por sus ojos caídos le había quedado para siempre semblante de nostalgia. Así era el capitán Mendoza, con el que coincidimos en el vestíbulo del hotel como sincronizados. Seguía tan orondo y grasiento como lo recordábamos, pero con más galones. Inolvidable su fino bigotito negro y su gran papada, que hacía olvidar que alguna vez tuvo cuello. Tras los efusivos saludos y los habituales halagos del lector hacia su autor favorito, nos dirigimos a la cafetería, donde tomamos asiento. Tal y como predijo sir Arthur,

Mendoza se presentó con tres obras recientes para que se las firmara: *El médico negro y otros cuentos de terror y misterio, Los tratos del capitán Sharkey* e *Historia de intrigas y aventuras.*

—Espero que haya disfrutado con su lectura —dijo Doyle mientras estampaba su firma en la primera página de cada obra.

—Su dominio del género corto es innegable, y es una excelente idea compilar los cuentos breves en antologías, porque me resulta imposible coleccionarlos por entregas de revistas o semanarios. *El hombre de Arkángel* me estremeció por su carga dramática, con esa idea romántica del amor más allá de la muerte; pero, si le soy sincero, llevo tiempo esperando alguna entrega de Sherlock Holmes. ¿Es que no piensa retomarlo?

—Dediqué demasiados años a ese sabueso engreído. —Sonrió—. Ya estoy mayor y el cuerpo me pide centrarme en otras batallas. No obstante, le alegrará saber que, en breve, la editorial John Murray publicará *El archivo de Sherlock Holmes,* una antología con una docena de cuentos inéditos del detective. Será lo último de Sherlock y el doctor Watson. Hace unos días escribí el prólogo de despedida para esa obra, con el adiós definitivo a Holmes —informó, llevado por la nostalgia.

—Me haré con la obra, sin duda, sobre todo sabiendo que es la última. No sabe cuánto me ayudaron las lecturas de Holmes. Cambiaron mi perspectiva a la hora de enfrentarme a los casos de mi profesión.

El camarero sirvió té, café, jugo de naranja, huevos revueltos y una bandeja de dónuts para el policía, que se relamió al verla.

—No pretenderán que me coma todo esto. Mi mujer me puso a dieta hace seis meses —dijo cogiendo dos rosquillas.

—¿Y ha bajado peso? —pregunté.

—Oh, sí. Un cuarto de libra —dijo mordiendo el dónut.

Reíamos la ocurrencia cuando el capitán, que intuía la impaciencia de sir Arthur por conocer los resultados de su gestión, se limpió las manos en la servilleta y miró a ambos lados asegurándose de no ser oído por otros clientes.

—Las hermanas Torres y la criada Bennet están limpias. La enfermera es católica y espiritista, tiene una gran fe en Lina Crayton, la médium de Boston. Tras la muerte de su padre fue despedida a causa de una discusión con Houdini, pero fue readmitida al poco, probablemente por deseo de Bess Houdini. En cambio el chófer...

—Déjeme adivinar —se adelantó sir Arthur—. Migrante procedente del norte de Portugal. Tiene antecedentes penales, su nombre es falso, lo despidieron del último trabajo y lo de chófer es una tapadera porque su verdadero oficio es fotógrafo.

El capitán Mendoza miró a su autor favorito con los ojos muy abiertos. Impactado, puso cara de pregunta.

—¿Cómo es posible que se aproxime tanto a su perfil sin consultar su expediente?

—¿En qué fallé? —se interesó Conan Doyle.

—En que aún no lo han despedido de su último trabajo, pero sí de los anteriores. Efectivamente tiene un pasado oscuro. Su nombre no es Gregor Amilia, sino Horacio Pinheiro, nacido en Monção, al norte de Portugal. Emigró a Estados Unidos hace once años. Lleva seis meses trabajando como chófer para Bess Houdini, exactamente la misma antigüedad de su licencia de conducir. En su ficha constan dos antecedentes: una reyerta con multa en Filadelfia y una condena de dos años por estafa en Nueva York. ¿Cómo diantre sabe que su nombre es falso, que es fotógrafo y oriundo del norte de Portugal?

Sir Arthur sabía que muchos inmigrantes, sobre todo los que habían tenido algún problema con la justicia, cuando llegaban a Estados Unidos optaban por un sobrenombre para pasar desapercibidos y evitar el sesgo racista. Debió de recordar el caso de Oscar Slater, en realidad Oskar Josef Leschziner, judío alemán víctima de un grave error judicial que emigró a varios países. O el mismo Harry Houdini, también emigrante húngaro, cuyo nombre era Erik Weisz. En realidad, informó Doyle, el acento portugués del chófer se asomaba tras su inglés precario. Más difícil fue identificar una sutil musicalidad galaicoportuguesa que le llevó a deducir su procedencia del norte de Portugal. En cuanto a lo de fotógrafo, se debió a una evolución deductiva que empezó con un par de hilos. Sir Arthur metió la mano en el bolsillo de su chaqueta y extrajo una bobina de hilo castaño.

—Antes de desembarcar en Nueva York —expuso desenrollando un fragmento de hilo del carrete y mostrándolo a sus contertulios— crucé las correas de cuero de mis maletas con una imperceptible hebra de este hilo. Se trata de lino egipcio, más fino que un cabello humano, que se rompe con facilidad. Suelo hacerlo en los viajes largos para comprobar si abren el bagaje. Pedí a Gregor que llevara el equipaje al hotel para ponerlo a prueba. Y calló en la trampa.

Mendoza llevaba la taza de café a sus labios cuando congeló el movimiento y levantó la vista como recordando algo.

—«Existe una roja hebra criminal en la madeja incolora de la vida y nuestra misión consiste en desenredarla, aislarla y poner al descubierto... —declamó de memoria el capitán.

—... sus más insignificantes sinuosidades» —concluyeron al mismo tiempo—. *Estudio en escarlata*, 1887 —confirmó la procedencia de la cita: su primera novela de Holmes.

—Capítulo 4, sobre la página 63 —apostilló el policía, demostrando su veneración por la saga holmesiana.

—Pero en la recepción del hotel ordenaron subir las maletas a las habitaciones. Pudo ser el botones —sugerí.

Dirigimos la mirada a través de la cristalera. El botones se exhibía sonriente junto al mostrador de recepción, orgulloso de su porte soberbio: gorra de plato y guerrera carmesí con entorchados y botonadura cuidadosamente lustrada. Era un afroamericano negro como el ónice, cara redonda y ojos saltones. Atento a todo acontecer, se adelantaba a los requerimientos con una sonrisa blanca y un despliegue de excesiva cordialidad.

—Ese pobre hombre lleva escrito en la cara que no cambiaría su uniforme de «general» por nada en el mundo. ¿Acaso no han reparado en los surcos del oreo en su rostro o en sus manos ásperas y callosas de las plantaciones de algodón? Mantiene a una familia, y si lo despiden, nadie lo contrataría a su edad —dedujo Doyle.

Sir Arthur contó cómo la noche anterior un desconocido lo estuvo siguiendo por Central Park. Cuando entró en su habitación, lo primero que hizo fue revisar las hebillas y correas de su equipaje. No encontró los fragmentos de hilo egipcio, por lo que, lo más probable es que las maletas no fueran abiertas en la habitación. Una de las hebillas tenía una pequeña mancha aceitosa que olía a gasolina. Era grasa de motor. Cuando arribaron al puerto de Nueva York, ya observó que el chófer de Bess Houdini tenía restos de grasa en los dedos y las uñas. Resolvió, pues, que cuando Gregor llevó el equipaje al hotel, debió detener el vehículo en algún lugar del trayecto y abrir las maletas antes de entregarlas en la recepción. «Fue el chófer, sin ninguna duda», concluyó.

—¿Echó en falta algo en su equipaje? —se interesó el capitán Mendoza.

—No se llevó nada físico, pero hurtó algo que no era suyo.

—No entiendo. ¿Si no se llevó nada de su equipaje, cómo pudo hurtar? —inquirió el policía, que daba cuenta de su tercer dónut.

Doyle se llevó la taza de té a los labios, se secó el mostacho con la servilleta y miró a Mendoza.

—Hurtó información. Verá, decidí tenderle la trampa de las maletas cuando descubrí en la guantera del vehículo una cámara fotográfica. O no era suya o trabajaba de fotógrafo, pues el salario de un simple cochero no da para una Agfa de fuelle plegable último modelo.

—¿Qué relación guarda la cámara con la maleta? —insistió el policía.

—Buscaba fotografiar documentos que me comprometieran, sin tener que robarlos. Ahora sé que fue él quien fotografió la carta que envié a Houdini y que utilizó el periódico *The Sun* para divulgar el falso rumor de mi amenaza y desprestigiar al movimiento espiritista. Cuando murió Houdini, accedió a la biblioteca, se entretuvo en leer la correspondencia y encontró en aquella carta una ocasión para ganar dinero. O tal vez fue un encargo. En cualquier caso, tiene acceso libre a la vivienda. Cuando Bess me mostró la carta, me llamó la atención una diminuta mancha de grasa en la parte posterior del sobre y el peculiar olor a gasolina, propio de chóferes y mecánicos.

No pude evitar un suspiro satisfecho. Hacía años que no veía a sir Arthur emplearse en el razonamiento deductivo.

—Brillante deducción —aduló el policía tras tomar un sorbo de café—. ¿Y qué pudo fotografiar?

—Mi diario. Lo introduje en la maleta con la portada hacia arriba entre un chaleco y una camisa blanca, y ha aparecido con la portada hacia abajo entre la camisa blanca y un suéter escocés —desveló, preocupado—. Contiene notas y reflexiones reservadas sobre mi familia, mis proyectos, incluso opiniones y propósitos sobre asuntos importantes que no deberían ser divulgados sin mi consentimiento. Es un documento personal. De caer en manos aviesas podrían dañar seriamente mi reputación, y me temo que lo ha fotografiado, si no todo, al menos sí algunas de sus páginas.

—Vaya, lo lamento. El diario de una celebridad como usted puede ser un filón para la prensa amarilla —aportó el capitán de

Policía—. Supongo que continuarán estirando el chicle del complot espiritista, las cartas anónimas y la agresión en Montreal para exprimir al máximo el negocio sobre la muerte de Houdini. Esos temas venden cuando se trata de personajes famosos. Puede interponer una denuncia, pero no podemos actuar hasta que se publique algo y se pruebe la comisión del delito. No bastan los indicios sin pruebas y no podemos irrumpir en una vivienda para buscar una cámara fotográfica sin orden judicial. No obstante, puedo interrogar a ese chófer.

—Lo del complot espiritista para asesinar a Houdini es lo más absurdo que he oído. Todo el mundo sabe que murió de apendicitis, que derivó en una grave peritonitis debido a sus reticencias para acudir a un hospital. Dispongo de información que señala a los anarquistas como los que remitieron las cartas anónimas amenazantes. —Doyle señaló el portafolios que se bajó de la habitación y que yo no había visto antes—. Y si hubo alguna conspiración, fueron los puñetazos que le asestó en el vientre un matón llamado Jocelyn Gordon Whitehead quien, a criterio de los médicos, le reventó el apéndice. Ese tipo huyó de Montreal al enterarse de las consecuencias de sus golpes. He leído las declaraciones de los testigos y todos los indicios apuntan a que alguien lo envió para dar a Houdini un escarmiento, pero ese estudiante no guarda ninguna relación con el espiritismo. En cambio, tiene amigos anarquistas que bien pudieron ayudarlo a huir —concluyó Doyle con cierto estoicismo.

—Tengo entendido que los puñetazos fueron consentidos, lo que exime de responsabilidad al autor. Y de haberla, en todo caso sería un homicidio imprudente, no un asesinato. Es algo que debe determinar la justicia canadiense —apuntó el policía, demostrando que estaba informado sobre los rumores de un posible contubernio para asesinar a Houdini.

—Cierto, pero no existe ni un solo indicio que apunte a los

espíritas. Sin embargo, hay una cuestión que no logro entender. ¿Por qué rectificaron en el certificado de defunción el lugar de la muerte haciendo constar Montreal y no Detroit? ¿Por qué tardaron veinte días en expedirlo?

Mendoza se limpió la boca con la servilleta y miró a ambos lados. Se aproximó a Doyle y musitó para no ser oído.

—Le daré un nombre: Bernard Ernst.

—Conozco a Ernst. Es el abogado de los Houdini —confirmó Doyle.

—Fue su intervención la que dilató los trámites. Habló con los médicos del hospital Grace de Detroit, a los que expuso que la causa de la muerte de su representado no fue una enfermedad común, sino los puñetazos que recibió en Montreal, que le reventaron el apéndice.

—¿Por qué esa insistencia con el suceso de Montreal?

—Porque Houdini había suscrito un seguro de vida, y la póliza incluía una cláusula con doble indemnización para el caso de muerte accidental. Cláusula que excluía las muertes por negligencia del asegurado, enfermedad y causas naturales.

—La apendicitis puede considerarse enfermedad, incluso causa natural, y tanto su resistencia a ser asistido como la demora de varios días en ingresar en el hospital pudo ser una imprudencia por parte de Houdini —dedujo Doyle.

—Ernst no solo era jurista, también mago, socio de Houdini y representante legal de su patrimonio —continuó el policía—. Ha sustituido a Houdini en la presidencia de la Sociedad de Magos Americanos. Es un tipo inteligente, un zorro viejo de la abogacía. Al día siguiente de la muerte de su socio, viajó a Detroit y habló con los médicos que atendieron a Houdini. Justificó la resistencia de su cliente a ser atendido en la convicción de que sus dolores procedían de los golpes recibidos, pues no los había sentido antes. El abogado amenazó con demandar a los médicos si no hacían constar en el certificado de defunción que el origen del óbito se inició en Montreal, asociando así la causa y el efecto como un accidente. Hubo un intenso debate entre los doctores y lo estuvieron pensando un tiempo, pero al final se accedió a la pretensión de Ernst. De ahí la tachadura y la rectificación que aparece en el documento. Finalmente, la viuda se embolsó la doble indemnización.

—¿De cuánto hablamos?

—De medio millón de dólares. Una auténtica fortuna —concluyó Mendoza.

—¡Guau! —Fue la palabra que salió por nuestras bocas.

Aquella circunstancia también echaba por tierra la teoría conspirativa de los espiritistas. Pero sir Arthur no entendía por qué Bess no le contó que el retraso del certificado se debió a las gestiones de su propio abogado, siendo ella la beneficiaria de tan suculenta indemnización. ¿Por qué presentó el retraso documental como objeto de sospecha? ¿Por qué no le dijo que ella estuvo presente en el camerino del teatro de Montreal cuando golpearon a Harry? ¿Conocía que su esposo era un espía? ¿Sabía que su chófer era un fotógrafo con antecedentes policiales que, posiblemente, vendía a la prensa documentación privada?

Tenía que desentrañar algunos enigmas, pero se sintió aliviado porque había reunido pruebas suficientes para desmontar los argumentos que señalaban a los espiritistas como responsables de la muerte del Gran Houdini: las cartas amenazantes, la agresión de Montreal, la ausencia de autopsia, el retraso del certificado de defunción y la supuesta amenaza en una de las epístolas de Doyle que fue fotografiada por su chófer. Para acabar definitivamente con el ficticio complot espírita solo quedaba la amenaza de un espíritu convocado por Margaret. Una vez aclarase el malentendido con la médium, tenía intención de ofrecer una conferencia de prensa junto al presidente de la Asociación

Nacional de Iglesias Espiritualistas para poner en evidencia y desmantelar, de una vez por todas, la campaña orquestada contra el espiritismo, razón principal por la que había viajado a Estados Unidos.

Concluido el desayuno, los camareros despejaron la mesa, dispusieron vasos, una jarra de agua mineral y unos bombones de cortesía. Antes de levantarse y agradecer a Mendoza su inestimable colaboración, sir Arthur quiso conocer la opinión del capitán sobre la supuesta amenaza del espíritu convocado por Margaret, pero, para sorpresa suya, el intuitivo policía se le adelantó.

—¿Qué opina de Margaret? —Mendoza llenó medio vaso de agua.

—Esa mujer goza de poderes psíquicos extraordinarios. Posiblemente sea la mejor médium de Estados Unidos en estos momentos.

—Se ha publicado que ella amenazó de muerte a Houdini en una sesión —insistió el policía.

—Desconozco la procedencia del rumor, aunque la prensa no suele citar sus fuentes. Lo investigaré, pero no me extrañaría que se tratara de otra intoxicación informativa, como hicieron con aquel párrafo de mi carta. Conozco a Margaret. Ella y su respetable familia son dignas de confianza, carece de interés económico y sus capacidades han sido estudiadas por miembros de la prestigiosa Sociedad Americana para la Investigación Psíquica. Su honestidad parece evidente.

Mendoza se encogió de hombros y tomó un bombón de la bandeja, un gesto de reticencia que no pasó desapercibido para el literato.

—Me gustaría conocer su opinión de acuerdo con su experiencia profesional —requirió Doyle.

Si algo había aprendido el capitán a lo largo de su trayectoria policial era la confirmación de la simpleza en el móvil. Es cierto que el malvado Moriarty había ideado intrincados asesinatos con el fin de poner a prueba a Sherlock Holmes, pero debajo del dicho popular de que la realidad supera a la ficción, en la inmensa mayoría de los casos, las motivaciones son más simples que las tramas novelescas.

—Casi nunca me falló el principio de la navaja de Ockham que tan diestramente usted aplica en *El perro de los Baskerville* —concluyó.

Se refería al principio de economía metodológica atribuido al fraile inglés Guillermo de Ockham quien, en el siglo XIV, cortó las barbas al mismísimo Platón proponiendo la sencillez de lo material frente al complejo mundo de las ideas del universo platónico. Según Ockham, en igualdad de condiciones, la explicación más simple suele ser la más probable. Sin embargo, hay ocasiones en que la evidencia resulta altamente engañosa.

Mendoza se levantó y con él, nosotros. «Ha sido un placer compartir esta agradable velada con ustedes, pero el deber me llama». Tras colocarse su guerrera, nos estrechó la mano agradeciendo el desayuno y la firma de ejemplares. Ya en la puerta del hotel, el orondo policía se volvió y le lanzó una intrigante reconvención.

—Cuando indague sobre el asunto Margaret, recuerde las palabras de Holmes: «Nada resulta más engañoso que un hecho evidente» —recitó el capitán antes de entrar en el coche patrulla que aguardaba en la puerta desde hacía unos minutos.

Se refería al apelativo «evidente» empleado por sir Arthur para calificar la honestidad de Margaret. Con aquella frase de *El misterio del valle de Boscombe,* que Doyle puso en boca de Sherlock allá por 1891, Mendoza insinuaba ciertas intrigas sobre la médium que convendría indagar. ¿Tendría el anciano escritor la mente suficientemente abierta como para encontrar lo que puede esconder un hecho evidente?

Meses después, Mendoza leería *El archivo de Sherlock Holmes* comprobando, con inapelable desencanto, que la guerra también hizo mella en el ingenio del famoso detective. A su pesar, admitió para sí que el nuevo Holmes carecía de la chispa de otros tiempos, era más oscuro y sombrío que el de antaño, fiel reflejo del hartazgo de su creador con el personaje, al que ni modernizó ni liberó de la época victoriana, tan manoseada. Mendoza comprendió que los destellos deductivos de aquel desayuno en el hotel Saint Regis fueron tan brillantes como circunstanciales, un arrecife en medio de un océano de decadencia que iba ganando terreno a los litorales de un genio al que llegó a idolatrar. La última entrega de Holmes fue la constatación de que el viejo Conan Doyle y su hijo literario, acaso más rancio ya que su padre, entregaba el testigo a Dorothy L. Sayer con su sabueso lord Peter Wimsey, a Agatha Christie con Hércules Poirot y a Gilbert K. Chesterton con el Padre Brown.

16
EL CÁNCER DE LA SUPERSTICIÓN

Harlem, Nueva York

Cuando el coche patrulla que recogió a Mendoza se puso en marcha, a sir Arthur le entró una prisa repentina. Con el portafolios en ristre, se dirigió al de los entorchados preguntándole si podía conseguirles un taxi.

—Por supuesto, *monsieur*. El hotel dispone de ese servicio. —El botones mostró su reluciente dentadura, que aún destellaba más al contraste de su piel oscura—. Aguarde un momento.

El empleado, al que todos los europeos distinguidos le parecían franceses, se dirigió a la cafetería y habló con un señor que leía la prensa. El tipo, de mejillas hundidas y aspecto cansino, alto y delgado como un ciprés, sin soltar el cigarrillo de sus labios, se desprendió de la americana, descolgó del perchero una guerrera gris con dos hileras de botones cromados y se calzó la gorra de plato. «Soy Isaac, por favor, síganme», dijo impertérrito al pasar junto a nosotros.

Nuestro taxi enfiló Park Avenue, giró en la 96 hasta el parque, atajó por el camino del Gran Lago y giró al norte por Central Park West. Solo se quitó el cigarrillo de los labios para sacudir la ceniza.

—Disculpe la indiscreción, Isaac. ¿Es usted de Ohio? —se interesó Doyle.

—¿Por qué me lo pregunta? —Giró la cabeza, extrañado.

—¿Del condado de Jefferson, tal vez?

—¿Nos conocemos? ¿Es usted de allí?

—No, solo lo he intuido.

Atónito, el taxista se miró el pecho en busca de una acreditación inexistente y buscó a su alrededor algún documento que contuviera su filiación.

—¿Qué más intuye? —preguntó intrigado.

—Cuando visita a su familia en Jefferson suele usted traer cajas de tabaco aromático que le pagan a buen precio si están liados. Es usted quien se encarga de hacerlo.

El cochero palideció; en cambio, yo sonreí y me dispuse a disfrutar de un nuevo despliegue deductivo que me transportó a los viejos tiempos del sabio inquilino del 221B de Baker Street.

—No puede saber todo eso sin conocerme. ¿En qué se basa?

—Por su acento y su cigarrillo mentolado —resolvió Doyle—. De los cinco acentos más relevantes del inglés americano, usted presenta el de los Grandes Lagos, típico del norte de Ohio. Allí pronuncian algunas vocales de forma distinta. El sonido «i», por ejemplo, lo sustituye por una «u» corta. Habitual en Jefferson.

—¿Y el cigarrillo? —preguntó asombrado el chófer, mirándonos por el retrovisor.

—En la actualidad, solo la familia de Lloyd *Patata* Hughes, que reside en Mingo Junction, en el condado de Jefferson, aromatiza cigarrillos con menta piperina. Lo hacen artesanalmente y no hay otro lugar donde encontrarlos. Tal vez algún día se pongan de moda, pero de momento, los escasos mentolados que llegan a Nueva York proceden de allí.

—Pues sí —reconoció el chófer, esbozando su primera sonrisa. Sin duda, el ingenio y la agudeza del forastero lo habían sorprendido—. De vez en cuando traigo mentolados a dos o tres amigos porque les gusta el aroma refrescante, pero no me dedico al mercadeo de tabaco. Muy observador, sí señor.

Isaac detuvo el taxi ante la casa de los Houdini, justo detrás del Buick que Gregor lustraba a golpe de trapo y cera. Mientras pagaba la carrera, el chófer de Bess notó que sir Arthur lo estaba mirando con gesto inquisitivo. «Buenos días, Gregor», enfatizó el escritor para ser oído. Tiré de la campanilla y Bess se asomó tras la cristalera. «Me alegra verle de nuevo, señor», respondió impávido el chófer mientras subíamos la escalinata.

Bess aún se recomponía el cabello cuando nos abrió la puerta y nos hizo pasar a la biblioteca. Nos extrañó que no abriera la criada.

—No os esperaba. Nelia tiene el día libre. ¿Has averiguado algo o aún es pronto?

En ese momento se oyó la puerta de la calle. Sir Arthur se detuvo frente a la ventana y nos dio la espalda. Vio salir de la vivienda a Eduard Saint, ajustándose el lazo de la corbata. Bess, ruborizada, intentó distraernos.

—¿A qué debo vuestra visita? —dijo con un hilo de voz tras tomar asiento en una de las butacas.

Con semblante grave, sir Arthur observó a la viuda con ojos escrutadores. Aún azorada, se miró las uñas como pretexto para agachar la cabeza.

—He conseguido documentos y testimonios muy interesantes —arrancó mi patrón— y, a falta de una última comprobación, estoy en disposición de demostrar que ni los golpes que sufrió Harry en Montreal, ni las cartas anónimas, ni la ausencia de autopsia, ni el retraso en la emisión del certificado de defunción, ni, por supuesto, mi absurda amenaza por correspondencia, guardan relación alguna con un complot espiritista.

—¿Todo eso has averiguado en tan poco tiempo?

—Antes de viajar a Nueva York contacté con algunos antiguos conocidos de la Policía y del Servicio Secreto. Tal y como imaginé, no ha sido difícil verificar que la conspiración espírita no se sostiene.

—Sabía que habías venido a limpiar la imagen del espiritismo, no a investigar la extraña muerte de Harry. —La viuda lo miró con un brillo de censura en los ojos.

—Vine a conocer la verdad, pero tú no has sido del todo sincera conmigo y me ocultaste información.

—Me ofendes, Arthur. Explícate —le exigió Bess, que lo miró con alarma.

Doyle, azorado por la situación, sacó su pipa y se la llevó a la boca. Paseó por la sala tratando de encontrar las palabras adecuadas y se dirigió de nuevo a la ventana, apartó los visillos y echó una ojeada. Gregor leía la prensa en el interior del Buick. Ni rastro de Eduard. En cambio, al peinar la calle se topó con la sonrisa lobuna del periodista Mario Bruno, quien, desde la acera de enfrente, aguardaba como un cuervo la oportunidad de llevarse al pico un trago de carroña para difundirla en forma de excremento. Al ver a Doyle tras la cristalera, el reportero levantó la mano en un saludo no correspondido. Sir Arthur dedujo que alguien debió avisarlo de su presencia. Reparó en los pies del periodista y se acarició la barbilla, como rumiando pensamientos. Tuvo un pálpito.

La viuda lo observó sumida en una muda confusión. Doyle se palpó los bolsillos y me miró como reclamando mi ayuda.

—¿Qué estás pensando? Habla de una vez, Arthur —inquirió, inquieta.

—Disculpa un momento —dijo a Bess. Después se dirigió a mí guiñándome un ojo—. Woodie, he olvidado el tabaco en el hotel. ¿Por qué no sales y preguntas a ese periodista dónde puedes comprar tabaco para Conan Doyle?

Desde la ventana, sir Arthur siguió mis pasos hasta la acera de enfrente, observó mi breve conversación con el reportero y mi regreso portando su pitillera. El periodista, sonriente, volvió a saludar.

—Gentileza de Mario Bruno a cambio de una declaración —ofrecí la pitillera abierta con cigarrillos.

Doyle, que sabía que el periodista actuaría tal y como lo hizo tratándose de Conan Doyle, tomó un cigarrillo, apretó el tabaco dándole unos golpecitos sobre el dorso de su mano y lo encendió. Cuando sintió el frescor seco en su garganta, esbozó una sonrisa satisfecha: «Mentolados». Doyle garabateó una frase en su cuaderno y arrancó la página. «Dale las gracias». Me entregó la nota y salí a devolver la pitillera al reportero junto al mensaje escrito: «Si decide espiarme otra vez de noche por un parque, asegúrese de limpiarse los zapatos y evitar el tabaco mentolado». Bruno se miró sus zapatos ribeteados en seco por el barro amarillo de Central Park y compuso un gesto contrariado. Doyle, ahora sí, se despidió desde la ventana con un cínico movimiento de mano.

Bess, que no entendía el juego que se traía sir Arthur, empezó a dar muestras de impaciencia.

—¿Qué está pasando, Arthur?

El escritor tomó asiento y buscó los ojos de su anfitriona, que miró a sus pies, incómoda por la intensa ojeada del escritor.

—Pasa que, en dos días que llevo en Nueva York, me han espiado, han abierto mis maletas y han fotografiado mi diario personal. Además, el periodista que difundió la falsa amenaza a Harry me sigue a todas partes, he descubierto que Houdini fue espía del MI5 y que su viuda solicita mi ayuda, pero me oculta información. Debería ser yo quien te pregunte a ti: ¿Qué está pasando, Bess?

Sorprendida ante la avalancha, se dejó caer sobre el respaldo de la butaca. Boquiabierta, no supo qué decir.

—Empecemos por el principio. ¿Sabías que Harry trabajaba para el MI5 y el Servicio Secreto de Estados Unidos?

—Sí, pero... solo fue unos años —balbució—. Esto es confidencial. ¿Cómo lo supiste? —El escocés advirtió cierta vacilación en su voz.

—Unos años, dices. Los suficientes para conseguir que el gobierno lo catapultase a lo más alto a cambio de espionaje, ¿no es eso?

—Arthur, no desmerezcas el talento ni el sacrificio de Harry —rezongó, ceñuda—. Lo hizo por agradecimiento al país que acogió a su familia. Ha sido un luchador incansable, se hizo a sí mismo desde la más absoluta miseria, más o menos como tú. Jamás traicionó al país que lo acogió, muy al contrario, trabajó para sus intereses. La crisis económica contribuyó a su fama porque, en medio de la recesión, mostró a miles de personas que se podía salir victorioso de situaciones sofocantes y de los más duros aprietos. Sus números eran un mensaje de esperanza, y a no pocos salvó del colapso mental durante los años de la depresión. Que en sus últimos años luchara contra el espiritismo no te da derecho a mancillar su nombre en su ausencia.

El escocés dio una calada profunda y se quedó pensativo calibrando aquellas palabras. Lo de «más o menos como tú» le tocó la fibra, por lo que moderó el tono. Sus ojos se toparon con una figurita de porcelana de Hummel que había quedado huérfana en un estante vaciado de la sala. Un niño harapiento, que parecía sacado de una novela de Dickens, jugaba con un perrito. Agitó levemente la cabeza para liberarse de los recuerdos de su infancia en Edimburgo y retomar el polémico certificado de defunción de Houdini.

—La demora del certificado se debió a los trámites de vuestro abogado, Bernard Ernst, para conseguir que la aseguradora te indemnizara con medio millón de dólares —continuó el escocés—. Algo que, por cierto, no mencionaste. ¿Por qué te mostraste intrigada por esa demora si conocías el motivo?

—¿Acaso es relevante comentar que mi abogado le pidió a la

compañía de seguros que cumpliera con su obligación de abonar la póliza contratada? Era algo obvio. Bernard hizo el trabajo por el que cobraba: luchar por nuestros intereses, porque la muerte de Harry empezó con aquellos puñetazos que recibió en Montreal. ¿No hubieras hecho lo mismo? Pero la demora existió. Bernard solo empleó dos o tres de días en los trámites; en cambio, el certificado de defunción, pese a que lo solicitamos reiteradas veces, llegó con veinte días de retraso. Parecía que estuvieran esperando a que Harry fuese enterrado y que los rumores se calmasen, por alguna razón que desconozco —expuso la viuda con desazón—. Si la demora hubiera sido por nuestra culpa, ¿qué sentido tiene exponértela a ti como algo sospechoso? Sería ridículo, ¿no te parece? No sé quién te ha informado, pero me da la sensación de que antepones tus ideas preconcebidas a mis dudas sobre el caso. ¿No fuiste tú quien puso en boca de Holmes que toda verdad es mejor que la duda indefinida?

Doyle quedó pensativo. Aplastó la colilla del mentolado contra el cenicero y abrió el portafolios.

—Hay algo que no logro entender. Me dijiste que aquel día en Montreal, al ver a Harry con mala cara, le preguntaste qué le pasaba y te contó el incidente de los puñetazos —le mostró la declaración de uno de los estudiantes—; en cambio, los testigos declararon que tú estabas presente en el momento que ocurrieron los hechos, además de dos secretarias y de la enfermera Sofía Rosellini.

—Es cierto que me encontraba en el teatro, pero iba entrando y saliendo del camerino, tal vez por eso los estudiantes pensaron que estuve presente, pero en el momento de los golpes, te aseguro que yo no estaba allí. No los hubiera permitido. Estuve con los operarios organizando la recogida del atrezo para nuestro viaje a Detroit. Supe lo que ocurrió porque luego Harry me lo explicó. El Comisionado del Tribunal de Montreal entrevistó a los presentes y a mí me descartó precisamente porque no lo estuve.

Doyle le mostró la fotografía de Jocelyn Gordon Whitehead.

—Este fue el tipo que golpeó a Harry. ¿Llegaste a verlo?

—No, debió de entrar al salir yo. Cuando me marché del camerino, solo había dos estudiantes más jóvenes.

—Whitehead demostró con testigos que sus golpes fueron permitidos por Harry. Tanto su perfil de matón, su edad, el hecho de aparecer solo, que no conociera a los otros estudiantes y que tuviera amigos anarquistas invita a deducir que alguien lo utilizó para ajustar cuentas con Houdini. Pero existe un hecho incuestionable: sus golpes pudieron ser dolorosos, pero nunca mortales. No está probado que los puñetazos, por violentos que hubieran sido, pudieran romper el apéndice y, aunque así fuera, Whitehead no podía saberlo. Harry ya debía tener el apéndice tocado, y lo que verdaderamente acabó con él fue su empecinamiento en no ser asistido. Si lo hubiera visto un médico en Montreal, y lo hubieran intervenido rápidamente, hoy tal vez yo no estaría aquí, pero él sí.

—¿Y las cartas amenazantes? ¿Y la amenaza de Margaret?

—Aún no he hablado con Margaret. Respecto a las cartas, tanto en la Policía como en el Servicio Secreto creen que proceden de grupos anarquistas a los que Harry espió. Hacen alusión a su labor de espía, eso solo podían saberlo ellos o los servicios de contraespionaje.

—No, Arthur. —Bess negó, apesadumbrada—. En los dos últimos años se recibieron decenas de cartas amenazantes. De todo tipo. No niego que alguna de ellas proceda de esos anarquistas que dices, pero otras provenían de grupos espiritistas que hacían alusión a la campaña difamatoria de Harry en sus espectáculos y a sus ataques contra el mensaje vital de la nueva revelación. —Se quedó callada un momento antes de añadir—:

Amenazaron con sabotear sus espectáculos, quemar los teatros donde actuaba, envenenar el agua y nuestros alimentos y aludían a los accidentes que íbamos a sufrir. Una de ellas, que no olvidaré, recibida poco antes de su muerte, decía que en breve se reuniría con el espíritu de su madre y que ya no podría dudar de la verdadera doctrina. ¿Ves a los anarquistas escribiendo en estos términos?

—¿Dónde están esas cartas? —preguntó Doyle.

—En el juzgado. Bernard las adjuntó a las denuncias. Es posible que de algunas tenga copia en su despacho. Habla con él.

Inquieta, Bess se frotaba las palmas de las manos, detalle que no pasó desapercibido para sir Arthur. Durante unos instantes, la viuda se perdió en sus recuerdos mientras el escocés tomaba notas en su cuaderno. Al cabo de unos segundos, pareció regresar al presente con voz preocupada.

—Dime una cosa, Arthur. Aun suponiendo que Harry tuviera problemas con su apéndice, ¿cómo sabemos que no fue envenenado? Tengo entendido que los vómitos, los dolores de vientre, la diarrea, la fiebre, los labios azulados, el dolor de pecho, la confusión y la dificultad para respirar también son síntomas de envenenamiento. Para confirmarlo habría sido necesaria una autopsia, pero se negaron a hacerla. Tenían mucha prisa por enterrarlo y muy poca por emitir el certificado de defunción, que hubiera determinado si se hacía o no autopsia. ¿No te parece extraño?

Sir Arthur endureció el gesto. Por un momento se sintió contrariado. Debía analizar los contenidos de esas cartas. Si lo que decía Bess era cierto, la información que le proporcionó el coronel Agnew era incompleta o, lo que es peor, tendenciosa. Le pareció entender que había algo fuera de lugar, algo que le disturbaba, como un cuadro torcido en la pared. Piezas, en definitiva, que no encajaban. Su silencio hablaba de elucubraciones y dudas, y ella, sagaz, lo infirió como si hubiera leído sus pensamientos.

—Crees que estoy cegada y que me obsesiona culpar a los espiritistas como hacía Harry, ¿verdad?

En el silencio de sir Arthur advirtió una cierta cautela.

—Acompáñame, te mostraré algo.

Bess nos guio hasta el despacho de Houdini. Abrió la portera de un mueble-bar, accionó una pequeña palanca oculta y las repisas con las botellas de licor giraron sobre bisagras dejando al descubierto una caja fuerte de generosas dimensiones. Tapando con su cuerpo el sistema de cierre, giró la rueda de combinación numérica, primero hacia un lado, después al otro, y una tercera al lado opuesto. Una vez abierta, extrajo un sobre que puso en manos de sir Arthur y cerró la caja. Contenía un borrador mecanografiado en folios sueltos, que ojeó interesado. Estaba dividido en tres capítulos: La génesis, La expansión y La falacia.

—*El cáncer de la superstición.* —Leyó el título a viva voz.

—Es un ensayo inédito que iba a ser publicado justo cuando Harry murió. Supongo que conoces las revistas *pulp fiction*, esas de misterio, monstruos y ciencia ficción que tanto gustan a los estadounidenses.

Doyle asintió con aire meditativo.

—Hace un par de años, *Weird Tales*, una de esas publicaciones, que atravesaba por problemas financieros, contrató a Harry aprovechando su popularidad para que escribiera algunos relatos sobre sus magníficas experiencias con el fin de aumentar las ventas.

Arthur, que revisó a vuelapluma el borrador, en seguida dudó de su autoría.

—Su calidad narrativa es muy estimable. ¿Seguro que la escribió Harry? —preguntó Doyle, conocedor de las limitaciones literarias de su antiguo amigo.

—Como bien sabes, existen los *ghostwriter* o negros literarios que escriben obras que otros firman. Harry nunca escondió que se apoyaba en escritores fantasma para contar sus historias. Para este ensayo él aportó las ideas, pero fue un profesional quien lo escribió, aunque figurase Houdini como autor por razones comerciales. ¿Has leído el relato *Encerrado con los faraones* que Harry publicó hace dos años?

—No lo conozco —reconoció sir Arthur guardando para sí el hecho de que, en plena querella con él, se prometió a sí mismo no leer nunca más cualquier obra de Houdini.

—En febrero de 1924, el editor de *Weird Tales* encargó a H. P. Lovecraft, un escritor especializado en terror y ciencia ficción, que escribiera la historia de una experiencia de Houdini vivida en nuestras vacaciones en Egipto, en 1910. Contaba cómo Harry fue secuestrado por un guía turístico y encarcelado en un profundo pozo junto a la gran esfinge de Guiza. Mientras buscaba la salida, se topó con una caverna ceremonial y con horribles monstruos, pero logró liberarse utilizando sus habilidades de escapista y consiguió salir a la superficie. Por supuesto, era ficción, y casi todo fue cosecha de Lovecraft, un tipo tímido y poco agraciado que me causó desconfianza a primera vista. A Harry le gustó tanto verse en aquel relato que trabaron amistad y proyectaron algunos trabajos más. En fin. El caso es que ambos eran detractores de las creencias supersticiosas y escribieron la obra que tienes en tus manos.

—Un feroz ataque al espiritismo, supongo.

—No solo al espiritismo —aclaró Bess—. Es un alegato contra la inclinación de la gente a creer cualquier cosa sobrehumana despreciando los avances de la ciencia moderna. Su propósito era exponer los mecanismos del fanatismo y demostrar que hasta las ideas más absurdas podían arraigar en nuestro subconsciente y dirigir nuestra conducta sin percibirlo. Critica las supersticiones que perduran en el imaginario popular como los hombres lobo, el canibalismo, el culto a los muertos o a los espíritus. Considera las supersticiones como una reminiscencia de la ignorancia prehistórica del ser humano y el sometimiento irracional a lo desconocido, a lo sobrenatural. Cuando se corrió la voz de que este trabajo iba a ser publicado, de pronto, Harry fue herido de muerte en Montreal. Creo poco en las casualidades.

—¿No ha reclamado la editorial el borrador para publicarlo?

—Claro que lo ha reclamado, y me negué a dárselo. He cancelado el proyecto.

—Millones de espiritualistas te lo agradecerán —reconoció Doyle devolviéndole el manuscrito. Su talante se tornó más conciliador.

—No quiero más enfrentamientos —resolvió la viuda de Houdini—. Últimamente discutíamos por estos asuntos. —Bess guardó el borrador en el sobre y lo introdujo en la caja fuerte—. Las personas deben gozar de libertad de pensamiento, creer en lo que les plazca, sobre todo en lo tocante a lo espiritual, sea o no una quimera. Es impropio descalificar y ridiculizar a los que no piensen como nosotros. Con esto te hago ver, querido Arthur, que ni mucho menos estoy en contra del espiritismo, y aunque siento que traiciono a Harry impidiendo la publicación de este libro, no renunciaré a conocer la verdadera naturaleza de su muerte. Se lo debo.

Sir Arthur, mudo, asintió, y tras un hondo suspiro, nos despedimos de la viuda con la convicción de que, detrás de la decisión de negarse a cumplir la voluntad del difunto, estaba el representante Eduard Saint, convencido espiritista que probablemente influyó en su parecer.

Antes de abandonar la residencia, sir Arthur se detuvo en el vestíbulo y, tras calarse el sombrero, se dirigió a Bess.

—Por cierto, ¿qué pasó con vuestro anterior chófer? Leonardo creo que se llamaba. Parecía un buen tipo.

—Cuando falleció Harry, Eduard propuso sustituirlo por Gregor, que era más joven y eficiente, y como está soltero y vive solo, nos ofreció mayor disponibilidad horaria. Además, aportó buenas referencias.

—Ah, eso es importante, que tenga buenas referencias. —Sir Arthur me lanzó una mirada cómplice. ¿Puedo pedirle que nos lleve a hacer unas gestiones?

—Por supuesto, lo tienes a tu disposición siempre que lo necesites —convino la viuda.

—Me gustaría saber dónde reside, para no molestarte a ti, si hemos de avisarle en algún momento.

—Claro. Vive a unas seis o siete manzanas de aquí, en un apartamento de alquiler, en el 204 de la avenida Lenox, frente a la Iglesia del Monte de los Olivos. En el bajo.

Doyle tomó nota en su cuaderno.

—Mantenme informada, por favor.

—Descuida —dijo besándole la mano.

Resultaba evidente que Eduard, pese a ser catorce años menor que Bess y estar a sus órdenes, ejercía sobre ella una inapelable ascendencia, hasta el punto de tomar decisiones sobre su vida, sus hábitos y sus propiedades. La cuestión por dilucidar orbitaba sobre el interés que podría tener Eduard, tras la muerte de Harry, en sustituir al viejo chófer, que era de su plena confianza, por otro con un oscuro pasado y que había falseado su oficio y su nombre. ¿Desconocía realmente sus antecedentes? De ser así, ¿contrastó sus buenas referencias?

—Hola, Gregor. La señora nos ha autorizado a que usemos sus servicios. ¿Conoce la iglesia baptista del Monte de los Olivos?

—Sí, está cerca.

—Llévenos allí, Woodie tiene que entrevistarse con el reverendo.

Cuando Gregor puso en marcha el Buick, Doyle escribió algo en su cuaderno, justo debajo de la dirección del chófer. Arrancó la página y me la pasó. Pude leer: «Echa un vistazo. Tienes veinte minutos».

Sir Arthur observó al chófer y él hizo lo propio a través del retrovisor.

—¿Puedo preguntarle algo, Gregor?

—Claro, señor.

—¿Es usted aficionado a la fotografía?

—¿Por qué lo pregunta?

Sir Arthur siempre decía que, cuando alguien respondía a una pregunta sencilla y no retórica con otra pregunta, o está evitando una cuestión incómoda que puede comprometerle, o trata de ganar tiempo para pensar una salida airosa.

—Por la moderna cámara fotográfica que lleva en la guantera —aclaró Doyle.

—Es... Es una de mis aficiones —reconoció con titubeos.

—Eso es estupendo. Estos maravillosos artilugios son capaces de detener el tiempo con cada imagen. Ahora hacen las cámaras con un fuelle que, al terminar, se pliega y queda recogido en su caja haciéndola portátil y manejable. Lo más engorroso son las placas de cristal para el negativo.

—Las placas están desfasadas. Este modelo nuevo ya incorpora una película de celuloide de 120 —aclaró el chófer.

—Vaya. Cómo avanza la tecnología. ¿Puedo echar un vistazo a esa maravilla?

—Pues... —Gregor, que no esperaba la pregunta, dudó—. No creo que sea buena idea, señor... Es una cámara costosa y... —balbució, comprometido—. En fin, ya me entiende.

—Será solo un momento. Mi cámara es más antigua y me encantaría ver esa moderna Agfa de fuelle plegable. He oído hablar de ella.

—Señor, entiéndalo... —Gregor comenzó a sudar.

Sir Arthur se aproximó y agravó la voz.

—¿Sabe la señora Houdini que lleva siempre la cámara en la guantera de su coche y que la utiliza en horas de trabajo y no en su tiempo libre?

Se hizo un silencio comprometido. El chófer apretó la mandíbula y dudó. Al fin, alargó el brazo, tomó la cámara con su funda de cuero y se la entregó a Doyle. Sir Arthur me miró y adiviné su intención, por lo que le seguí el juego. Cuando liberó la cámara de la funda, la celebró con aspavientos.

—Observa qué maravilla de la tecnología, Woodie. Se aprieta aquí y sale el fuelle y este chasis auxiliar es el marco por si quieres utilizar placas...

—Por favor, tenga cuidado. —El chófer no les perdía ojo por el espejo retrovisor.

—Y ahora las fabrican con película interior, por lo que se pueden hacer numerosas exposiciones de forma rápida, solo tienes que enfocar y disparar. Mira, este es el disparador, este el objetivo y aquí el obturador.

—Cómo avanzan los tiempos. ¿Y esta palanquita para qué sirve? —Me sumé a la pantomima.

Sir Arthur volteaba la cámara buscando el dispositivo de apertura mientras el chófer, descompuesto, miró al asiento trasero alargando la mano para recuperar la cámara, «por favor, devuélvamela», lo que hizo que el vehículo se saliera de su trayectoria. Al grito de «¡cuidado!», el chófer dio un volantazo justo a tiempo para evitar el impacto con un carro de tiro, pero en los siguientes vaivenes para controlar el vehículo, a punto estuvo de atropellar a unos peatones. Sir Arthur aprovechó para exagerar los zarandeos, hacer como que la cámara se le caía de las manos y, doblado en el asiento como para recuperarla del suelo, abrió la carcasa, velando la película de celuloide y forzando su mecanismo hasta dejarla completamente inservible.

—Pero ¿qué hace, majadero? ¡Nos va a matar! —gritó Doyle, ofendido.

Blanco como la nieve, Gregor detuvo el vehículo justo ante la Iglesia del Monte de los Olivos y se giró hacia nosotros buscando la cámara con los ojos desorbitados. Sir Arthur se la devolvió abierta y rota en varias piezas.

—¡Mi cámara! ¡Le dije que tuviera cuidado! —se lamentó el conductor, recogiendo las piezas.

—¡Cómo se atreve! —voceó Doyle magnificando su indignación—. Ha estado a punto de matarnos por su irresponsable forma de conducir.

—He perdido la cámara y la película —gimió de impotencia ante las piezas desprendidas y el fuelle rasgado.

—¿Le preocupa una maldita cámara? ¿Qué dirá la señora cuando se entere de que ha puesto en peligro a sus invitados y ha estado a punto de causar una desgracia por distraerse con una cámara que usa en horas de trabajo? ¿A quién se le ocurrió sustituir al veterano Leonardo, que conducía como los ángeles? A un tris de matarnos y se preocupa por la cámara. ¡Habrase visto tamaña insolencia! —La antológica interpretación de Doyle, digna de orla, podría haberse representado en las mejores salas de Brooklyn.

Desbordado por los acontecimientos y las admoniciones de aquel influyente anciano que podía hacer que lo despidieran y le retirasen la licencia de conducir, agachó la cabeza, sumiso.

—Lo siento mucho, señor Doyle. Lleva toda la razón, lo importante es que están bien y que no ha pasado nada. Le ruego que se calme y sea indulgente.

—Yo me apeo aquí. —Salí del vehículo dejando a sir Arthur con su interpretación para hacer la mía: fingir que entraba en el templo.

—Continúe hasta Central Park. Vamos a tener una charla usted y yo —ordenó Doyle con el gesto perentorio.

17
EL INTRUSO

204 de la avenida Lenox

Apremiado por sir Arthur, el consternado chófer echó una última ojeada al retrovisor, extrañado de que un europeo blanco acudiera a una iglesia para negros. Ascendí despacio, me adentré unos pasos en el vestíbulo y permanecí un par de minutos contemplando aquel imponente edificio ante la mirada displicente de unas feligresas afroamericanas. Más tarde supe que había sido el Templo de Israel, sinagoga construida en 1907 por judíos alemanes hasta que una influyente congregación negra que se trasladó a Harlem desde Manhattan adquirió el edificio en 1925. Aún podía verse la estrella de David en las vidrieras y en los capiteles de las cuatro grandes columnas de su fachada. Al fondo, sonaban los acordes alegres y las letanías y aleluyas de un coro góspel.

Cuando el Buick se perdió en el tráfago de la ciudad, crucé la calle y localicé la vivienda del chófer, en el 204 de la avenida dedicada al extravagante bibliófilo James Lenox. Era una casa de vecinos de cinco plantas, construida en piedra bermellón hacia finales del xix. Tal y como nos había dicho Bess, el apartamento de Gregor era un bajo semisótano con acceso independiente a la izquierda de la escalera de entrada al edificio. El de la derecha era un colmado de ultramarinos atendido por una familia afroamericana, por lo que no había lugar a error. La pequeña verja delantera estaba abierta, entré y llamé a la puerta para asegurarme de que no había nadie. Por el resquicio que dejaban las cortinas de la ventana, adiviné una salita humilde con un sofá, un aparador de espejo, un mueble cantarero y dos butacas tapizadas que ya habían dejado atrás su mejor época. La cerradura era antigua, de cilindro. No me hubiera resultado difícil abrirla con alguna de las llaves maestras y ganzúas que siempre llevaba conmigo y que en más de una ocasión nos sacaron de apuros. Pero no tenía la destreza de Houdini y hubiera sido exponerme ante los lugareños, que me habrían confundido con un ladrón. La Policía podía arrestarme por allanamiento o, lo que era peor, que los vecinos me lincharan creyéndome un amigo de lo ajeno. Atosigado por el tiempo, di varias vueltas buscando la ocasión propicia, pero el barrio estaba muy concurrido a esas horas, y en el colmado, un grupo de mujeres no me quitaba el ojo de encima, supongo que por blanco y por forastero. Opté, pues, por dar la vuelta a la manzana y busqué otra posibilidad por la calle 120. El edificio adosado a la residencia de Gregor era un bloque de dos plantas con el que hacía esquina. La puerta estaba abierta y accedí a un amplio distribuidor en cuyo fondo, junto a las escaleras, había una puerta que daba a un patio de luces compartido con la trasera del edificio de Gregor. De esta forma pude abrir sin destrozo una ventana baja sin rejas y acceder, al cabo, a la lúgubre vivienda de aquel chófer.

La burbuja de luz del mechero de parafina guio mis pasos en la penumbra, poniendo en cada uno de ellos una gran cautela. Era un apartamento sucio, con la pintura de las paredes descascarada. También desordenado, con platos sin fregar apilados en la cocina y ropa fuera de los armarios, tan habitual en solteros emancipados sin madre o esposa que les imponga orden. En una habitación encontré el material fotográfico: varias cámaras antiguas estereoscópicas y de madera, polvos de magnesio, mezcla explosiva para *flashes* a base de magnesio y sulfuro de antimonio, accesorios lenticulares, cajas con placas de vidrio de la marca Mimosa, negativos de celuloide para Agfa y otros útiles de su oficio, además de gran cantidad de periódicos y revistas. Tras una puerta camuflada en la pared se encontraba el cuarto oscuro para el revelado. En su interior, recipientes químicos, botes de colodión, sales de plata, hidroquinona, sulfito sódico y cajas con cientos de daguerrotipos, ferrotipos, hialotipos de vidrio y exposiciones en cartulina procedentes de celuloide. Colgadas con pinzas sobre hilos extendidos de pared a pared había instantáneas puestas a secar. Supuse que serían las más recientes, pero ninguna de ellas se correspondía con las páginas del diario de sir Arthur hechas el día anterior, por lo que deduje que todavía se encontraban en la película que Doyle había destruido.

Miré mi reloj de cadena. El tiempo estimado por sir Arthur se agotaba. Aproximé la luz de la llama a la caja de fotografías. Había decenas de fotos de Houdini hechas por la calle, entrando y saliendo de su casa, otras de reuniones de caballeros y de sesiones espiritistas. Cuál fue mi sorpresa al descubrir un grupo de placas eróticas en las que, en una estancia oscura, una señora desnuda hacía aspavientos, y en otras se exhibía sin ropas ante varios caballeros alrededor de una mesa. En una de menor tamaño se la veía sentada sobre las rodillas de un señor, que manoseaba uno de los pechos de la joven mientras otro los observaba y sonreía.

Cuando oí el sonido de la llave en la cerradura, sentí una pulsión en las venas. Noté cómo la sangre se me agolpaba en la cabeza ante la idea de que un exconvicto me sorprendiera en su propia casa. Con el corazón desbocado, me guardé la fotografía, apagué el mechero y salí a escape, dirigiéndome a la trasera. A trasluz reconocí la silueta de Gregor que, armado con un garrote, como si presintiera que había alguien en su casa, encendió luces e, iracundo, buscó en cada una de las habitaciones. Había sido más fácil entrar por el ventanuco trasero que salir de él, pues las prisas o el miedo me trabaron unos segundos que me parecieron varias eternidades con sus reencarnaciones. «¡Alto ahí, hijo de puta!». Sentí el calambre de dos garrotazos en mi pantorrilla. Un dolor eléctrico se abrió paso hasta la cadera. Di un tirón a la manga enganchada en un clavo saliente del marco y gateé unos metros por el suelo del patio sin mirar atrás. Después corrí como alma que lleva el diablo. Accedí a la calle 120, recorrí varias manzanas y, medio cojo, me perdí en el dédalo de Harlem sin saber dónde me encontraba. Debió de ser en Madison Avenue donde alquilé un coche de caballos frisones que me llevó al hotel. Se me hizo tan largo el trayecto que temí ser alcanzado por el Buick conducido por Gregor, seguro de que me había reconocido.

A paso cojitranco, entré al hotel y pregunté al recepcionista si había llegado sir Arthur. «Está en su habitación», asintió, mirándome de hito en hito.

—¿Señor, ha tenido un accidente? ¿Se encuentra bien?

—¿Por qué lo dice? —mi respuesta fue tan evasiva como la de Gregor cuando se le preguntó si era aficionado a la fotografía.

Con un leve gesto de cejas señaló mi aspecto. La tela de la chaqueta estaba desgarrada desde el hombro hasta el codo, el chaleco y la camisa llenos de barro, incluso el sombrero presentaba un aspecto lamentable.

—Oh, bueno... Di un tropezón —dije, marchándome a buscar a sir Arthur.

El botones ascensorista abrió la jaula de hierro y la puerta de madera de la cabina y me observó con curiosidad, aunque guardó un prudente silencio. Accedí al pasillo y toqué la puerta de la habitación.

—Caray, Woodie, parece que vienes de la batalla del Somme —dijo cerrando la puerta tras de mí.

—Entré en el apartamento del chófer por una ventana trasera. Hui al oírlo entrar, estuvo a punto de atraparme.

—¿Y la cojera?

—Me arreó dos buenos garrotazos cuando traté de salir por la ventana. No sé si llegó a reconocerme.

—Claro que te reconoció.

—¿Cómo lo sabe? —pregunté, preocupado.

—Es un tipo listo. Al llegar a la altura de la New York Historical Society, le pedí que detuviera el vehículo y nos apeáramos para charlar un rato. Tenía intención de interrogarle y él lo intuyó. Ató cabos y reparó en que la rotura de la cámara fue deliberada para inutilizar la película. Cuando se dio cuenta de que te habías apeado frente a su casa, subió al coche a toda prisa y me dejó plantado. Había contado con la posibilidad de que tuviera esa reacción, por lo que estimé que no dispondrías de más de veinte minutos entre la carrera lenta de ida y la rápida de vuelta. Tranquilo, no te denunciará por allanamiento. Tiene más motivos para callar que para denunciar, pero hemos de avisar a Bess cuanto antes.

—Ciertamente es fotógrafo profesional. Tiene un laboratorio en un cuarto oscuro y cientos de fotos. Vi muchas de la vida privada de Houdini, pero no de sus espectáculos. Eran fotos robadas, sin posado.

—Espía para alguien, está claro —dedujo Doyle.

—También había fotografías de sesiones espiritistas y... algunas eróticas. Me traje una.

—Eres un granuja —rio sir Arthur.

Su sonrisa tardó en esfumarse el tiempo de sacar la imagen del bolsillo y observar, en la mesa de invocaciones, una vela, vasos y una botella de *bourbon*.

—¡Pero... si es Margaret! Y estos dos, ¡Hereward Carrington y James Bird! —tronó impactado.

—Miembros de la Sociedad Americana para la Investigación Psíquica y redactores de la revista *Scientific American* —remaché—. Por eso decidí traer esta prueba.

Sir Arthur palideció y meditó unos segundos. Los paradigmas deductivos que tenía alineados cayeron como un castillo de naipes. Había dado la cara por Margaret en todos los foros porque la consideraba una de las mejores médiums de América. Por defenderla llegó a enfrentarse abiertamente con Houdini cuando puso en duda su honestidad ante la Sociedad Americana para la Investigación Psíquica, de la que ambos eran miembros. La voz del capitán Mendoza resonó en mi cabeza y seguro que también en la de Doyle: «Cuando indague sobre el asunto Margaret, recuerde las palabras de Holmes: nada resulta más engañoso que un hecho evidente». Aquel astuto policía tenía información sobre la médium, pero prefirió no compartirla con sir Arthur para no ofenderlo en su creencia ciega de sus poderes mediúmnicos. Doyle quedó con la mirada extraviada. Su expresión confusa parecía la de un niño que pregunta por su madre y le sueltan una frase en chino cantonés. Víctima de su desconcierto, por vez primera, comenzó a plantearse que las dudas de Bess tal vez no eran tan descabelladas. Circunspecto, volvió a la foto como negándose a asumir la realidad.

«Esto cambia las cosas», rezongué antes de marchar a mi habitación a cambiarme de ropa.

18
LA MALDICIÓN DE WALTER

Dover

El susurro de las olas rompiendo en los acantilados de Dover acariciaba el silencio. Una tenue brisa con aroma de salitre soplaba desde el mar y agitaba los cabellos que, en hebras de araña, caían sobre sus hombros escapando a la disciplina de su gorra de comandante. Sumida en recuerdos que no eran suyos, a medio camino entre la nostalgia y la atrición, Jeanie exhaló un suspiro convencida de que la huella del recuerdo no conoce fronteras. Reconocía para sí la indolencia de su juventud, unos años vividos por y para ella. Su egocentrismo, tal vez fruto de sus desajustes hormonales, la situaba en el centro de la Vía Láctea, donde planes y planetas orbitaban a su voluntad de niña consentida. En la adultez, sus largas misiones fuera del hogar la mantuvieron ajena a muchos episodios de la vida de sus padres, y cuando los visitaba, sus progenitores evitaban información comprometida, siguiendo la costumbre de mantener a los hijos al margen de asuntos espinosos. Los años, con sus días simétricos rodados, pasaron tan sucesivos y veloces como las hojas secas en una ventisca y, en un abrir y cerrar de ojos, Jeanie Conan Doyle quedó como única heredera cuando sus padres y hermanos fallecieron.

Woodie, sabedor de que en su juventud él tampoco fue un dechado de virtudes, pues sus mejores amigos eran los libros y sufrió acusaciones insidiosas por sus refinados ademanes, a su parecer infundados, siempre se mostraba condescendiente con Jeanie. Le contaba historias de su propio padre que ella desconocía. Y en lo alto del despeñadero, contemplando el reflejo del sol sobre la East Wear Bay, la octogenaria se eclipsaba con las anécdotas de sir Arthur y Houdini relatadas con minucia por el antiguo secretario de su padre.

—Qué interesante todo lo que cuentas. Me hubiera encantado acompañar a mi padre a Nueva York para investigar la muerte de Houdini, pero tenía 14 años y mi madre me lo impidió —se lamentó añorante Jeanie.

—Eso lo dices a tus 84 años. —El anciano movió la mano como desechando la idea—. Por entonces tus prioridades eran empolvarte la nariz y probarte vestidos de organdí para lucirte ante el repelente hijo de los Murray, o ver los coches de carreras que pilotaban tus hermanos. Nadie sabe el valor de los momentos hasta que se convierten en recuerdos —concluyó con pesadumbre.

Jeanie calló un instante. Tenía memoria de un camino más arduo, pero asintió con la expresión remordida. Nunca llevó bien admitir culpas, por lo que suspiró hondo y cambió de tema.

—Dime, ¿qué pasó con Margaret?

El anciano pescó otro cigarrillo del paquete y lo encendió.

—Y no fumes tanto. Es malo para la salud —censuró enérgica.

—Aquella atractiva chica fue la clave para resolver el misterio —continuó el viejo secretario—. El giro inesperado de los acontecimientos afectó a tu padre de tal manera que, a su regreso de Nueva York, su decadencia física y mental se precipitó con rapidez, y todo comenzó a venir a menos.

Lina Crayton, más conocida como Margaret, había crecido en una granja canadiense de Ontario y con 16 años se trasladó a Boston, donde trabajó como secretaria en una iglesia. Se casó con el tendero Earl Rand, con quien tuvo un hijo. En 1918, durante la Gran Guerra, Lina colaboró como conductora de ambulancias y conoció al excéntrico doctor Roy Crayton, cirujano y profesor de la Escuela de Medicina de Harvard. Era un tipo alto y sofisticado, veinte años mayor que ella, que se codeaba con la crema de la sociedad de Boston. Lina se divorció de su marido para convertirse en la tercera esposa de Crayton. No pasaba desapercibida: sensual, extrovertida y muy bella. Tenía el pelo rubio, los ojos azules y una sonrisa seductora que hacía suspirar a todos los que con ella se tropezaban. Me resultó curioso cómo una chica que no había tenido nunca experiencias psíquicas, se convirtió en una de las médiums más reconocidas de la noche a la mañana.

En 1920, el doctor Crayton se mostró interesado por el espiritismo a raíz de una reunión con sir Oliver Lodge, el famoso físico que desarrolló la telegrafía sin hilos. Lodge consideraba que las ondas electromagnéticas y las psíquicas se desplazaban por el éter espacial y empezó a interesarse por la telepatía. Aseguraba, y así lo documentó en algunos de sus libros, que lograba comunicarse con su hijo Raymond, que había muerto en la Primera Guerra Mundial. Desde entonces, el doctor Crayton asistió a sesiones espíritas con Lina.

Tres años después, el matrimonio invitó a varios amigos a una sesión en su casa, donde descubrieron, sorprendidos, que Lina Crayton tenía poderes psíquicos, que era capaz de mover objetos con la mente, generar ruidos y materializar espíritus con ectoplasma.

—¿Todo eso así, de golpe? —preguntó Jeanie, contrariada.

—De un día para otro —asintió el anciano.

Aquel día, en la oscuridad casi absoluta, tras las invocaciones, la joven consiguió mover la mesa, que se sostuvo sobre dos patas, y el espíritu de un hombre joven habló a través de ella. Según Margaret, se trataba de su hermano Walter, muerto en 1911 en un accidente ferroviario. Walter se haría presente en cada sesión, y aunque se expresaba de forma soez, a veces violenta, se convirtió en su guía espiritual. La fama le llegó cuando Conan Doyle, tras comprobar sus poderes telequinéticos, dijo de ella que era la mejor médium estadounidense. Cuando se corrió la voz, a sus círculos psíquicos acudieron miembros de la clase alta de Boston y del elitismo social de la Ivy League, conferencia deportiva del nordeste constituida por las ocho universidades más prestigiosas. Hasta tal punto alcanzó popularidad, que sus oraciones eran leídas por el Ejército de los Estados Unidos.

—El problema surgió a raíz del reto —soltó el viejo secretario, despertando la curiosidad en Jeanie.

—¿Qué reto?

—En el verano de 1924, la *Scientific American Magazine* ofreció un premio de 5 000 dólares al médium que demostrase sus dotes telequinéticas ante un comité compuesto por cinco expertos: William McDougall, profesor de Psicología en Harvard; los investigadores psíquicos Walter Prince y Hereward Carrington, y el ingeniero Daniel Frost Comstock. Pocos psíquicos manifestaron interés ante filtros tan meticulosos, más aún cuando se conoció que Harry Houdini, que ya había desenmascarado a multitud de charlatanes y falsos psíquicos, también formaba parte del comité. Fue tu padre quien propuso a Margaret como candidata al premio porque creía que ella reunía todas las condiciones: no necesitaba ganar dinero, era esposa de un hombre de ciencia y, según él, poseía poderes evidentes e incontestables.

En la sesión hubo de todo: trances, posesión del espíritu de Walter, voces, *poltergeist* y materializaciones. Los miembros del comité de la *Scientific American* no encontraron trucos y James Bird, un especialista de la revista, informó a Houdini de las grandes facultades de Margaret, por lo que les parecía la mejor candidata para el premio. La prensa se puso del lado de la atractiva médium, y Houdini, que no pudo asistir a la sesión por encontrarse fuera del país, exigió nuevas sesiones en su presencia, que se celebraron el 23 y el 24 de julio. Como en ocasiones anteriores, Margaret apareció ataviada solo con un kimono de seda y fue atada con cuerdas pintadas de fluorescente para que pudieran ser vistas en la oscuridad. Durante la sesión sonó la campanilla y se escuchó al supuesto espíritu de Walter insultar a Houdini desde la oscuridad. Incluso le lanzó un megáfono que cayó a los pies del mago. Se oyeron golpes y música lejana, y algunos objetos visibles con pintura luminosa levitaron en la oscuridad. Impresionantes ectoplasmas brotaron por la boca de Margaret. Un fotógrafo poco hablador llamado Gregor inmortalizó los fenómenos en cada una de las sesiones.

A Houdini le pareció significativo que el doctor Crayton se sentara siempre al lado derecho de su esposa, muy pegado a ella. Cuando se encendieron las luces, ante la sorpresa general, apareció sobre la mesa una pequeña mano teleplasmática. Harry emplazó a la médium a una próxima sesión y se marchó despidiéndose cortésmente, pero había tomado nota. «Sé cómo lo hace», musitó a un colega del comité. En la siguiente sesión, el mago se presentó con una cabina de madera herméticamente cerrada en la que hizo entrar a la médium para evitar cualquier movimiento en la oscuridad, dejando libres solo la cabeza, las manos y los pies. La campanilla fue introducida en una caja cerrada. Se apagaron las luces y Margaret invocó al espíritu de su hermano Walter, que no tardó en hacer acto de presencia para volver a insultar a Houdini. La voz del ente exigió que se largara de allí y llegó a amenazar al mago: «Maldito bastardo. Mi maldición te seguirá todos los días por el resto de tu corta vida».

La campanilla sonó ante el asombro de los circunstantes; pero, concluida la sesión y encendidas las luces, Houdini revisó el gabinete y encontró una regla articulada que no estaba en el examen previo, por lo que llegó a la conclusión de que Lina o su esposo la habían manipulado para hacer sonar la campanilla. Margaret acusó a Houdini de haber colocado él mismo aquella regla para desacreditarla, lo que el mago negó alegando que la tapa de la caja había sido forzada durante la sesión, por lo que buscaba excusas para encubrir sus fraudes. Respecto a la mano teleplasmática, Houdini señaló que estaba oculta en los genitales de Lina y había sido extraída por el doctor Crayton en la oscuridad, por lo que informó a la *Scientific American Magazine* sobre la mecánica fraudulenta utilizada e hizo una demostración práctica. Sorprendentemente, algunos miembros del comité seguían defendiendo a la médium y reconociendo sus poderes, aunque finalmente, con las opiniones divididas, la revista no le concedió el premio.

A las pocas semanas, Harry difundió estos y otros fraudes espiritistas en su libro *Un mago entre los espíritus,* lo que provocó conminaciones furibundas de Conan Doyle, que calificó la obra de «bazofia» y realizó una durísima crítica, hasta el punto de que terminaría abandonando la Sociedad Americana para la Investigación Psíquica por considerar que mantenía un sesgo antiespiritista.

—El caso Margaret fue la gota que colmó el vaso y Houdini y Doyle rompieron su amistad para siempre —añadió Woodie—. Pese a todo, la fama de Margaret trascendió y se la consideró como la psíquica con la facultad de telequinesis más desarrollada, capaz de controlar la materia con la mente, hasta la llegada de Uri Geller, cincuenta años después.

—Ah, sí, el que doblaba cucharas y paraba relojes en la década de los 70. —Sonrió Jeanie—. Me encantaba. Era tan guapo.

—Pero Lina no era feliz —concluyó—. Los Crayton parecían desparejados, ella joven y amante de la diversión; él, un doctor antiguo y sombrío. Dicen que muy pronto se les acabó el amor, y ella se prestó a muchos de los deseos de su esposo solo porque temía que él la abandonara. Tal vez fueron esas las razones por las que ahogaba su desdicha en *whisky*.

—¿Qué tiene que ver el caso Margaret con la muerte de Houdini?

El viejo Woodie irguió la espalda, se volvió hacia la anciana y esbozó una sonrisa condescendiente.

—Holmes decía que cuando se siguen dos hilos de razonamiento distintos, en el punto de intersección donde se crucen, se encuentra la verdad.

19
MARGARET

Boston, 1927

Llegamos a Boston en una mañana fresca, penumbrosa. Una atmósfera grasienta y gris impregnaba el aire y la tierra de la estación de Back Bay. Salimos por una de las arcadas de piedra de su perímetro y tomamos un coche de alquiler que nos condujo a la residencia de los Crayton, en el 10 de Lime Street, a dos manzanas del río Charles.

Me extrañó que el día anterior sir Arthur no me mandase telegrafiar a Lina Crayton para anunciarle nuestra llegada. Pronto descubrí las razones por las que prefirió no hacerlo. Doyle golpeó cuatro veces la aldaba, con dos pares sucesivos de golpes. Acudió una doncella entrada en carnes que abrió la puerta con expresión inescrutable. Tras las presentaciones, y al preguntar por Margaret, nos pidió que volviésemos al día siguiente porque los señores no se encontraban en casa, pero las altisonantes apelaciones de la señora llegaban nítidas desde el fondo de la vivienda. Sir Arthur ladeó la cabeza y entrecerró los ojos, suspicaz. La criada, tras un titubeo delator, gruñó una evasiva.

—La señora está indispuesta y no puede atenderles en este momento. Debo regresar a mis obligaciones. Que tengan buen día, caballeros —concluyó, disponiéndose a cerrar la puerta.

Sir Arthur interpuso su bastón entre la puerta y el marco.

—Hemos hecho 220 millas para hablar con la señora Crayton. Le ruego anuncie a sir Arthur Conan Doyle.

—No es un buen momento, créame —advirtió la doncella, incómoda ante las desmedidas risotadas de su señora, perfectamente audibles desde la puerta.

—Dígale que estamos aquí, por favor —insistió.

—¿Quién ha llamado, Celeste? —dijo una voz tras la fámula.

Lina apareció descalza, con un kimono corto de seda que dejaba a la vista sus piernas estilizadas y parte de su torso, pues estaba abierto hasta el ombligo y mostraba el hermoso abismo de su escote y uno de sus hombros. Sujetaba el cigarrillo entre los dedos de la mano que aferraba un *whisky*. El sesgo de su ojos retrecheros, memorables y verdes, animaban un rostro amable camino a una afortunada madurez. Escultura de hembra imponente con rotundas hechuras, pechos grávidos, posaderas prietas, talle afilado y muslos mollares, condenadamente apetecibles. El alma caliente, las ideas turbias y las manos, largas y finas, recordaban a la Magdalena penitente de Ribera y, como ella, resplandecía con un fulgor inesperado, incluso achispada. Hasta el tufo a tabaco me pareció en su boca esencias de nardo. Sentí un rubor entre las piernas y el pulso cantar en mis venas. Como perdiguero en celo, paseé mis impúdicos ojos por los huecos del kimono, recreándome en su piel cetrina, ahogando el resoplido de la resignación. Conturbado en ardores, tomé conciencia de que el verdadero árbol de la ciencia del bien y del mal, el fruto prohibido, lo ocultó Dios en la entrepierna de la mujer y comer de él equivalía a la condenación eterna. Llegué a debatirme en la duda de si mi fascinación lúbrica por una mujer ebria presentaba visos de salacidad. Ignoro si me sonrojé representándome en los rudimentos del *carpe diem*, pero mantuve la compostura, porque hay pensamientos que un caballero de honor ha de guardar para sí.

—¡Vaya sorpresa! El gran Sherlock Holmes y su ayudante Watson. Qué honor para los Estados Unidos de América —soltó.

Azorada, la doncella le cruzó el kimono para evitar que se le vieran sus blancas orografías parejas.

—Margaret, ¿podemos hablar un momento? —preguntó sir Arthur, apartando la vista, sofocado.

—Adelante, están en su casa —invitó con una reverencia excesiva.

La doncella cerró la puerta, cogió nuestros abrigos y nos acompañó hasta una fosca salita. Tragué con dificultad cuando la dueña pasó ante mí, aérea, liviana. Unas amplias cortinas de brocado oscuro colgaban de unas anillas de latón. En el suelo, una alfombra oriental, tachonada con flores de lis carmesíes y negras, rematada con falso palisandro. Presidía la estancia una mesa redonda cercada de sillas, con la vela inconfundible de las sesiones. Era la sala donde Margaret invocaba al más allá. «Haré café», dijo la doncella al tiempo que intentó quitarle el vaso de *whisky,* pero Lina se resistió dando un tirón y esparciendo parte del líquido sobre la alfombra. Un pecho quedó a la vista por la apertura del kimono. «¡Ocúpate de tus cosas! ¡Y compórtate ante caballeros tan respetables!», recriminó con voz metálica, sin ser consciente de que era ella la que debía comportarse. La criada nos miró con ojos mendicantes, sin saber qué hacer. Sir Arthur hizo una señal a la doncella señalándole con la barbilla el abrigo largo de pieles colgado en el perchero del vestíbulo. La criada lo ofreció abierto a la señora.

—No, gracias, no tengo frío—rechazó.

—Margaret, le ruego que se lo ponga mientras hablamos —le urgió sir Arthur.

Lina aceptó sonriente mordiéndose el interior del carrillo, con un destello de picardía en sus ojos chispeantes. Se cerró el abrigo, tomó asiento, y nosotros, frente a ella.

—¿A qué debo el honor, querido Sherlock? —preguntó deslizando el dedo índice por el filo del vaso.

—He venido a saludarte y a hacerte algunas preguntas sobre la muerte de Houdini. Trato de...

—¡El Gran Houdini! ¡Menudo hijo de puta! —saltó, hirviente de indignación—. Pero tenía un par de huevos. Él solito ha jodido más al espiritismo que todas las religiones, las ciencias materialistas, las leyes contra la adivinación y la curia vaticana juntas. El cabrón evitó que la *Scientific American* me concediera el premio. ¿Lo sabías? —inquirió sin recordar que sir Arthur estaba al tanto de aquel episodio, no en vano publicó airadas protestas frente a aquella decisión.

Escandalizado, sir Arthur llegó a plantearse si aún estaba poseída por su hermano Walter, por su forma soez de expresarse, impropia de una dama de tan distinguida familia.

—Lo sé —atinó a decir Doyle.

Lina quedó unos segundos con la mirada perdida en el fondo del vaso. Le salió una mueca helada.

—Me daban igual los 5 000 dólares, yo lo que quería era el apoyo de los científicos. Ese mago malnacido arruinó mi carrera como psíquica. Desde entonces, todo se ha torcido. —Margaret se acabó el contenido del vaso y buscó en la mesa una botella inexistente—. ¡Maldito bastardo!

Sir Arthur me miró y ambos coincidimos en la misma idea: «Maldito bastardo» eran las primeras palabras de la maldición que el espíritu de Walter lanzó a Houdini a través de Margaret: «Maldito bastardo. Mi maldición te seguirá todos los días por el resto de tu corta vida».

—Van diciendo por ahí que el espíritu de tu hermano Walter amenazó de muerte a Houdini poco antes de morir.

—No fue ninguna amenaza. Los entes incorpóreos conocen nuestro destino. Maldecir es habitual en Walter, y Houdini era como un tábano.

La doncella dejó en la mesa una bandeja con tres tazas humeantes de café, un tarro de azúcar, una jarrita con leche y unos panecillos de canela. Se retiró tan hierática como entró. La señora se levantó, abrió un mueble-bar, cogió una botella de *brandy* y vertió un chorro en su taza.

—Los españoles lo llaman carajillo. Dicen que en la guerra de Cuba los soldados lo tomaban para darse «corajillo» antes de entrar en combate —nos ofreció la botella, pero rehusamos—. Pero se dicen tantas cosas...

Margaret atravesaba un mal momento, y ni el gozo fugaz de las bebidas espirituosas lograba disipar sus angustias; tan solo provocaban en ella un ambivalente estado de ánimo con momentos de euforia y tramos de incontenible tristeza.

—Aquella frase de Walter la están utilizando los enemigos del espiritismo. Supongo que lo sabrás.

Sir Arthur remarcaba lo obvio pulsando el estado de Lina. Pretendía conducirla hasta donde él deseaba, en la confianza de que una persona ebria carece de los filtros con los que una sobria dosifica la información. La melopea suelta la lengua, lo que con frecuencia se equipara con la transparencia infantil.

—Houdini burlaba a la muerte, hasta que la muerte se cansó del juego —musitó, llevándose a los labios el café con aliño.

Se trazó una pausa inquietante. Sir Arthur, que no dejaba de observar cada uno de sus movimientos, decidió que el momento había llegado.

—Corre otro rumor que me inquieta. —Doyle vertió una cucharita de azúcar en su taza y removió, sin dejar de mirarla.

—Rumores, rumores... ¿A eso has venido, a esparcir rumores como una alcahueta? —Lina, al ver la expresión ceñuda del escritor, reparó en sus desafortunadas palabras. Se llevó la mano a la frente, como tratando de liberarse de la bruma que enturbiaba su lucidez—. Discúlpame, tú no tienes la culpa. ¿A qué rumor te refieres?

—Dicen que trataste de influir en algunos miembros del comité para ganarte sus favores y conseguir el premio de la *Scientific American*.

—Si eso fuera cierto, habría conseguido el premio, ¿no te parece? No necesito influir en jurados, he demostrado de sobra mis dotes psíquicas. Tú mismo lo has comprobado.

Doyle, con el semblante grave, dejó la tacita con su plato en la mesa, sacó del bolsillo de su chaqueta una fotografía y se la mostró. Margaret palideció al verse desnuda sentada en las piernas de un señor que acariciaba uno de sus pechos. Estalló en risotadas ebrias. Ante nuestra estupefacción, rio de forma convulsiva, llevándose las manos al vientre. Cuando se le acabaron las risas trazó un silencio comprometido, previo a una llorera desconsolada.

—¿No tienes nada que decir? —preguntó Doyle ante los desconcertantes cambios de humor de la mujer.

Margaret había caído en una fase de profundo abatimiento y era incapaz de articular palabra. Las lágrimas comenzaron a asomar en sus ojos. Se las enjugó con un pañuelo de encaje que sacó del bolsillo del abrigo.

—Destruye esa foto. —Su voz flaqueó. El dolor asomó con un destello en la mirada. Apretó las mandíbulas y cerró los puños clavándose las uñas en las palmas de las manos—. Tengo un hijo adolescente. —Hipó con una expresión a media distancia entre la contención de la ira y la súplica.

Acostumbrada a excederse con los tragos y la amargura, se puso de pie y se rodeó con sus brazos a la altura del pecho en un abrazo solitario, tratando de controlar su desasosiego. Sintió vergüenza al verse entregada a un discurso autocompasivo, y tras sonarse la nariz, tomó la botella y vertió un generoso chorro de *brandy* en su taza vacía, arrancándose nuevamente en inconsolables sollozos. Se acabó el contenido de un solo trago. Quise intervenir para evitar las consecuencias de su abuso etílico, pero sir Arthur me frenó con un movimiento de mano. Lina, con la lengua trabada y el entendimiento turbio por el alcohol, se sentía acorralada, necesitaba huir de su desdicha, dormir su mente, escapar de la humillación, de la tribulación de una vida sin control, y sir Arthur lo sabía. La joven, sumida en una gran congoja, cayó de rodillas sobre la alfombra, con las manos en la cara. Doyle la levantó con delicadeza y la sentó de nuevo, tratando de restaurar su compostura. La barbilla pegada al pecho, los brazos desmayados y la mirada extraviada en el desconsuelo. Con torpeza, Margaret intentó hacerse con la botella, pero sir Arthur se adelantó y evitó que siguiera bebiendo. Le cogió la barbilla para obligarla a mirarlo.

—Lina, estoy aquí para ayudarte. Cuéntamelo todo —concilió.

Esquivó la mirada un instante. Me di cuenta de que aquella desgraciada se debatía con algo, tal vez algo que quería decir, pero que no se atrevía a confesar. Sir Arthur me pidió la pitillera y le ofreció tabaco. La joven tomó un cigarrillo con los dedos trémulos y, tras encenderlo, dio caladas compulsivas. Su impronta era la de una mujer rota, vencida por el desaliento. Hilos de lágrimas negras se deslizaban por sus mejillas, disolviendo su vanidad femenina, tornando su rostro seráfico en la máscara griega de la tragedia, cerúlea, doliente. Con la voz cargada y la mirada extraviada en los límites de la desolación, hipaba y sollozaba, y se encogía estremecida por la congoja. Margaret se perdió en una perorata desordenada, un relato a ratos disperso, en otros coherente, en el que, a veces hipando y otras riendo, ofreció sorprendentes detalles a los que no sabíamos si dar crédito. A sir Arthur le fue cambiando el gesto conforme escuchaba sus palabras y ataba cabos sueltos que se quebraban en contradicciones. La expresión de Doyle no era la de quien engarzaba cuentas de collar en el hilo del tiempo, sino la de un caracol que se resumía en su concha espantado por la miserable condición humana. «Convirtieron mi fe en un vodevil tan falso como las promesas de amor eterno», concluyó lacónica.

En un impulso, prescindiendo de sutilezas, la joven arrebató a Doyle el *brandy* y bebió directamente de la botella. Sir Arthur ya no opuso resistencia y se dejó caer en la silla, desolado por cuanto escuchó. Doyle se guardó la fotografía con la mirada huidiza de un vidente.

—Un día sufrí un dolor intenso aquí... —con un ademán torpe, se llevó la mano al vientre. Su lengua de trapo arrastraba las palabras y le costaba articular las consonantes, como si hablara con la boca llena de algodón—. Me desperté en el hospital de Dorchester... El cirujano que me extirpó el apéndice me sedujo con una sonrisa... Allí empezó todo... Nadie me dijo que el amor fuese tan mudable como el capricho de un niño. —Tenía ahora la cara contrita y la mirada de quien acepta que ha hecho algo mal, junto a la convicción de que moriría antes de confesarlo—. Nadie me dijo que el amor es una ebriedad permanente.

Miré a sir Arthur. Su doliente expresión hablaba por sí misma. Entendí que era un buen momento para recoger nuestros abrigos del vestíbulo, pues no tenía mayor interés permanecer en aquella casa ni un minuto más. La criada, que no había perdido detalle, acudió con cara de circunstancias y nos entregó los sombreros y los bastones, en tanto Lina continuaba con su patético soliloquio.

Sir Arthur le estrechó la mano con frialdad.

—Adiós, Margaret. Que Dios te guíe. —Fue la despedida de Doyle.

Lina, con la mirada extraviada, continuó musitando mientras nos dirigíamos a la puerta.

—¿Qué puede hacer una mujer con un hijo, sin renta ni casa donde educarlo? Solo aguantar hasta cruzar el velo...

—Ya les dije que no era un buen momento —se adelantó la doncella en el vestíbulo, ruborizada.

—Hasta cruzar el velo... —reiteró Lina a lo lejos.

—Ha sido clarificador, se lo aseguro —respondió sir Arthur, colocándose el sombrero.

—Cuando decidieron acabar con Houdini, ya les advertí que aquel maldito bastardo no merecía reunirse con su madre tan pronto...

Sir Arthur frenó en seco y me miró bajo el umbral de la puerta. «¿Has oído lo que creo que ha dicho?», me preguntó sorprendido. Asentí, impactado. Antes de volvernos se oyó un golpe seco. Lina yacía inconsciente sobre la alfombra. Acudimos en su auxilio, Doyle palmeó sus mejillas para espabilarla y la zarandeó como el druida que golpea los árboles para despertarlos.

—Margaret, ¿quiénes decidieron acabar con Houdini? Hable, por Dios.

—Por favor, márchense. Solo necesita sueño y una tisana —suplicó la doncella, quien, sofocada por la sensación de urgencia del Conejo de Alicia, abrió las cortinas y la puerta que daba a un patio interior. Tras ventilar, se hizo cargo de la señora. Doyle percibió un detalle que no le cuadraba.

Lina despertó desorientada y balbució palabras sin sentido, poco más que unos fragmentos descabalados.

—Le ha pasado otras veces. Por favor, márchense. Solo necesita dormir y...

Asentimos y salimos de la residencia de los Crayton. Justo cuando cerrábamos la puerta nos pareció que Celeste concluía su frase con un lacónico «... y un poco de suerte».

Bajo los efectos del alcohol, Margaret había confesado que alguien decidió matar a Houdini, y no fue cosa de una sola persona porque empleó el plural «decidieron». Camino del hotel, todo eran preguntas sin respuesta. ¿Es cierto que existió una conspiración para acabar con Houdini o estábamos ante la elucubración de una mujer ebria? ¿De ser así, cómo acabaron con su vida? ¿Falsearon el certificado médico de defunción? ¿Fue ese el motivo de su retraso en expedirse? ¿Quiénes estuvieron implicados en el contubernio? Su instinto gritaba que las respuestas debían encontrarse en el misterioso Gregor, el fotógrafo que trabajaba como chófer para los Houdini, probablemente para espiarlos. «Tenemos que hablar con él», musitó. Tras ponderar la situación, quise salir de dudas.

—¿Se ha fijado en las cortinas? —pregunté.

—Sí, me he fijado —respondió con cara de palo.

Expuse a sir Arthur lo inusual de que aquellas cortinas estuvieran separadas de la pared no menos de tres palmos, transformando incomprensiblemente aquel salón en una recogida salita. Estaba claro que el uso de aquel espacio en las sesiones espiritistas no era otro que permitir el tránsito de cómplices y ayudantes tras las cortinas, pero Doyle no abrió la boca en todo el trayecto al hotel. Estaba demasiado afectado por las revelaciones de Margaret. En momentos como aquel, había que dejarlo meditar en solitario y que descansara. Supuse que se encerraría en su habitación, de la que no saldría, tras muchas cavilaciones, hasta la mañana siguiente, que se levantaría cuando la luz del alba aún no hubiera hecho acto de presencia, decidido a poner fin al misterio de aquel singular caso. Como así fue.

20
EL SÓTANO DE LOS HOUDINI

Nueva York

Tomamos el tren con destino a Nueva York bajo un cielo ceniza cubierto con una boina de nubes hoscas. Las inclemencias de la estación invernal se resistían a perder su asidero a la tierra. Llegado el aguacero, las ventanillas se velaron por regueros de lluvia y pintaban como en acuarelas las campiñas de Massachusetts y Connecticut. Las plantaciones de arándanos y cerezos, empapados de invierno como sombras de un cuadro nórdico, sus praderas mudas, los barbechos cuadrangulares, sus campos cobrizos de cardas y campanillas silvestres, salpicados de color como el confeti de las bodas. Se colaba un olor acre y a la vez dulzón a madera quemada y resina. Por tramos, el oreo perfumado nos traía cenizas enfriadas, esencias de bosque, tierra negra y húmeda, senderos de hojas apelmazadas, escarcha en los surcos labrados, grasa ferroviaria. El chaparrón también parecía enturbiar el caso Houdini, que se presentaba como una madeja de indicios taciturnos y, desde la jornada anterior, con ebrias revelaciones que añadían más misterio a la incertidumbre. Vencida la tarde, ensimismados, decayeron las conversaciones, esclavos de las incógnitas. Por Stratford, la lluvia cesó y restalló un sol esplendente que, por momentos, se vestía de nubes blancas, como tules movidos por el viento. ¿Era acaso la premonición de un giro en los acontecimientos?

La Grand Central Terminal era el paradigma de la elegancia

y la modernidad, una impresionante tarjeta de visita para la ciudad que nunca duerme. Agujas de sol se proyectaban oblicuas por sus amplios ventanales, formando charcos de luz sobre el mármol de Tennessee. Los candelabros de elegantes lámparas de araña, con más de un centenar de bombillas cada uno, daban el toque sofisticado a una estación ferroviaria única. Cientos de personas, sumidas en un murmullo convertido en una cacofonía de voces, deambulaban de un lado a otro por su majestuoso vestíbulo principal, conocido como *Main concourse*. En su gigantesca bóveda hay una representación en aguamarina del cielo, con las constelaciones del zodiaco, que incluye dos mil quinientas estrellas. Supe que fue obra del artista francés Paul Heller y mostraba el cielo invernal mediterráneo, con lo insólito de estar representado al revés, no como lo vemos los humanos, sino como lo veía Dios desde su otro lado. Inaugurada en 1913, la Gran Central era una joya del *Beuax-Arts*. Sus 44 andenes, sus 67 vías en dos niveles, sus restaurantes, comercios y exposiciones, no solo la convertían en uno de los centros neurálgicos de los neoyorquinos, también era, sin margen para la duda, una de las estaciones más hermosas del mundo y, posiblemente, la más grande.

Sir Arthur abrió su reloj de cadena y comparó la hora con la del emblemático reloj central de cuatro esferas de ópalo. «Adelantado un minuto para que los pasajeros no pierdan su tren», reparó. Al salir del edificio, volvimos la mirada hacia su bella fachada coronada por *La gloria del comercio,* escultura múltiple que representa a Minerva, Mercurio y Hércules, y un hermoso reloj de Tiffany & Co que, ese sí, marcaba la hora exacta.

El taxi que tomamos en la calle 42 nos condujo a la casa de Gregor, pero nadie respondió a la llamada. Desde la ventana del piso superior, una señora mestiza nos informó de que Gregor ya no vivía allí, que se había mudado. Alertados por una posible huida ante mi entrada en su vivienda, y temiendo un mal uso de sus comprometedoras fotografías, nos dirigimos en el mismo taxi a casa de Bess Houdini, con la esperanza de encontrarlo allí.

—Hace dos días que no lo veo. No entiendo por qué no me comunicó el cambio de domicilio —se preguntó Bess, extrañada.

—¿Y el coche? —preguntó sir Arthur.

—Debería estar aquí. No pidió permiso para utilizarlo en su tiempo libre, aunque Eduard se lo autoriza de vez en cuando.

—Pero el coche es tuyo, no de Eduard. ¿Cómo sabes que no lo ha robado o no lo ha empleado para huir?

—¿Huir de qué? Lo habrá utilizado para hacer la mudanza, pero tenía que habérmelo dicho. —Bess se quedó pensativa, no era el paradero del Buick lo que le preocupaba en esos momentos—. ¿Cómo te fue con Margaret? —Quiso saber.

—Confieso que creía conocerla mejor, aunque prefiero guardarme los detalles. Solo hay un hilo del que podemos tirar, y es Gregor. Era el fotógrafo de los Crayton y trabajaba para ti como chófer. Fue él quien fotografió mi diario y quien, con toda probabilidad, fotografió la carta que escribí a Houdini y que la prensa difundió como una amenaza. ¿No te parece extraño que trabaje para dos bandos en plena pugna? Hemos de averiguar qué se trae entre manos. Empiezo a considerar que, efectivamente, hubo una conspiración para asesinar a Harry.

—Y te costó creerme, Arthur —se lamentó la viuda.

—Ya. Bueno —carraspeó incómodo—, aún no hay nada seguro. ¿Puedo usar tu teléfono?

—Por supuesto.

Bess nos condujo hasta el salón, donde había un teléfono de madera con remates en bronce y disco giratorio. Sir Arthur descolgó el auricular y activó el magneto.

—¿Operadora? Por favor, póngame con la comisaría de Policía de Midtown. Gracias, espero. ¿Comisaría de Midtown? Mi nombre es Arthur Conan Doyle, deseo hablar con el capitán Joe

Mendoza. Es urgente. Gracias. —Durante la espera, sir Arthur rascó un fósforo, encendió su pipa y movió compulsivo el pie derecho, señal de que intuía que los hechos no tardarían en precipitarse—. Buenos días, capitán, soy Conan Doyle... Muchas gracias, un placer saludarle de nuevo. Le llamo desde la residencia de los Houdini. Tengo novedades sobre Margaret. ¿Recuerda su cita de mi relato *El misterio del valle de Boscombe* sobre los hechos engañosos? Pues se cumplieron sus pronósticos, ya le contaré. Ahora urge encontrar el coche de la señora Houdini. El falso chófer, Gregor Amilia, se lo llevó hace un par de días sin autorización y se ha mudado de domicilio. Es un Buick rojo de seis cilindros, matrícula de Michigan... Eso es... Le agradezco su interés, capitán. Si me necesita, estaré en el hotel Saint Regis.

Sir Arthur colgó e informó a Bess de que la Policía activaría un operativo de búsqueda del vehículo.

—No tardarán en dar con él. Ese automóvil no pasa desapercibido, incluso para una ciudad como Nueva York —apostilló esperanzado Doyle.

—Gracias por todas las molestias, querido Arthur.

—¿Podría hacer otra llamada?

—Todas las que necesites —respondió la viuda.

—En privado, por favor —solicitó el escritor.

Bess asintió y se dirigió a mí.

—¿Le gustaría ver los artilugios de magia que Harry guardaba en el sótano? —me preguntó Bess.

—Oh, me encantaría —respondí entusiasmado al pretexto para alejarnos de sir Arthur, quien, por alguna razón, deseaba que su conversación no fuera escuchada.

Mientras bajábamos las escaleras, las primeras palabras de sir Arthur alcanzaron íntegras mis oídos: «¿Operadora? Necesito establecer una conferencia con Charles Kennedy, director del hospital Grace McMillan de Detroit. De acuerdo, espero...».

El sonido del nombre Charles Kennedy en los labios de Conan Doyle resonó en la cabeza de Bess, se mantuvo allí y, por fin, se fue perdiendo cuando se internó en las sombras del soterraño.

El sótano de los Houdini era siniestro, oscuro, colmado de extraños artefactos, escalofriantes autómatas y cabezas parlantes que parecían observarme desde la penumbra. Bess retiró las sábanas de algunos baúles con doble fondo de los que parecía que el Gran Houdini o alguna de sus atractivas asistentes iban a aparecer esposados y encadenados. Me mostró la cámara de tortura acuática y un gran surtido de cerraduras, candados, cadenas, grilletes, esposas, camisas de fuerza, ánforas, cajas fuertes, correajes, sogas de todos los tamaños, carteles de espectáculos, folletos publicitarios en ciclostil, barajas de naipes, cajas de ilusiones, pañuelos coloridos, jaulas para palomas y conejos, monedas trucadas, ramos plegables de papel de seda y cajas con documentos y planos. También había andamios desmontados, tarimas y una panoplia de artilugios de metal y madera con palancas ocultas cuyo funcionamiento y utilidad solo conocía el desaparecido mago y acaso ahora su viuda. La fascinación por el ilusionismo me hizo sentir un intenso deseo de formar parte de ese mundo.

—¿Harry diseñó todo esto?

—Contrató a Jim Collins, un maestro ingeniero de confianza que diseñaba los mecanismos que él le sugería. Estuvo con Harry hasta que murió.

En el interior de una vitrina había un traje de buzo con su escafandra.

—¿Y esto? —pregunté sorprendido.

—En 1921, Harry lo patentó para *La isla del terror,* una de sus películas. Durante el rodaje se dio cuenta de que los trajes de buceo tradicionales eran muy peligrosos. Si se producía un fallo en la manguera de aire, al buzo no le daba tiempo a salir a la superficie ni a desprenderse del traje, debido a su peso. Harry lo dividió en dos piezas para poderse liberar con rapidez y subir a la superficie en caso de emergencia.

Bess, intrigada por la misteriosa llamada de sir Arthur, con la intención fingida de buscar algo, se aproximó a las escaleras tratando de cazar al vuelo algunas palabras que la pusieran sobre la pista de sus intenciones. No tardé en llamarla para que acudiera al extremo opuesto del soterraño.

—¿Y este baúl?

Señalé un pesado arcón de madera, con cierre y refuerzos de metal colmado de herrajes y candados. Bess se aproximó y cogió una de las muchas piezas oxidadas.

—De niño, sus padres lo emplearon en la cerrajería del señor Hanauer para que aprendiera un oficio. Abría los mecanismos y los analizaba con la supervisión de un llavero profesional. Se familiarizó con todos los cierres y, de muy joven, descubrió que muchas esposas podían ser abiertas con un determinado golpe, y que la mayor parte de las cerraduras se desbloqueaban con una sola llave maestra. Un día apareció por la cerrajería un policía con un preso que acababan de poner en libertad, pero al que no podían quitar las esposas porque la llave se había roto y se había quedado atrapada en la cerradura. Aquel joven Enrich, su verdadero nombre —puntualizó—, visualizó sus trinquetes y muelles internos y consiguió abrirla con una ganzúa. Cuando aparecían modelos nuevos, los desmantelaba y volvía a montarlos. No paraba hasta encontrar la forma de abrirlos. Era el mejor cerrajero del mundo. —Sonrió pasando los dedos por un candado descompuesto—. Le bastaba con echar un vistazo a los grilletes para saber cómo podían abrirse. En 1904 consiguió liberarse de las Mirror, unas esposas especiales que un maestro mecánico había tardado cinco años en fabricar.

Bess acarició un busto del mago expuesto sobre una peana de arcilla. Sus ojos se perdieron en años polvorientos.

—Era un buscavidas —continuó con nostalgia—. Tenía 11 años cuando se fue de casa huyendo de la miseria. Pasó incontables penurias, vendió periódicos, trabajó de limpiabotas, recogiendo excrementos de animales en circos ambulantes u ofreciendo crecepelos en un carromato. Eran años en los que los charlatanes intentaban sacarse un jornal con la venta de tónicos milagrosos o haciendo proezas como comer vidrios rotos, dejarse picar por serpientes venenosas, vomitar ranas, peces o aguas de colores, o exhibir deformidades. Algunos, buscando el sueño americano, intentaban hacerse famosos maltratando sus cuerpos hasta extremos inimaginables. Un día se enteró de que ofertaban un puesto de trabajo en una fábrica de corbatas de Manhattan. Cuando llegó, había una gran cola de aspirantes. No se lo pensó, y haciéndose pasar por un trabajador de la empresa, quitó el anuncio y dijo a todos que se podían marchar porque ya habían escogido al candidato. Al final lo contrataron a él porque fue el único aspirante. —Rio sin dejar de mirar el busto—. Admiraba a grandes magos como Robert-Houdin, Harry Kellar o Hermann el Grande y quiso emular sus pasos. Con 17 años ya se anunciaba con el nombre artístico de Harry Houdini. Me uní a él y trabajamos en denigrantes museos con entradas a diez centavos junto a tragasables, escupidores de fuego, levantadores de peso, mujeres barbudas, siameses, enanos y otros seres deformes del *freak show*. Durante aquellos años de errancia, vivíamos en unas condiciones lamentables, pasando la gorra por unas monedas. Jamás conocí a nadie tan sacrificado. Su tesón lo llevó a lo más alto.

—Los comienzos son duros. Los niños de familias pudientes se encuentran todo hecho y deberían ser obligados a pasar por el peldaño más bajo —sugerí.

—Muchos lo envidiaban por el gran patrimonio que consiguió cuando se convirtió en una estrella mundial, pero pocos sabían de su sacrificio —concluyó la viuda—. En aquel tiempo de durísimo entrenamiento en los viejos circos ambulantes, Harry aprendió trucos de escapismo, a utilizar con destreza los dedos de los pies, a tragar y regurgitar objetos, a dislocar articulaciones, a controlar el dolor y la respiración. Por eso se reía cuando los espiritistas le atribuían poderes sobrenaturales. Su verdadero poder era la perseverancia y el talento de ofrecer al público proezas y retos que parecían inhumanos.

—Como dicen en mi tierra, solo se apedrean los árboles que están cargados de fruta —halagué, fijando mi atención en un pequeño cofre que contenía medio centenar de pequeñas bolsitas de piel, cada una atada con un cordón fino. Bess desató el lazo de una de ellas y extrajo una pequeña llave oxidada.

—Le gustaba clasificar las llaves y ganzúas que abrían las diferentes cerraduras y tenerlas siempre disponibles.

—¿Cómo sabía la llave exacta que tenía que emplear cuando eran los mismos espectadores o la policía quienes aportaban las esposas?

—Nadie lo sabe. Algunas tenían doble y triple cerradura. Estos son los misterios que le hicieron grande. —Bess exhaló un gran suspiro.

Tomé una de las muchas cerraduras del baúl de los herrajes y la observé con atención.

—En Alemania —Bess se adelantó a mi interés por el cerrojo—, la Policía encargó al mejor de sus cerrajeros elaborar la cerradura perfecta, que, una vez cerrada, quedaba bloqueada y no se podía abrir ni con su propia llave. Pero Harry la abrió en cuestión de segundos. No solo conocía todos los sistemas de cierre del mundo, también imaginaba mecanismos que aún no se habían inventado, adelantándose a las dificultades que podría encontrar.

—Una mente prodigiosa. —Suspiré fascinado.

Ante la mirada divertida de la señora Houdini, intenté abrir la cerradura que tenía en mis manos empleando la ganzúa que siempre llevaba en mi sartal de llaves, pero se resistió. Pensé entonces que el arte de abrir cerraduras no consistía solo en alcanzar el propósito, sino en ocultar la forma de hacerlo y que parezca que la abriste con tus propias manos. En sus espectáculos, Houdini fingía abrir las esposas sin llaves empleando exagerados movimientos, incluso golpeándolas contra el suelo, pero no eran sino trucos de distracción mientras empleaba ganzúas u otras herramientas escondidas en los orificios de su cuerpo, o que había tragado para después regurgitarlas.

Bajo la luz mortecina de una lámpara de latón que colgaba del techo, avanzamos en silencio por un corredor jalonado de cajas precintadas, cuando, al apartar un espejo, apareció inmóvil la cabeza de sir Arthur, lo que provocó un respingo en la viuda.

—Por Dios, Arthur, ¡qué susto me has dado! No te oí entrar —exclamó sobresaltada, llevándose la mano al pecho.

—¿Dónde está Eduard? —preguntó.

—No lo sé. Me dijo que hoy estaría ocupado haciendo diversas gestiones. ¿Lo necesitas para algo?

—Me gustaría preguntarle dónde consiguió las buenas referencias de Gregor.

Bess levantó la ceja de la reticencia.

—Te equivocas si sospechas de Eduard. Es un buen hombre, ha velado siempre por nuestros intereses, me cuida y se preocupa por mí. No sé qué hubiera hecho sin su ayuda tras la pérdida de Harry. Es un gran tipo, créeme.

—Necesito saber quién le proporcionó las referencias del chófer para proponerte su contrato. Supongo que Eduard desconoce que Gregor es un delincuente portugués con antecedentes penales y nombre falso, que no es chófer sino fotógrafo, y que tiene una trayectoria poco edificante.

—No lo entiendo, la verdad. Le preguntaré.

—Mejor dile que se ponga en contacto conmigo cuando regrese. Estaré en mi hotel —concluyó.

Ya en el vestíbulo, y sin más preámbulos, Doyle besó la mano de Bess en una despedida algo fría. Regresamos al Saint Regis dando un agradable paseo por Central Park. Adentrarse en aquel gigantesco espacio verde suponía ralentizar los latidos, evadirse de la ciudad bullidora. El parque estaba lleno de manteles de pícnic junto al lago y de jóvenes que jugaban al béisbol. El aire olía a salchichas, y los ancianos echaban migas de pan a las carpas y a los ánsares. Madres y nodrizas empujaban cochecitos acharolados con asientos en forro capitoné, y los niños correteaban chillones entre la arboleda haciendo girar sus molinetes de viento. Sir Arthur miraba sin ver. Lo conocía bien y su gesto sostenido, en exceso abstinente, lo delataba. La línea cóncava de sus labios, apretados bajo su mostacho de morsa, silenciaba una panoplia de premisas que no lograba encajar. Tuve la sensación de que éramos un par de insectos agitándonos en el centro de una tela de araña, incapaces de avanzar ni retroceder, varados entre enigmas sin resolver. Caminamos sin hablar, como si ninguno se atreviese a poner voz a aquella situación. Tampoco se me ocurrió preguntarle, porque en aquellas ocasiones le gustaba rumiar su silencio, y sabía que no soltaría prenda hasta que tuviese la última pieza entre sus dedos y hubiera comprobado que ensamblaba milimétricamente en su hueco correspondiente.

**

A media tarde, sir Arthur leía la prensa en la cafetería del hotel. Eduard apareció, se saludaron, tomaron té y conversaron por espacio de unos treinta minutos. Después, el representante de

Bess Houdini se despidió y Doyle, tras tomar notas en su cuaderno, volvió al periódico. Cuando levantó la mirada, se topó con la dentadura destellante del botones afroamericano, que le sirvió un teléfono en bandeja. El cable era suficientemente largo para la comodidad de los distinguidos clientes del Saint Regis.

—Tiene una llamada, *monsieur*.

—Gracias. —Cuando el botones se alejó, Doyle se llevó el auricular a la oreja—. Buenas tardes, ¿con quién tengo el gusto? Ah, capitán, es usted … ¿Dónde? … Ajá … De acuerdo … No es necesario, iré con mi secretario … Entiendo. Bueno, eso lo dejo a su criterio, aunque coincidirá conmigo en que técnicamente aún no se ha cometido ningún delito … ¿Cómo ha dicho que se llama? … En la segunda planta, dice … Por supuesto, cuente con ello. —Colgó.

Sir Arthur se levantó, se puso el abrigo y se caló el sombrero. Unas mesas más allá se encontraba Isaac, el taxista de los cigarrillos mentolados.

—¿Está libre para un servicio?

—Por supuesto, señor.

El espigado taxista tomó del perchero su guerrera abotonada, se colocó la gorra de plato y nos guio hasta el vehículo.

—Usted dirá.

—A la calle Chambers, esquina con Broadway.

—Eso es en el bajo Manhattan, junto al City Hall Park, si no me equivoco.

—No se equivoca.

El taxi arrancó y se perdió en el tráfico de la Quinta Avenida, hacia el sur.

21

280 BROADWAY

La información que nos proporcionó el capitán Mendoza era impecable. Efectivamente, el Buick de los Houdini se encontraba estacionado en el 280 de la calle Broadway. Apoyado en el capó había un hombre de cabello plateado, fumaba un cigarrillo y contemplaba a la gente deambular con parsimonia hasta que, en un gesto de impaciencia, consultó su reloj de cadena. Era Gregor.

Para no ser vistos, Doyle mandó a Isaac detener el taxi en Chambers, la calle con la que Broadway hacía esquina. Desde allí observamos al chófer durante un par de minutos hasta que un tipo salió del edificio y, tras una breve conversación, el chófer sacó del vehículo un maletín de hebillas y ambos entraron en el inmueble. Sir Arthur trazó su habitual asentimiento de sospecha confirmada cuando descubrió que el contacto de Gregor no era otro que el mordaz reportero Mario Bruno.

El tibio sol de la mañana se proyectaba sobre el mármol dolomítico del Marble Palace, el enorme edificio comercial de estilo italiano, uno de los primeros grandes almacenes de los Estados Unidos. Había sido construido a mediados del xix por Stewart & Company, pero en 1917, Frank Munsey, propietario del New York Sun, pagó por él cuatro millones de dólares. Dos años después estableció, en la segunda planta, la sede del periódico *The Sun*, por lo que empezó a conocerse por The Sun Building.

Sir Arthur se aproximó al Buick, ahuecó las manos sobre el cristal y trató de ver algo en su interior. Un coche patrulla de la

Policía de Nueva York se aproximó hasta donde nos encontrábamos. En seguida reconocimos al capitán Mendoza, que miró a sir Arthur por la ventanilla y ambos se entendieron sin necesidad de palabras.

Las agujas rematadas en corazón y rombo del emblemático reloj del edificio marcaban quince minutos del mediodía cuando nos internamos en aquel grandioso inmueble en el que trabajaban más de dos mil personas. «Va completo», avisó el botones del ascensor. Para no demorarnos, subimos por la escalera, y en el rellano de la segunda planta, el veterano escritor, sofocado, se detuvo para aflojarse el cuello y recobrar los pulsos. Su corazón ya no era el de antes y sus 68 inviernos lastraban tanto o más que sus 100 kilos. Cuando recuperó el gobierno de sus latidos, miró a la puerta de la sede del periódico. De fondo, el avispero frenético de innúmeras máquinas de escribir junto a teléfonos que no paraban de sonar.

—¿Y ahora? —pregunté, aguardando instrucciones.

—Toca improvisar —hiló, tratando de componer el mapa de la situación. Doyle, aún con la respiración agitada, consultó su reloj—. Será mejor que te quedes junto al coche de *lady* Houdini por si Gregor regresa. Si en una hora no estoy de vuelta, ya sabes lo que tienes que hacer.

Supe que sir Arthur se presentó en el mostrador del vestíbulo y, antes de que pudiera decir nada, fue reconocido por la joven recepcionista, que no daba crédito a lo que veían sus ojos.

—¡Oh, Dios mío! Usted... —balbució—. Usted es Arthur Conan Doyle, el escritor, ¿verdad?

—Verdad. —Sonrió sir Arthur, mientras se secaba el sudor con el pañuelo y miraba para ambos lados por si alguien la había escuchado—. Quisiera ver al señor Mario Bruno.

—¡Qué sorpresa tan agradable! Cuando le diga a mi padre que he conversado con el autor de Sherlock Holmes no me creerá.

Tiene casi todas sus novelas. Lo he reconocido enseguida. Hace unos días publicamos un artículo en el que se hablaba de usted.

—Para bien, espero.

—Bueno, hay gente para todo. Ya me entiende —se excusó la chica para no ser descortés. Doyle dedujo que sería otro de los cáusticos textos de Mario Bruno que habría aprovechado el anuncio de su llegada a la ciudad.

—Voy a avisar al fotógrafo y a mis compañeros —zanjó la chica, entusiasmada.

—No, espere, Natalia —le pidió guardándose el pañuelo en el bolsillo del pantalón.

—¿Cómo sabe mi nombre?

La joven mestiza, algo entrada en carnes, tenía un gran parecido con su progenitor, el capitán Joe Mendoza. Doyle hubiera apostado que compartían la misma afición por las rosquillas.

—Por su tarjeta de acreditación y porque su padre me dijo que trabajaba aquí. Somos amigos.

—Ahora que lo dice, hace unos días llegó a casa con varias novelas firmadas por usted —replicó, sorprendida.

—Un gran tipo su padre —sir Arthur volvió a consultar su reloj—. Escuche, tengo un poco de prisa y me urge entrevistarme con Mario Bruno.

—Oh, lo siento, pero el director está reunido en su despacho y hace un momento ha dicho que no se le moleste y que no le pasemos llamadas.

—¿Director? ¿Mario Bruno es el director? —preguntó sorprendido.

—Era el jefe de redacción, pero hace unos meses fue nombrado director interino por los herederos de Edward Scripps, el propietario del periódico, que falleció en su yate en Liberia.

—Entiendo —musitó confuso.

¿Qué hacía el director de uno de los periódicos más importantes de Nueva York siguiéndole de noche por Central Park, o rondando su presencia en la casa de los Houdini? ¿No corresponde esa labor de seguimiento a los reporteros de calle? ¿Por qué ese interés por su correspondencia con Houdini? Aquella extraña actitud, impropia de un editor de periódicos, junto a su relación con Gregor, el falso chófer, levantó sus sospechas. Doyle estaba decidido a averiguar la conexión que ambos guardaban con el caso Houdini.

—Si fuera posible me gustaría esperar al director en un lugar discreto, fuera de la vista del público —siseó confidente—. Seguro que puede ayudarme sin necesidad de molestar a sus jefes.

—Claro que sí, tenemos una sala de espera para invitados distinguidos. Acompáñeme.

Doyle siguió a la joven a través de un largo pasillo. Durante el trayecto, el escritor se quitó el sombrero y se abanicaba con él cuando se cruzaba con reporteros, un ardid para ocultar su rostro y evitar ser reconocido, pero el personal de aquel edificio parecía llevar demasiada prisa y nadie reparó en él. Al pasar junto a unos despachos acristalados, observó que en el dintel y en letras doradas y cursivas rezaba: *Management Office* —oficina de dirección—. Al lado había otro despacho vacío del *Head of Advertising* —jefe de Publicidad—. Enfrente, y a pocos metros, la joven abrió la puerta de una sala equipada con sillones confortables, un mueble con un receptor de radio, una biblioteca de cortesía y una mesita con periódicos y revistas.

—Aquí hay agua y bombones. ¿Desea café o té?

—No, muchas gracias. Solo una pregunta: ¿el jefe de Publicidad está en la redacción o ha salido?

—El señor Morris está de baja, lleva dos días enfermo. ¿Por qué?

—Por saludarlo —mintió—. Ha sido usted muy amable. Le agradecería que no comente a sus compañeros que estoy aquí, prefiero pasar desapercibido. Ya me entiende.

—Descuide. Soy una tumba —concluyó sonriente.

Exultante, la chica regresó a la recepción orgullosa de haber conocido al padre del famoso Sherlock Holmes. Sir Arthur abrió la puerta lo suficiente para otear el pasillo y aguardar el momento en que estuviera menos transitado. Desde allí podía ver el despacho de dirección y, por las sombras proyectadas sobre las persianas, calculó no menos de tres personas reunidas; una de ellas, en pie, no paraba de moverse de un lado a otro. Salió abanicándose con el sombrero y, con disimulo, se situó ante el despacho aledaño del jefe de Publicidad, con la seguridad de que no aparecería. Entró, cerró la puerta y bajó las persianas para no ser visto. Se aproximó a la mampara contigua y prestó oído, pero solo le llegaban palabras sueltas que no lograba hilvanar. De joven, uno de sus pasatiempos predilectos era dilucidar el aspecto de las personas solo por su voz. Cuando desde su cuarto escuchaba una voz desconocida, cerraba los ojos y trataba de imaginar su aspecto. Reparó en la rejilla de ventilación. Se subió a una silla y pegó la oreja. No eran tres, sino cuatro las voces que llegaban nítidas: tres masculinas y una femenina. Identificó a Bruno y a Gregor, pero no a los otros dos.

Lo que escuchó lo dejó helado.

—¿Ha llamado el senador? —preguntó la voz femenina, a la que imaginó entre joven y mediana edad, delgada y elegante, pero no le vino que fuera agraciada.

—No quiere exponerse. —Esa, sin duda, era la voz de Mario Bruno—. ¿Dónde estábamos? Ah, sí, el cabreo del mecenas. Es que en el fondo lleva razón.

—Hice lo que pude, pero el filtro no actuó como esperaba —respondió la chica con un punto de fastidio.

—Si a él le funcionó, ¿por qué a ti no? —replicó la voz de Gregor.

—Porque los métodos de administración son diferentes. ¿Acaso no fallasteis vosotros en Albany y en Montreal? —objetó molesta. La mujer, nerviosa, caminaba de un lado a otro de la habitación. Sus zapatos de tacón sonaban contra el suelo a cada paso. Tras una pausa, aludió al director del periódico—. Puestos a reconocer errores, a ti también te falló tu estrategia para desviar la atención hacia el escocés.

—No me explico cómo aguantó lo de Albany. Estaba en forma, no cabe duda. Y en Montreal quien falló fue el estúpido estudiante —soltó Gregor—. Por mi parte he cumplido. El pretexto del amor a la causa ya no cuela, o cumple lo acordado o me largo con el material, incluido el diario de Conan Doyle —amenazó el chófer.

—Calmaos. Y hablad más despacio, pueden oírnos. —Al fin intervino el tercer hombre. Era una voz afelpada cuyo timbre le resultó familiar a Doyle—. Pese a todo, se alcanzaron cuatro importantes objetivos, entre ellos la caída de la HR 8989. Ayer me reuní con él. Le jode que estéis más interesados en el premio económico que en los beneficios para la causa espiritista. Le irritó que él mismo tuviera que rematar el trabajo, pero me prometió que, si no fallamos con La Reverenda, zanjará lo acordado en veinticuatro horas.

—La Reverenda es un hueso duro. Lleva una Derringer en el bolso —advirtió el chófer.

«¡Gregor aún tiene las fotografías de mi diario!», pensó Doyle, alarmado. No sirvió de nada velar el carrete de su cámara. Se bajó de la silla y se desmadejó en ella, aturdido. Se negaba a seguir escuchando aquel delirio. Lo que estaba sucediendo era demasiado increíble para abarcarlo desde la razón. Llevaba muchos años predicando el espiritismo y protegiendo a los médiums de los envites escépticos. Había sacrificado su vida, su tiempo y su fortuna para divulgar la Nueva Revelación y su Mensaje Vital. Aún recordaba la inmensa paz que sintió la primera vez que contactó con su querido hijo Kingsley. El sosiego que aporta una vida ultraterrena era mucho mejor que el ateísmo o el materialismo racionalista. Una vida eterna y plácida más allá del velo dio sentido a su vida, y no estaba dispuesto a renunciar a tan hermosa realidad. Sin embargo, aquel contubernio confirmaba los rumores sobre un complot espiritista para asesinar a Houdini a través de un siniestro plan concebido durante meses. No daba crédito. Desde que decidió abrazar el espiritualismo esperaba toparse, como en todos los colectivos en fase de expansión, con alguna oveja negra, pero ni en sueños imaginó que los intereses forjados a espaldas de la Nueva Revelación movieran millones de dólares a través del fraude, y se organizaran mafias dispuestas a todo con tal de sostener el negocio. Le pesaba reconocer que Houdini tenía razón y que había acabado pagando con su vida. Una afilada congoja se le alojó en la garganta al tiempo que una lágrima se perdía en su bigote de estopa blanca.

Mientras las palabras furtivas resonaban en su cabeza, sintió que se le vaciaban de aire los pulmones, como si le hubieran golpeado en el pecho. Bajo la piel de las sienes, el pulso le palpitaba a toda velocidad como un pájaro atrapado. Le hervía el cerebro y las gotas de sudor le recorrían la espalda. Le invadió una oleada de decepción como la tinta que invade el papel secante. Su conciencia confusa, híbrida de tristeza, de rabia y de vergüenza, exigía poner las cosas en su sitio. Era el momento de dejar a un lado los credos y recurrir al prístino racionalismo, al pragmatismo holmesiano, pero había piezas que no lograba encajar. Su mente escupía cuestiones sin respuesta: ¿Qué cuatro objetivos alcanzaron los conjurados? ¿Qué era la HR 8989? ¿A qué filtro se referían? ¿Quién era el mecenas que costeó la maquinación? ¿Quién era el senador? ¿Y quién la mujer que participaba en el complot? ¿Y quién La Reverenda, sobre la que se cernía una evidente amenaza? ¿Era Bess Houdini por temor a que difundiera información comprometida? ¿Era Margaret, por hablar demasiado? ¿Quién era el tipo de la voz afelpada que coordinaba las órdenes del mecenas? Demasiadas preguntas sin respuesta.

Sir Arthur se secó el sudor de la frente con el pañuelo mientras sus ojos de mirada ausente se perdían en un punto invisible. «¿Qué haría Sherlock en esta situación?». Sus ojos se inundaron de secuencias, y su mente, una tolvanera incontrolada, ensamblaba deducciones y articulaba paradigmas a gran velocidad: el tobillo roto en Albany, la intoxicación de Bess, el estudiante de Montreal, las sesiones de Margaret, los síntomas del mago, su paso por el hospital de Detroit, el retraso del certificado de defunción, los detectives, los manejos de Gregor, el comité de la *Scientific American*, los cigarrillos mentolados, las fotografías de su diario, las campañas de Houdini, las sospechas de Mendoza, un misterioso senador... Se detuvo un instante y, cual rayo, se le encendió el cerebro. De pronto, como si el viento abriera de golpe un gran ventanal, la luz de la evidencia lo inundó todo y le entraron ganas de darse un golpe en la frente. ¿Cómo había podido ser tan estúpido? Cayó en la cuenta de que HR 8989 era la *House Resolution* que Houdini propuso al Congreso unos meses antes de su muerte y que provocó un escándalo que salpicó a varios congresistas y senadores, incluso a las familias de los presidentes Warren Harding y Calvin Coolidge. «¡Claro! ¡Eso es!», se dijo a sí mismo. Una tras otra, las piezas comenzaron a encajar con precisión. El misterio empezaba a quedar delimitado a medida que las figuras se aclaraban al levantarse la bruma de la maquinación. Solo faltaba un cabo, que esperaba atar en cuanto entrase en el despacho del director.

Tras una honda inspiración, se recompuso. Impelido a pasar a la acción, abandonó la oficina y, con paso firme, ya sin abanicarse, se dirigió a la recepción, localizó a la joven Natalia, se le acercó y le susurró al oído. Después regresó al despacho de dirección y se anunció con los nudillos en la puerta tras comprobar que estaba cerrada por dentro. En el interior se hizo el silencio, y Mario Bruno asomó los ojos por las persianas sorprendido de encontrarse a Doyle, que insistía en su llamada. Bruno abrió la puerta un palmo.

—Sorpresa —entonó el escritor.

—¿Qué hace aquí?

—Déjeme pasar. Es importante.

—Lo siento, estoy reunido. Mi secretaria le dará cita. —Bruno intentó cerrar la puerta, pero se interpuso el zapato derecho de sir Arthur.

—Lo sé todo sobre la muerte de Houdini. —Sir Arthur clavó sus ojos azules en el director del periódico.

Desconcertado, Mario Bruno miró a ambos lados del pasillo. Tras un soplido, se rindió a la evidencia y dejó pasar al escritor, ante la estupefacción de los asistentes, que se pusieron de pie alarmados por su presencia. Sobre la mesa había varios documentos y fotografías junto a un maletín. Sir Arthur reprimió una exclamación de sorpresa cuando se topó con su amigo Dan Agnew. Suya era la voz familiar que había escuchado por la rejilla. No había pasado una semana desde que se reunió con él en la New York Historical Society.

—Volvemos a vernos, coronel —soltó con inevitable pesadumbre, arrastrando ligeramente la última palabra, la de su oficio.

—Tome asiento, mis invitados ya se iban. —Bruno se sacó de la manga el ardid.

—Si no le importa, prefiero que continúen con la reunión en mi presencia. También soy espiritista y estaré encantado en conocer los detalles que acabaron con Harry Houdini.

Azorados, los asistentes guardaron silencio sin saber qué decir. Mario, cuyo semblante palideció súbitamente, echó el pestillo a la puerta.

—¿De qué diablos habla? —Gregor fue el único que se atrevió a romper el estupor.

—Por favor, tomen asiento —propuso el director Bruno con evidente inquietud, pero todos permanecieron en pie—. Escuchemos lo que tiene que decir el señor Doyle. Por cierto, les presento a...

Doyle lo interrumpió, levantando la palma de su mano.

—Ahórrese las presentaciones, los conozco a todos. A usted, director interino de un periódico que se toma la insólita molestia de espiarme personalmente para no compartir con nadie sus oscuras pretensiones. A Isaac, el taxista del hotel Saint Regis, el que le proporciona los cigarrillos mentolados que tanto le gustan y que, por supuesto, le tiene puntualmente informado de mis entradas y salidas. Usted encargó a otro chófer, al de *lady* Houdini aquí presente, fotografiar determinadas cartas y mi diario para tener acceso a mis secretos e información privada, pues pensaba que le sería útil para sus fines.

—Lo que dice carece de sentido. ¿Por qué un espiritista iba a elaborar una campaña contra el gran defensor de los espiritistas? —preguntó Bruno.

—Pura estrategia para cubrir sus apariencias en el periódico en el que deseaba hacerse con la dirección definitiva. Necesitaba una diana conocida para desviar la atención del verdadero complot cuando comenzaron las primeras especulaciones sobre la sospechosa muerte de Houdini. Por eso difundió una cortina de humo. *The Sun* es un periódico conservador muy crítico con el espiritismo por el vínculo de sus propietarios con la Iglesia, pero desconocen que usted profesa en secreto la doctrina espírita. Por eso no quiso compartirlo con nadie y vigiló personalmente mis movimientos. Si atacaba a Doyle, mataba dos pájaros de un tiro: desviaba la atención sobre la sospecha de otros espiritistas y se garantizaba la línea editorial del periódico, lo que vieron con buenos ojos en la redacción.

Doyle, en un acto instintivo de resucitar a Holmes, sacó su

pipa vacía, la situó en la comisura derecha de la boca y clavó los ojos en Gregor.

—Y usted, Horacio Pinheiro, portugués con antecedentes por reyerta y estafa, usa la identidad falsa de Gregor Amilia. No es chófer, sino fotógrafo de profesión y delincuente por afición. Un topo en la madriguera de los Houdini.

Doyle dio un par de pasos y se situó frente a la mujer, una chica huesuda, pálida, con ojos de hurón y una melena *bob* capeada a la altura de la mandíbula. Acertó su imaginación.

—Usted debe de ser Sofía Rosellini, la enfermera de los Houdini en la que nunca debieron confiar. El segundo topo.

A continuación, se detuvo ante el coronel y lo señaló con la boquilla de su pipa.

—Y aquí, un miembro del clan de los Agnew de las Tierras Bajas de Escocia. Antiguo agente del Servicio Secreto, jubilado por méritos de guerra —dijo, dedicándole al coronel su mirada más fría—. Mi amigo durante años, hasta hoy, que ha dejado de serlo. Muy hábil tu recurso de señalar a los anarquistas en la Historical Society. —Doyle empleaba la cadencia de un locuaz desencanto.

—No vinimos a que nos insultaran. Vámonos. —Gregor se dispuso a salir.

—Así que desea marcharse. —Sir Arthur interpuso su corpachón obstruyendo la entrada—. Imagino que pretende huir en el coche de la señora Houdini, pero no se lo recomiendo.

El escritor señaló con su barbilla la ventana que daba a la calle Broadway, a la que todos se asomaron intrigados. Me vieron apoyado en el Buick de los Houdini y, junto a mí, un coche patrulla de la Policía. El capitán Mendoza, plantado sobre sus piernas con los puños en jarras, les devolvía una mirada ladina, de pocos amigos. La enfermera se llevó la mano a la boca y ahogó una exclamación.

—¿Qué pretende? —exclamó Bruno, alterado.

—Poner fin a un desatino que denigra una doctrina en la que están puestas mis esperanzas y las de millones de personas. Desconozco de quién fue esta descabellada idea, supongo que del misterioso mecenas, pero, a estas alturas, quién lo decidiera parece ya irrelevante. Durante meses llevaron a cabo un plan deleznable: acabar con Houdini para poner fin a sus campañas contra el espiritismo, con las que consiguió ralentizar las conversiones. Una tendencia imparable en Europa y Estados Unidos hasta que apareció él.

Doyle expuso cómo durante los meses previos a su muerte, el ilusionista intensificó su ofensiva contra el fraude mediúmnico. Las demandas judiciales de los líderes espiritualistas no consiguieron frenarlo. Tampoco las cartas anónimas y las amenazas de muerte. La gota que colmó el vaso llegó cuando Houdini y sus abogados propusieron al Congreso la prohibición de que médiums y adivinadores pudieran cobrar honorarios por leer el porvenir, siguiendo a otros estados en los que directamente se les arrestaba. Harry consiguió que en el Congreso se creara un comité al que se le encargó elaborar el proyecto de ley Copeland-Bloom y tomase una decisión sobre la *House Resolution*, la HR número 8989, con la que Houdini pretendía que fuesen multados con 250 dólares o seis meses de prisión los que se lucrasen con la adivinación.

—Cundió el pánico, no entre los espiritistas, sino entre los embaucadores que se enriquecían con procedimientos fraudulentos —añadió Doyle—. Temían que, si la iniciativa de Houdini se extendía a otros estados, se les acabase el negocio y las cuotas de poder entre las altas esferas donde tenían mucha influencia.

Sir Arthur recordó cómo aquel día numerosos médiums, astrólogos y videntes acudieron al Comité de Distrito de la Cámara de Representantes para testificar y presionar para que el proyecto de ley no saliera adelante. Iban liderados por la ministra espiritista Jane Coates y la astróloga Marcia Champney, más conocida como Madame Marcia. Ambas reconocieron realizar servicios psíquicos para la Casa Blanca. Durante cuatro días hubo una enorme tensión entre las partes, incluso el esposo de una médium llegó a agredir a Houdini por los pasillos y tuvo que intervenir la Policía. Madame Marcia, durante una intensa discusión con el mago, profetizó que Houdini estaría muerto para noviembre. «Como saben, Houdini falleció el 31 de octubre. ¿Fue videncia, complot o casualidad?», preguntó el escocés.

La prensa publicó una anécdota cuando, en su declaración, el mago sacó un sobre lacrado con un telegrama en su interior y pidió a los adivinos presentes que desvelaran el mensaje que contenía. «Si no son capaces de adivinar el texto del telegrama, deben ser arrestados por cobrar por unos poderes psíquicos que no tienen», dijo al comité. Pese a que nadie se atrevió a aventurarse en su adivinación, los médiums defendieron la comunicación psíquica con los muertos como una cuestión de fe, considerando la profecía, la guía espiritual y el consejo personal como fundamentos de su religión, advirtiendo que el proyecto de ley, de aprobarse, atentaría contra la Primera Enmienda de la Constitución, que prohíbe cualquier ley que impida la libre práctica de la religión, la libertad de expresión, la de prensa o el derecho de reunión.

La cosa fue a mayores cuando Houdini y sus ayudantes afirmaron que el Capitolio estaba corrompido por la influencia de médiums y clarividentes. Altos funcionarios estadounidenses, senadores, congresistas y jueces eran clientes de adivinos y estaban, por tanto, sometidos a los criterios de los médiums psíquicos, lo que representaba un peligro para la nación. Días antes de las comparecencias, Houdini envío a sus detectives disfrazados a visitar a conocidos adivinos como Madame Marcia, que reconoció que «varios senadores solicitaban sus servicios, y casi todos los congresistas creían en el espiritismo». Era de dominio público que el anterior presidente, Warren Harding, y su esposa Florence consultaban regularmente a la astróloga Marcia, a la que pedían consejo. «Si nuestros políticos, las mentes más brillantes que rigen el destino de la nación, son vulnerables a tales engaños, los psíquicos representan una seria amenaza para la democracia», arguyó el mago. Incluso se atrevió a dar nombres de senadores que habían visitado a videntes y médiums en los últimos días: Capper, Watson, Dill o Fletcher. La esposa del senador Duncan Fletcher fue llamada a testificar y reconoció que a su casa acudían médiums y se organizaban sesiones espiritistas «junto a algunas de las personas más prominentes de Washington».

Con este panorama estaba cantado que la propuesta de Houdini sería rechazada por los congresistas, como así fue. Ufanos, los adivinos creyeron haber derrotado a Houdini. Desconocían que la estrategia del mago no giraba en torno a un proyecto de ley que sabía de antemano que no prosperaría, sino en el hecho de poner a la opinión pública en contra del espiritismo, situando la polémica en el candelero mediante desafíos, técnicas fraudulentas y testimonios de psicólogos cualificados, lo que, unido al desenmascaramiento de políticos que creían en lo sobrenatural, alcanzó una repercusión mediática sin precedentes. Varios periódicos hicieron mofa de algunos senadores cuando se conoció que no tomaban decisiones sin consultar antes a los muertos o a videntes incultos con supuestos poderes. «¿En manos de quién está nuestro futuro como nación?», «¿Deciden los videntes la política geoestratégica de los Estados Unidos?», fueron algunos de los cáusticos titulares de prensa que agitaron el escándalo. Varios senadores reprobaron a Houdini haberlos humillado, y alguno, entre dientes, juró vengarse. La idea de terminar con el mago empezó a sobrevolar por algunas cabezas. Sabían que el ilusionista iba a continuar su campaña y a proponer más medidas legislativas en otros estados. Las elecciones del Senado estaban previstas para el 2 de noviembre de 1926 y Houdini ya había perjudicado la imagen pública de algunos senadores que aspiraban a su reelección. Había que actuar rápido. Dos días antes de la celebración de los comicios, obligaron al mago a cruzar el velo.

—Muerto el perro, se acabó la rabia —soltó sir Arthur, mirando alternativamente a los reunidos—. Así fue cómo el mecenas formó su jauría de pretorianos: un senador dolido, un doctor vengativo, un periodista ambicioso, un exagente del Servicio Secreto y tres peones: el falso chófer, la enfermera despechada y el matón universitario. Todos odiaban a Houdini por diferentes motivos, y cuando el odio no alcanzaba, se les motivó con suculentas recompensas. Mercenarios ruines que hubieran pedido, sin dudarlo, habitaciones contiguas en el infierno.

»Contactaron con la enfermera Rosellini, que por entonces atravesaba un mal momento. Tras la muerte de su padre tuvo una fuerte discusión con Houdini y la despidió, aunque después fue readmitida por mediación de la esposa del mago. Sus dudas sobre su participación se esfumaron cuando, en una sesión con la médium Margaret, el espíritu de su padre le ordenó que se dejara guiar por el bien del espiritualismo. Le proporcionaron un veneno que fue poniendo en las comidas y bebidas en pequeñas dosis, para no levantar sospechas. Bess Houdini cayó enferma, pero Harry no daba muestras de sentir los deletéreos efectos, por lo que se puso en marcha la segunda fase del plan. En Albany, Gregor y el coronel sabotearon los cables del cepo que debía sujetar los pies del escapista en su número de la celda del agua. Pretendían que se ahogara y, de paso, que el número fracasara, pero solo se rompió el tobillo. En Montreal le enviaron a un matón universitario, un boxeador que le propinó una inesperada paliza, tras la cual fue atendido por su enfermera, que le volvió a suministrar alimentos y bebidas envenenadas. Esta vez, los efectos del bebedizo produjeron en Houdini fuertes dolores abdominales que, junto al relato de los golpes del estudiante, confundieron a los médicos que lo atendieron en Detroit.

—Menudo sartal de patrañas. Todo el mundo sabe que Houdini murió de una peritonitis por negarse a ser atendido —expuso Mario Bruno.

—Conozco la versión oficial, pero la realidad es otra. Es cierto que le extirparon el apéndice en la primera intervención por creer que esa era la causa. El plan se llevó a cabo en la segunda intervención, días después. Bess y Harry tuvieron los mismos síntomas: vómitos, diarrea, fuertes dolores abdominales, debilidad, fiebre y pérdida de consciencia. Pero la fortaleza física del mago, habituado al dolor, le permitió asistir a sus dos últimas actuaciones, aunque en un pésimo estado. Se dijo que los síntomas de Bess procedían de una intoxicación alimentaria en Providence. Si hubiera sido así, los efectos hubieran desaparecido en un par de días, pero Bess Houdini permaneció enferma durante semanas.

—Lo de Bess fue un accidente —soltó la enfermera—. Se tomó por error el café de su marido la mañana que...

—¡Calla la boca! —atajó el coronel iracundo—. No tiene ni una sola prueba de lo que dice, así que cerrad vuestras putas bocas. ¡Todos!

Doyle hizo una mueca irónica ante el antiguo agente secreto.

—*Consilo non ímpetu,* el lema del clan de los Agnew de Lowlands. Curioso, ¿verdad?

Se encogió de hombros, mordió la boquilla de la pipa durante unos segundos y continuó.

—¿Por dónde iba? Ah, sí, por la versión oficial. Tras recibir cartas con amenazas anónimas, Houdini, que ya sospechaba que intentarían acabar con él, entregó códigos secretos a veinte de sus más directos allegados para que mostraran como estafador a cualquier médium que, a su muerte, asegurara que había contactado con su espíritu si, previamente, no desvelaba el código. Houdini empeoró. Es cierto que se negó a ingresar en el hospital Grace de Detroit, lo que fue utilizado por los médicos para alegar que se llegó tarde por su tozudez, pero su reticencia estaba justificada. Aquella noche le dijo a su esposa que si entraba en ese hospital, no saldría vivo. Sabía que lo estaban envenenando, que iban tras él. En el hospital sería una presa fácil y no podría defenderse, como así fue. Los intentos por acabar con el mago habían fracasado, pero alguien llamó al prestigioso doctor Roy Crayton, profesor de la Escuela de Medicina de Harvard, apodado por sus colegas Mister Ombligo debido a su innovadora técnica de hacer apendicectomías para evitar cicatrices indecorosas. Se desplazó desde Boston para incorporarse al equipo médico y aplicar al enfermo un suero estreptocócico experimental. Y ya conocen el resultado.

—¿Qué estás insinuando, Arthur? —inquirió el coronel.

—No insinúo, afirmo. Aquel suero experimental que llevó el doctor Crayton debía de ser el veneno que acabó con Houdini. El mismo que semanas antes proporcionó a la enfermera Rosellini. Ninguno de los médicos del hospital Grace de Detroit llegó a conocer la composición del misterioso suero de Crayton, que solo dijo que debía de ser un tratamiento de urgencia para intentar salvarle la vida. Nadie se extrañó, salvo Charles Kennedy, el director del hospital, a quien le chocó que el suero careciese de etiquetado sobre su composición y que, tras su aplicación, se llevara la bolsa y el catéter para no dejar rastros. Aquel fluido llevaba un tóxico, posiblemente arsénico, cuyos efectos inmediatos produjeron en el mago síntomas idénticos a los de su esposa. La única forma de averiguarlo hubiera sido mediante la autopsia, pero aguardaron hasta que fue enterrado y retrasaron hasta veinte días la emisión del certificado de defunción. Sabían que, sin indicios criminales evidentes, ningún juez exhumaría el cadáver.

—Son muy graves sus acusaciones. Espero que pueda probarlas —intervino Mario Bruno.

—No puede —soltó el coronel Agnew.

—El doctor Roy Crayton está casado con la famosa médium Margaret —continuó el escocés, obviando las interrupciones—, a la que años atrás conoció en el hospital de Dorchester cuando, precisamente, le extirpó el apéndice. Crayton se la tenía jurada a Houdini desde que impidió que el comité de la *Scientific American* avalara a su esposa y le concediera el premio que se convocó para el médium que pasara el criterio del comité. Crayton compró a varios jurados, incluso organizó sesiones espiritistas eróticas de las que Gregor, aquí presente, fue testigo como fotógrafo.

Doyle exhibió la fotografía de Margaret desnuda junto a dos miembros del comité, uno de los cuales acariciaba el pecho de la joven.

—Esa fotografía la robaron en mi casa. Fue un allanamiento de morada —reconvino el chófer, ceñudo.

El escritor lanzó un pequeño chasquido de desagrado y el fotógrafo lo fulminó con la mirada a modo de respuesta.

—¿Y por qué no lo denunció? —Ante el silencio de Gregor, continuó con su exposición—. Esta fotografía se tomó en casa de los Crayton. El tipo delgado es James Malcolm Bird, editor asociado de *Scientific American*. Y el que sostiene a Margaret en sus piernas es el investigador de fenómenos psíquicos Hereward Carrington, miembro del comité que evaluaba el premio. Tras la asistencia a las sesiones de Margaret, Bird escribió un artículo elogiando sus habilidades y consiguió el apoyo de buena parte de la prensa. Carrington, por su parte, suprimió cualquier informe desfavorable e intentó convencer al resto de jurados para que concedieran el premio a Margaret, hasta que llegó Houdini, hecho una furia, porque no había sido convocado aun siendo miembro del jurado. El mago exigió una última sesión y en ella desenmascaró los fraudes del matrimonio, provocando la pérdida de su prestigio como psíquica y la humillación de su esposo ante su distinguido círculo social. El odio de Crayton lo percibí cuando, conocedor de mis enfrentamientos públicos con el ilusionista, me escribió recabando mi apoyo contra él: «ese judío descerebrado no debe gozar de ningún derecho en América», escribió. Una frase retórica, supuse entonces. Yo mismo arremetí contra Houdini desconociendo lo que se tramaba a sus espaldas. Crayton tenía amigos relevantes, entre ellos varios congresistas y senadores que acudían a las sesiones que él organizaba y es evidente que, al menos un senador, participó en el complot. Supongo que será uno de los cuatro que fueron citados en las comparecencias de la HR 8989 y que sufrieron el particular azote de la prensa: Arthur Capper, senador por Kansas; James Watson, por Indiana; Clarence Dill, por Washington, y Duncan Fletcher, por Florida. ¿Quién de ustedes se anima a limpiar su conciencia desvelando su nombre?

Ceñudo, el coronel Agnew, miró a cada uno de los contertulios, en especial a la enfermera, dispuesto a intervenir de inmediato si alguien abría la boca. Tras un silencio hostil, sir Arthur continuó su alegato.

—Respecto a los cuatro importantes objetivos, que hace unos minutos el coronel reconocía como conseguidos, son, por este orden: tumbar la HR 8989, lograr la muerte de Houdini, evitar la autopsia y suspender la publicación del libro *El cáncer de la superstición* que Houdini estaba a punto de publicar con la intervención literaria de H. P. Lovecraft.

Con aquella alusión, Agnew confirmó que Doyle había escuchado parte de la conversación antes de entrar al despacho.

—Es suficiente —zanjó de plano el director Bruno—. El respeto es el único motivo por el que hemos escuchado su delirante exposición, propia de alguien obsesionado con la literatura policiaca.

—¿Como don Quijote con las novelas de caballerías? —sonrió de medio lado el literato.

—Ya basta —continuó el director del periódico—. Si cree que puede aportar testigos y documentos y no meras suposiciones descabelladas, vaya a hacer el ridículo al juzgado o a cualquier comisaría. Ahora, respete esta reunión privada que no le compete y márchese.

—Aún no he terminado, y les interesa escuchar lo que me queda por decir, porque lo que usted llama «reunión privada» no es más que el abyecto contubernio de una panda de criminales.

—¡Malnacido hijo de puta! —Gregor se arrancó con las mandíbulas crispadas, pero fue sujetado por el director.

—Cálmate. Escuchemos lo que tiene que decir y que se largue —propuso Bruno frenando al chófer.

—Hace varios meses que consiguieron sus cuatro objetivos, luego entonces, ¿qué sentido tiene esta «reunión privada»? —enfatizó cuanto pudo las dos últimas palabras—. La respuesta está en una nueva misión: eliminar a La Reverenda, que no es otra que Rose Mackenberg, la detective que Houdini contrató. Días antes de cada actuación del escapista, Mackenberg, disfrazada y adoptando diferentes personalidades, visitaba a los médiums locales y facilitaba a Houdini los informes para que pudiera desenmascararlos. Fue ella quien, por encargo de Harry, espió a los adivinos del Capitolio. También testificó ante el comité del Congreso proporcionando los nombres de los senadores que consultaban habitualmente con adivinos. Pero surgió un escollo inesperado: tras la muerte de Houdini, ella continuó con sus campañas contra el espiritismo y ahora es el objetivo a abatir.

—O sea, que el reputado doctor Crayton es el jefe de una organización mafiosa que ha ordenado el asesinato de quien se interponga en sus intereses, como Al Capone en Chicago, ¿no es eso? —rio de colmillo el coronel.

—Crayton no es quien parece ser. Bajo su elegancia, su voz meliflua y su apariencia erudita existe una personalidad depravada. No solo es cómplice de los fraudes de su esposa, también dirige las sesiones espiritistas a las que ha ido incorporando fenómenos cada vez más sensacionales como sonidos, voces, levitaciones o ectoplasma. Incluso la mano teleplasmática que fabricó con el hígado desecado de una cabra, según determinaron los biólogos que la examinaron. O la famosa huella digital que dejó Walter, el espíritu del hermano muerto de Margaret, que se demostró que pertenecía a su dentista, Frederick Caldwell, quien unos días antes había enseñado a Crayton cómo hacer esas impresiones. No hay más que ver la distancia que hay entre las cortinas y la pared en la sala de sesiones de los Crayton con el fin de que, en la oscuridad, los cómplices se muevan con holgura para provocar los efectos acordados, como sonidos, voces, luminiscencias o brillos fantasmagóricos.

»En las fotos de Gregor comprobarán que al doctor le gusta que su esposa se exhiba desnuda en sesiones privadas, según él, para demostrar que no hay trampa, pero el cuerpo de la atractiva Margaret es precisamente la distracción más poderosa. La animaba a embriagarse con el pretexto de alcanzar un trance profundo y la hacía danzar en la oscuridad con polvos luminiscentes y sentarse en los regazos de sus amigos, tan crápulas como él. Fingía estar poseída por grandes divas de la historia: *lady* Godiva, Cleopatra, Juana de Arco o Hipatia de Alejandría. Fantasías de falso cuño, una mezcla de espiritismo y erotismo tan adictiva, que sus amigos pudientes deseaban repetir a cualquier precio. Así sedujeron a los jurados de la *Scientific American* y a miembros de la Sociedad Americana para la Investigación Psíquica. Crayton aspiraba a que su esposa fuera la única médium que pasara los controles de la ciencia, para impulsar su prestigio hasta alcanzar fama mundial. Ahora, la desdichada Margaret vive un calvario personal, sometida a los delirantes fueros de su marido, sujeta a lo que dicte ese patán.

—Si no lo estuviera viendo, juraría que quien habla es el propio Houdini, aquel que se reía en sus barbas tildándole a usted de fanático y cómplice de embaucadores. Ahora, adopta su discurso —apostrofó con vehemencia el director del periódico.

—Sigo fiel a mis creencias espiritistas, pero hoy ustedes me han abierto los ojos. Me negaba a asumir unos rumores que consideraba tendenciosos, porque no concebía que una hermosa doctrina de revelación, de esperanza, de feliz reencuentro con nuestros difuntos, pudiera mancillarse con la codicia y la depravación. Siempre he creído que los odios religiosos son peores que los laicos, a pesar de que provengan de doctrinas que pregonan el perdón y el amor al prójimo. Mi error fue considerar a Houdini como un rival cuando en realidad fue el paladín más fiel del espiritualismo en su afán por limpiar el camino de impostores. Su honrado empeño le costó la vida.

—¿Qué es lo que quiere? —preguntó Bruno, inquieto.

—Entre otras cosas, que me devuelvan las fotografías de mi diario.

—Dáselas —ordenó al fotógrafo.

Gregor abrió el maletín, buscó un sobre con las imágenes y los clichés y se los entregó al escocés a regañadientes.

—Devuélvame usted la fotografía que me robaron —exigió el chófer.

—¿Esta? —Doyle mostró la imagen entre los dedos—. Ni lo sueñe. Esto servirá para demostrar la corrupción de Crayton y del comité de la *Scientific American*.

El coronel dejó escapar una carcajada crispada que provocó un escalofrío, más en la enfermera que en Doyle. Agnew, que desde hacía un rato mostraba síntomas de impaciencia, se aproximó a Doyle. Su mirada iracunda lo fulminó con el ardor de un millar de soles.

—¡Estúpido insolente! —se engalló rojo de ira—. ¿Aún no te has dado cuenta de que no tienes una maldita prueba de todo lo que has expuesto? ¿Cómo vas a demostrar esas ridículas hipótesis? ¿Quién va a creerte? ¿O acaso eres tan ingenuo como para pensar que alguno de nosotros va a testificar a tu favor? ¿Estás pensando en Margaret o en el doctor Crayton? ¿Crees que un juez se atrevería a procesar al cirujano más reputado del estado de Massachusetts, al director de un relevante periódico o a un senador de los Estados Unidos, porque un viejo escritor caduco se inventa un soliloquio rocambolesco sobre el que no aporta pruebas y se expresa en términos tan ambiguos como *debió ser... tal vez... supongo que... posiblemente...*? ¿Quién se atreverá a profanar el descanso eterno del Gran Houdini y el oprobio a su familia solo por las chifladuras de un viejo que cree en hadas, gnomos y espíritus, cuando el certificado de defunción fue firmado por profesionales de la medicina? ¿Qué juez pondría en riesgo su carrera solo para satisfacer el capricho del fantasioso Conan Doyle? ¿Qué dirá el jurista cuando le demostremos que el motivo de esta reunión no era otro que promover una suscripción popular para el reconocimiento póstumo del Gran Houdini? —El coronel tomó un documento de la mesa y se lo mostró a Doyle. Era un acta firmada por los comparecientes para iniciar una cuestación de reconocimiento—. ¿Qué crédito tiene un antiguo médico que en sus comienzos renegaba de lo paranormal, que después dejó la medicina para enriquecerse escribiendo fantasías, que más tarde se convirtió en el más ferviente seguidor de la ciencia espírita y que ahora vuelve al discurso escéptico de Houdini criticando a los mismos médiums que defendía con vehemencia? ¿Pretendes que alguien vuelva a creer en ti habiendo transitado tantos cambios de actitud y sin aportar una sola prueba documental ni testimonial?

Aquellas palabras tocaron hueso y dejaron a Doyle pensativo e inmóvil como una estatua de bronce recién vaciada, lo que aprovechó el coronel para quitarle la fotografía de los dedos y entregársela a Gregor.

—¿Cuánto hace que no recibes una crítica literaria positiva? —continuó mordaz—. Ni eres Sherlock Holmes, ni ya posees la credibilidad del pasado. Te crees acerbo y solo eres unególatra trasnochado. Regresa al sillón y a la manta de tu mansión de Sussex y no hagas más el ridículo jugando a los detectives. Admite de una vez que tu tiempo ha pasado —concluyó el coronel.

Gregor recogió los documentos y las fotografías, los introdujo en el maletín y salió del despacho seguido de Sofía y del coronel, quien, apoyándose en su bastón, se retiró a paso quebrado, no sin antes dedicar a Doyle una mirada altiva de absoluto desprecio. Al pasar junto a la esquina de la mesa hizo caer una pila de cartas, que se esparcieron por el suelo. Sir Arthur extravió la mirada en las que se habían precipitado al vacío y se identificó con ellas. Noqueado por las duras palabras de su antiguo amigo, tomó conciencia de que la frontera entre el sueño y la pesadilla y entre el bien y el mal es tan delgada como el hilo egipcio que utilizaba en sus maletas. Pensó que, en realidad, más allá de su elaborada hipótesis, solo tenía premisas frágilmente ensambladas por indicios, pero carecía de pruebas de cargo irrefutables, un fallo que Holmes no hubiera pasado por alto. Tal vez el coronel tenía razón y hay que retirarse a tiempo cuando a uno le vienen los naipes adversos. A sus 68 años ya le pesaba el cansancio que hacía mella en su lucidez deductiva. Sus tiempos de gloria habían pasado y echaba de menos a su familia. Se vio en medio de un campo de batalla emocional, sin mapa ni brújula, preguntándose qué demonios hacía allí, por qué no estaba junto a su querida esposa Jean o jugando con Paddy, su viejo *terrier*. Con el sinsabor del fracaso quemándole la garganta, resolvió que había llegado la hora de volver a casa. Mario Bruno lo invitó a salir, pero antes se aproximó y le susurró unas palabras.

—Alguna responsabilidad tendrá en que sus correligionarios despejen el camino de la salvación del mundo —concluyó el periodista—. Siga el consejo de los prudentes y retírese, aún está a tiempo.

Las palabras procedían de muy lejos, como salidas de un mal sueño. Cuando su mirada extraviada regresó al presente y sus ojos ajustaron el enfoque, apareció nítido el marchamo postal de los sobres. Estaban sellados en Londres y el remitente le resultó sospechosamente familiar: Alfred Edward Woodley Mason.

¿Mason? ¿Para qué diantres había escrito al director de *The Sun* su eterno detractor de The Crimes Club? ¿Guardaba alguna relación el encono personal del mordaz Mason con la componenda que Mario Bruno había gestado contra él? ¿Partió de él la perversa idea de implicarle en la muerte de Houdini, del mismo modo que había insinuado públicamente que él podría ser el asesino de Whitechapel? Intentó tragar saliva, pero la boca se le había quedado seca. Las palabras del coronel Agnew le estoquearon el corazón y aún flotaban en su interior como el rastro de un temporal. Herido a lo vivo, transido, con la expresión marmórea de quien masculla sobre el sentido de su vida y sus demonios, sir Arthur se alejó a pasos menudos, resignados, unos lustros más viejo. Caminaba como un hombre que acabase de regresar a este mundo. Se humedeció los labios resecos y se detuvo un instante a observar el dorso de sus manos, moteadas por las huellas de la edad, como las cortezas plateadas de los sicomoros de Crowborough. Pasó por la recepción con la mirada ausente, lo que no escapó a la recepcionista.

—Fue un placer conocerle, señor Doyle. Di a mi padre su recado —dijo tendiendo la mano al escocés.

Lenta y lánguida, la mirada de sir Arthur deambuló hasta encontrarse con la de Natalia.

—¿Se encuentra bien?

Sir Arthur, que parecía haber encogido varios centímetros, murmuró un agradecimiento, estrechó su mano y abandonó el Marble Palace. Al contacto con la brisa, advirtió que tenía la frente perlada de sudor. Por fortuna, un sol blanco, de invierno, pendía bajo el cielo y proyectaba un aura de bondad de la que carecían los humanos. Una peonía, sí. En su rosaleda plantaba peonías, pequeñas rosas sin espinas, porque decía que compensaban con humildad la indulgencia del daño. Quebrantado por el desaliento, como si le hubiera desprovisto de todas sus defensas, de sus espinas, entró en el auto en silencio, cautivo por la tristeza de no haber podido luchar contra lo inevitable.

No tardé en conocer las razones de su flaqueza. Le informé de que, en cuanto el capitán Mendoza recibió el mensaje de su hija, se marchó a localizar a Rose Mackenberg, con el fin de que tomara precauciones para su protección personal. Tras conocer cómo se desarrollaron los acontecimientos y para sosegar su ánimo, fingí que todo había valido la pena, al menos, propuse, la experiencia había servido para descubrir a tiempo una segunda infamia, lo que nos permitió desactivar la componenda porque, al sentirse descubiertos, el siniestro contubernio se disolvió para siempre. Remordido, Doyle sentía que había vuelto a fallar a su amigo Harry. Lamentaba haber sido tan duro con él cuando desveló las artimañas de los Crayton y la implicación de los jurados con Margaret. Aún recordaba las palabras de Houdini, en un programa de radio, que tanto le crisparon: «¡Denuncio públicamente a Malcolm Bird como cómplice de Margaret!». Nadie lo creyó y terminaron matándolo. El poeta romano Valerio Marcial decía que más triste que la muerte era la manera de morir, y Houdini no merecía acabar así. La hiel de la deslealtad le quemó el pecho y sintió deseos de abrazarlo y pedirle disculpas, pero la vida no da segundas oportunidades. Tal vez se tope con él al otro lado del velo, momento que presentí próximo, pues, desde aquel momento, su cuerpo y su ánimo iniciaron la curva decadente de lo inevitable.

* * *

Me puse al volante del Buick y Doyle permaneció en silencio durante el trayecto a la casa de los Houdini. Bess nos recibió agradecida por haberle devuelto el vehículo, pero su sonrisa se desdibujó cuando sir Arthur le expuso lo que había descubierto, pese a la dificultad de demostrarlo: la reunión en la redacción de *The Sun* bajo el falso pretexto de un homenaje póstumo, el complot contra Houdini, la participación del director del periódico, de la enfermera, del chófer, del coronel, del estudiante, del misterioso senador y del doctor Roy Crayton, que fue quien finalmente remató a Harry, inyectándole un misterioso suero experimental. Bess escuchó con atención aquella durísima historia que, de alguna forma, ya imaginaba.

Sir Arthur quiso verificar si era cierta la predicción del coronel Agnew, por lo que se dirigió al teléfono e hizo algunas llamadas. Efectivamente, tanto la médium Margaret, como Charles Kennedy y el director del hospital de Detroit, las únicas personas que podían haber testificado a su favor, se negaron a hacerlo. Sacó su pequeño bloc de notas y buscó un número de teléfono que le había proporcionado el capitán Mendoza.

—¿A quién llamas ahora? —le preguntó Bess, que daba muestras de una inexcusable resignación.

—Al estudiante Gordon Whitehead. Me han dicho que ha

regresado a Montreal. Tal vez esté dispuesto a identificar a las personas que lo enviaron a visitar a Harry, en el Teatro Princess.

Bess le quitó el auricular y colgó el teléfono.

—Déjalo, Arthur. No merece la pena.

Bess le contó a Doyle que Bernard Ernst, el abogado de los Houdini, había obligado a firmar a Whitehead una declaración jurada reconociendo que golpeó a Harry, con su consentimiento, para que la viuda pudiera cobrar la doble indemnización de medio millón de dólares por la póliza del seguro de accidentes que Harry tenía suscrita con la Life Insurance Company.

—Si ese joven se retracta, tendría que devolver el dinero de la póliza y sería mi ruina —musitó con ojos mendicantes.

En aquel instante, Doyle tomó conciencia de que ni su representante, Eduard Saint, que cometió el error de contratar a Gregor por consejo de Crayton, a quien conoció en una de sus sesiones, ni el abogado Ernst, quien se esforzó para conseguir la indemnización para Bess, ni mucho menos la propia viuda estaban dispuestos a testificar ni a solicitar la exhumación de los restos de Harry para un análisis toxicológico.

En ese momento alguien llamó a la puerta. Era la enfermera Sofía Rosellini.

—Vengo a recoger mis cosas —masculló hierática.

Bess la dejó pasar hasta uno de los baños, donde guardaba los utensilios sanitarios.

—No deberías permitirlo. Puede haber restos del veneno que utilizó en alguno de los frascos —siseó el escocés junto al oído de la viuda.

—Se acabó, Arthur. Necesito pasar página —concluyó Bess con los ojos turbios.

Cuando la enfermera salió, Doyle no pudo evitar dirigirse a ella.

—Esmere su conciencia antes de cruzar el velo, señorita Rosellini. Los espíritus observan todo lo que hacemos. También el de su padre —exhortó el escocés jugando su última baza.

«No sé de qué me habla», fueron sus palabras antes de marcharse para siempre.

Al cerrarse, la puerta marcó el punto final a una historia truculenta.

—Siento haber fracasado. —Doyle bajó la mirada. La voz apagada, rota por la culpa.

A Bess se le contrajo de pena el corazón. Lo estrechó en sus brazos, agradecida.

—No has fracasado, querido Arthur. Te pedí ayuda para descubrir qué había detrás de la extraña muerte de Harry y lo has averiguado. Para mí es suficiente. Lo que ocurrió entonces ya es historia. He de mirar hacia adelante y rehacer mi vida. Lo entiendes, ¿verdad?

Doyle no respondió. Y en ese silencio se hallaba encerrado el mundo entero. Se caló el sombrero, tomó su bastón y besó su mano.

—No puedo hacer más por Harry —musitó con los ojillos brillantes de ratoncito. Las palabras le salían blandas, desfallecidas, como dichas a distancia.

—Has hecho más de lo que él mismo hubiera imaginado. La realidad es un pez escurridizo y se te escapó de las manos, pero has conocido la verdad. Quédate con eso.

—¿Y la justicia? —inquirió Doyle con los ojos turbios y una expresión de infinito cansancio.

Arthur Conan Doyle tomó conciencia de que había tocado la nada con la punta de los dedos y que su viaje llegaba a su fin. Resolvió que la verdad no es un bien común, sino una propiedad expropiable por los depredadores de ideas, que la mudan y enmascaran a su antojo, porque un crimen sin castigo no es más que una verdad sin justicia.

—Que seas feliz con Eduard —le deseó el escritor, demostrándole que sabía que entre ambos se había forjado un vínculo que iba más allá de su relación profesional.

Bess sonrió sin fuerza y meneó la cabeza condescendiente.

—Dale un beso a Jean y a tus hijos.

Se dirigió a mí y me tributó una mirada agradecida.

—Adiós, Alfred. Gracias a los dos y buen viaje. Seguro que volveremos a vernos algún día —concluyó, barruntando que aquella sería la última vez que vería a sir Arthur Conan Doyle a este lado del velo. Como así fue.

22
EL MOMENTO

Dover

El sol empezaba a declinar sobre el estrecho de Calais y cedía escarlatas a la puesta. Su luz menguante matizaba de oro y alargaba las sombras de las escarpaduras, que avanzaban inexorables sobre las rompientes. Desde las alturas, las aguas resplandecían en reflejos diamantinos y su azul infinito se fundía con un cielo paulatino, cuya transparencia jamás hubiese creído posible en Inglaterra. Una motora avanzaba ronroneando por la costa, con el sol postrero reflejado en su estela. Jeanie, aferrada a su urna, abarcaba las manchas de luz que el último sol dibujaba sobre el agua como bandejas de plata. Levantó la cabeza hacia el cielo del Canal y buscó el vuelo bajo de las gaviotas. Su planear imposible y sus graznidos lastimeros se sobreponían al vaivén constante de las olas. Jeanie entornó sus ojos grises como buscando respuestas en el aire.

—Woodie, has sido la persona que mejor conocía a papá, a veces pienso que más que mi propia madre. Compartiste con él confidencias, aficiones, partidos de críquet, tenidas masónicas y muchos enigmas. Dime, ¿por qué no registró el caso Houdini en su diario? —preguntó la anciana.

—Porque intentó olvidarlo —replicó Woodie, sentado sobre el risco, con el torso rígido y la mirada extraviada en el confín púrpura del ocaso—. Prefirió cubrir aquel asunto con un manto de silencio, como si lo hubiera robado de un sueño. Un mal sueño.

»Una semana duró aquel viaje. Esos siete días lo arrasaron por dentro y por fuera. Pese a sus empeños por olvidar, aquel caso se convirtió en una pesada losa en sus últimos años, porque topaba con el sentido de la justicia y del honor de su mentalidad victoriana. Debió de ser duro para él continuar su prédica espírita silenciando su cara oculta, cuya existencia, al fin, tuvo ocasión de comprobar. A partir de entonces, su declive se precipitó y empezó a parecerse a sus personajes de capa y espada: torpe, pintoresco y anticuado, con aire de haberse quedado atrás, lejos de todo. En 1929, en contra del criterio de los médicos, decidió hacer una gira apostólica por África animado por tu madre. A su regreso, sufrió su primer ataque al corazón. El tiempo y sus luchas internas empezaron a exigirle cuentas. Se acercaba su hora.

—Sé que no estabas de acuerdo con ese viaje por África. Llegaste a discutir con mamá por esa razón.

—A tu madre le gustaba viajar, ver mundo, pero olvidaba que ella era quince años más joven que tu padre y que por aquel entonces él andaba delicado de salud. Debió cancelarlo y... —Woodie dejó las palabras en el aire. No quería propasarse.

—No tragabas a mi madre, ¿verdad? —soltó Jeanie sin ambages.

Woodie se revolvió incómodo. No estaba dispuesto a enumerarle las razones por las que siempre consideró a Jean una esnob jodidamente envarada.

—No hace falta que respondas, me lo dijo ella misma —terció con un gesto ambivalente—. Sé que te llevabas mejor con Touie, la primera esposa de mi padre.

Azorado, zanjó con habilidad el embarazoso asunto.

—Volviendo a lo que hablábamos, el caso Houdini dejó a tu padre tocado.

La anciana perdió la mirada en la bruma lejana del Canal de la Mancha, calibrando lo que debió afectar a sir Arthur el hecho de no desvelar sus descubrimientos sobre aquel caso.

—«Tres veces armado está quien lucha por lo que es justo», le escuché decir varias veces —musitó Jeanie con un deje de tristeza—. Era impropio de él callar su pluma, porque decía que la literatura vive en el terreno de la libertad. Lo vimos en su implicación en el caso Edalji o en el de Oscar Slater. Imagino lo que sintió permitiendo que el Gran Houdini quedase, a los ojos de la historia, como víctima de una apendicitis —razonó Jeanie con cierta pena.

—No pudo hacer más de lo que hizo. Hubo demasiadas presiones. La viuda de Houdini se negó a pleitear para no perder la indemnización de la compañía aseguradora. Luego estaba la fragilidad de la carga probatoria, insalvable, para solicitar la exhumación y el posterior análisis de los restos con el fin de demostrar que Houdini había sido envenenado. Ningún juez se hubiese atrevido a una decisión así sin pruebas irrefutables. Se hubiera visto solo y enfermo denunciando la trama conspirativa de contubernios espiritistas que siempre negó con vehemencia, lo que hubiera supuesto, además de una soberana contradicción, un daño irreparable para la doctrina a la que había consagrado gran parte de su vida y su fortuna. —Suspiró tras una pausa—. Después de aquello, los meses pasaron veloces como centellas y los protagonistas de esa historia fueron, uno a uno, cruzando el velo. El tiempo, querida Jeanie, el tiempo que vuela, como si el Génesis hubiese acontecido ayer. Todo pasa y pasó, pero a la vez sigue sucediendo. Las huellas del ayer están en el hoy y moldean el mañana, pero hay verdades que solo el tiempo encubre y secretos que los años permiten olvidar.

—Cuántas sorpresas y desilusiones nos topamos a lo largo de la vida. —Suspiró resignada Jean.

—Mi padre decía que la vida es una noria de cangilones, unos te traen alegrías y otros te tocan los co…

—¡Woodie! —Escandalizada, y con la sonrisa pícara, Jeanie no le dejó concluir la frase.

Él escondió una mueca granuja, y ella, con las mejillas arreboladas, meditó sobre aquellas palabras. Sus ojos se perdieron en la lejanía, quizá en el lugar donde las gaviotas graznaban. El secretario la observó enternecido.

—¿En qué estás pensando? —preguntó al advertir el semblante meditabundo de Jeanie.

—¿Crees en el destino? —Esa inesperada pregunta sorprendió al anciano, que la miró con estupor.

—Todo está escrito y seguimos el sendero que le es dado a cada cual —sentenció, estoico.

—A mí me gusta pensar en el libre albedrío, en que somos autónomos para tomar decisiones y elegir nuestro propio camino.

Woodie suspiró. Un leve movimiento en la comisura de su boca pareció insinuar una sonrisa, pero era difícil estar seguro. Después negó.

—La vida siempre se interpone a nuestras intenciones. Con sus giros de timón te va dirigiendo hacia tu destino por una dirección única, como el camino de baldosas doradas de Dorothy hacia la ciudad de Oz, del que no puedes salirte. Y si te desvías en un impulso indócil, apenas caigas, te darás cuenta de que tu indisciplina fue inútil, porque sigues sobre las baldosas de oro falso. Nadie puede huir de su destino. Todos los atajos improvisados son tu camino.

—Tal vez sea así —se resignó la anciana. Se miraron un segundo, coincidiendo en una misma dirección de pensamiento—. Tendemos a creernos el centro del universo, y cuando descubrimos el error, es demasiado tarde.

—Una cosa está clara —añadió el secretario—: nada acaba ni comienza en el mundo cuando uno se marcha.

Jeanie guardó silencio, y contemplando la hierba bajo sus zapatos negros, meditó sobre lo dicho. En su mente aún rondaba su semejanza con Bess Houdini.

—¿Qué fue de Bess? —se interesó.

—Beatrice Houdini abrió una casa de té en Nueva York. Luego se mudó a Hollywood y organizó algunos espectáculos de vodevil en honor a Houdini. Vivió con su agente hasta que Eduard Saint falleció en 1942. Se quedó sola e ingresó en una residencia de ancianos sumida en una gran depresión. Al año siguiente, previendo su final, quiso regresar a Nueva York con la salud tan justa que murió a bordo del tren que la trasladaba.

—Oh, pobre. Siempre me identifiqué con ella. Yo también viví a la sombra de un hombre importante: el vicemariscal sir Geoffrey Rhodes Bromet, gobernador de la Isla de Man y Caballero Comendador de la Orden del Imperio. Tampoco tuve hijos y quedé viuda casi a la misma edad que ella. Bess debió tomar decisiones sobre el legado de Houdini y yo sobre el de Conan Doyle —dijo, e hizo una pausa. Imaginó el insólito episodio de su muerte en el tren y su inhumación en Nueva York, donde comenzó todo—. ¿Es verdad que las familias impidieron enterrarlos juntos?

—Tan verdad como descorazonador. La familia de Bess, que era católica, se negó a que fuese enterrada en el cementerio judío de Machpelah, en Queens, donde estaban Harry y su familia, por lo que decidieron inhumarla en el camposanto de Hawthome. Sus credos distintos nunca fueron un problema para ellos, y Harry construyó un bonito mausoleo para que permaneciesen unidos para toda la eternidad, pero las religiones, con sus estúpidos prejuicios, separaron lo que el amor había permitido.

Jeanie se quedó pensativa. Se volvió hacia Woodie y el viento le arremolinó los mechones sueltos. Se los apartó de la cara. Su similitud con Bess era inquietante.

—Es curioso. Mi caso fue similar —apeló con añoranza—. Dejé escrito que al morir me incinerasen y arrojaran mis cenizas al mar. Ayer cumplieron con la cremación, pero llevaron la urna al sepulcro donde yacen mi esposo y su primera mujer, en el cementerio de Todos los Santos en Minstead, un pequeño pueblo de Hampshire —musitó con nostalgia, abrazada a la urna de sus propias cenizas—. Tú, en cambio, tuviste más suerte y te enterraron en el cementerio de Highland Road, tal y como dispusiste.

—Verás cuando comprueben que tu urna ha desaparecido. Siempre fuiste terca. Tu padre decía que tenía dos hijos y una mula —rio Woodie.

Tras una mueca que quiso ser una sonrisa, Jeanie se retrotrajo en el tiempo.

—¿Sabes? —continuó ella con la cadencia de quien se pierde en añoranzas de su juventud—. Todavía recuerdo cuando cruzaste el velo como si fuese ayer. Fue el 19 de abril de 1941, en plena guerra. Yo tenía 29 años y me había alistado en la Fuerza Aérea Auxiliar Femenina. Aún me parece oír el rugido de los Hurricanes despegando, el tableteo de las ametralladoras, los alaridos de los hombres en las trincheras abatidos bajo una rociada de balas, las nubes grises de gas, la tierra abierta a los pies de las tropas con cada deflagración. Hombres hechos añicos por las minas.

Jeanie hizo una pausa visualizando aquellas tierras verdes, lagunadas de rojo, de la sangre de tantas víctimas inocentes. Le llegaba el olor denso de las prístinas batallas en los pueblos del norte.

—Un día —siguió diciendo— recibí una carta de mamá comunicando tu fallecimiento. Lloré mucho, porque te considerábamos uno más de la familia, siempre preocupado por nosotros. Recordé las últimas palabras que mi padre escribió en su diario poco antes de morir: «El lector juzgará que yo he vivido muchas aventuras. Ahora me espera la mayor y la más gloriosa». Recordé que Peter Pan decía que la muerte debía de ser una aventura terriblemente emocionante. Me consolé pensando que algún día volveríamos a encontrarnos todos. Mi padre me inculcó aferrarme a ese consuelo ante una pérdida. Nunca se lo agradeceré lo suficiente.

—Lo sé. Por eso he sido el primero en recibirte. Ahora, cumple con tu deseo. Debemos irnos, tu familia te espera.

Los dos ancianos se levantaron del risco. Woodie ayudó a Jeanie y la guio del brazo hasta el borde del acantilado, donde el céfiro arreciaba, pulsando la absoluta serenidad de las piedras. La luz de oro teñía sus siluetas. Ella se dejó acariciar por la brisa del mar, asumiendo en conciencia la trascendencia del momento. Por un instante recordó las palabras de Woodie: «Todo pasa y pasó, pero a la vez sigue sucediendo. Las huellas del ayer están en el hoy y moldean el mañana». Se miraron con ternura y él le hizo una señal con un leve asentimiento: «Llegó la hora». Al fin, Lena Annette Jean Conan Doyle abrió la urna y liberó sus propias cenizas, cuyas partículas más volátiles ascendieron en espiral, movidas a capricho por la brisa, hasta que se precipitaron lentamente sobre las rocas, a flor de agua. Temblaron los párpados húmedos de Jeanie y, con el sonido del mar de fondo, aspiró una profunda bocanada de aire para dirigir la mirada al horizonte de forma estoica. El antiguo secretario de sir Arthur Conan Doyle la tomó de la mano y le susurró al oído: «Bienvenida, comandante», antes de lanzarse con Jeanie al vacío. Ella cerró los ojos y conjuró el rostro de su padre, mostachudo y sonriente. «He vuelto». Sonrió plácida y se dejó guiar.

Dos halos luminiscentes, como dos cuerpos celestes en órbita mutua, cayeron desde la cima del acantilado, y antes de alcanzar el agua, cambiaron súbitamente de rumbo adentrándose en la bruma lejana del horizonte, al otro lado del velo. Para entonces, la esfera sangrante del sol se sumergía lentamente en el confín como un hierro candente, y teñía el horizonte de ámbar y escarlata, cediendo su pulso con las tinieblas de un nuevo tiempo.

EPÍLOGO

Tras el fallecimiento de Doyle, en 1930, y el de su segunda esposa, Jean Elizabeth Leckie, en 1940, el patrimonio literario pasó a sus hijos Denis, Adrian y Jeanie. Al morir sus hermanos, Jeanie se convirtió, en 1970, en la albacea literaria y titular de los derechos de su progenitor. Al igual que su padre, la hija menor tomó cierta ojeriza a Sherlock Holmes, a quien responsabilizaba de los duros enfrentamientos por el legado económico del fenómeno literario, primero con sus hermanos y después con sus viudas. En realidad, la «maldición de Holmes», como la llamaba, no fue sino consecuencia de la codicia, porque la ambición sin tasa hace desdichados a los herederos. Jeanie, que no tuvo hijos, testó los derechos a favor del Real Instituto Nacional para Ciegos. La vista le flaqueaba y era sensible a la labor que hacían. Sin embargo, con el tiempo, la Institución vendió los derechos a los herederos indirectos de Doyle. Lena Annette Jean Conan Doyle falleció el 18 de noviembre de 1997.

Harry Houdini, por su parte, testó que la mayor parte de su fondo bibliográfico fuera a parar a la Biblioteca del Congreso, en total, 3 988 volúmenes, y que su utilería de magia pasara a su hermano Theodore Hardeen, también ilusionista, con la condición de que fuera destruida a su muerte para evitar que se conocieran sus secretos. Pero Hardeen incumplió la voluntad de su hermano y, en los años cuarenta, vendió parte de la colección a Sidney Hollis Radner, incluida la famosa celda de tortura de agua, para ser exhibida en un museo en honor a Houdini en las cataratas del Niágara. En 1995, un incendio destruyó el museo, aunque se conservó el armazón metálico de la mítica celda de tortura, que terminó siendo restaurada. Radner subastó numerosos objetos de la colección del escapista, que pasaron por diferentes manos. Houdini también donó buena parte de sus recuerdos a su amigo y mago John Mulholland, cuyos herederos los vendieron en 1991 al conocido ilusionista David Copperfield, que los incorporó a su museo privado de Las Vegas conocido como Museo Internacional y Biblioteca de las Artes de Conjuración. Se trata de la colección de magia más importante del mundo a la que solo se accede por invitación. Este almacén secreto posee más de 80 000 reliquias de la historia de la magia y está camuflado tras un *sex shop* al que se accede a través de una puerta secreta presionando el pezón de un maniquí.

El cáncer de la superstición, el pequeño ensayo inacabado que Houdini iba a editar antes de su muerte y escrito por H. P. Lovecraft, posiblemente en coautoría con Clifford M. Eddy Jr., no llegó a ver la luz porque la viuda de Houdini canceló el proyecto. Nunca se supo qué fue del texto hasta que, en 2016, 73 años después de la muerte de Bess, apareció entre antiguos objetos de atrezo para espectáculos que se conservaban en una tienda de magia y que habían sido propiedad de los Houdini. El texto, formado por 31 páginas escritas a máquina, está dividido en tres capítulos: La génesis de la superstición, La expansión de la superstición y La falacia de la superstición. La casa Potter & Potter, de Chicago, lo subastó por 33 600 dólares.

Tras la muerte del escapista, Rose Mackenber, la jefa del equipo de investigadores privados contratados por Houdini, recorrió el país durante más de veinte años desenmascarando a los médiums y alertando sobre «la estafa fantasma». Entre los integrantes del equipo que solían disfrazarse para visitar a los psíquicos, en los días previos a las actuaciones del Gran Houdini, se encontraban Julia Sawyer, sobrina del mago; la corista

Alberta Chapman, Clifford Eddy, Robert Gysel y Amadeo Vacca. Rose Mackenber desenmascaró a más de un millar de médiums y su testimonio fue determinante en el escándalo de los senadores en la HR 8989. La detective fue una de las veinte personas a las que Houdini entregó un código secreto para que, tras su muerte, no se dejase engañar por los médiums que dijeran haber contactado con su espíritu. Nunca sucedió. Rose Mackenber permaneció soltera y murió en 1968, a los 76 años.

Jocelyn Gordon Whitehead, el boxeador y estudiante de la Universidad McGill, que pasó a la historia como el que provocó la peritonitis del ilusionista tras sus golpes en Montreal, se marchó un tiempo de la ciudad y, más tarde, tras demostrar con testigos que los golpes fueron consentidos por el mago, quedó libre. Whitehead se volvió huraño y de él poco se supo, más allá de que lo detuvieron por varios robos en tiendas y que murió desnutrido en prisión en 1954. El investigador Don Bell, en su obra *El hombre que mató a Houdini* (Véhicule Press, Quebec, 2005), asegura que Whitehead estaba conchabado con los espiritistas que planearon acabar con el escapista.

El coronel Dan Agnew dejó su puesto en el museo New York Historical Society, que no era sino una tapadera para sus turbios manejos. Tras un tiempo sin noticias de él, su cuerpo apareció acribillado a tiros en Chicago, en 1929. La Policía sospechó que su asesinato fue obra de los hombres de Burg Moran, rival del conocido gánster Alphonse Gabriel Capone, por lo que dedujeron que Agnew tuvo alguna conexión con la mafia que traficaba bajo el imperio de la Ley Seca, si bien nunca se llegó a averiguar el verdadero móvil del crimen. ¿Pudo tratarse de una venganza por su implicación en el contubernio contra Houdini? Hubiera sido un giro argumental muy interesante si no fuera porque Agnew es uno de los pocos personajes de ficción de esta novela. El coronel representa a los autores que años después aportaron indicios sobre la vinculación de Houdini con el MI5 y los servicios secretos estadounidenses, por entonces obsesionados con el movimiento anarquista y las tropas alemanas, en los meses previos a la Primera Guerra Mundial. Otro tanto sucede con Mario Bruno, el *director* de *The Sun,* personaje imaginario que personifica las argucias mediáticas de algunos periódicos que incrementaron la tensión entre espiritistas y materialistas con sus crónicas mordaces y, en particular, la pugna epistolar entre Doyle y Houdini.

El aristócrata español Joaquín Argamasilla de la Cerda es un personaje real cuyos poderes psíquicos fraudulentos fueron desenmascarados por Houdini. La médium Lina «Margaret» y su esposo, el doctor Roy Crayton, también son personajes reales, si bien se han sustituido sus verdaderos nombres pues, aunque tras la muerte de Houdini hubo quienes los señalaron por el odio que sentían por el mago, unido a las amenazas de muerte que Margaret prorrumpió contra él en una sesión espiritista, nunca llegaron a ser acusados formalmente por su implicación en el caso. Por las mismas razones se ha modificado el nombre de la enfermera de los Houdini, citada en la obra como Sofía Rosellini.

Pese a la fama creciente de Margaret, Houdini fue el primero en echar por tierra su reputación, desvelando sus artimañas en las sesiones espiritistas y denunciando la complicidad de algunos jurados de la *Scientific American.* Se ha documentado que la atractiva médium tuvo íntimos devaneos con alguno de ellos. Tras la muerte de Houdini, Margaret y su esposo continuaron con las sesiones psíquicas hasta que nuevos supervisores volvieron a acusarla de fraude. Tal fue el caso de Joseph Banks Rhine, considerado el padre de la parapsicología moderna. También se conocieron los informes emitidos por académicos de Harvard y de la Sociedad Americana para la Investigación Psíquica que desvelaron algunos de sus procedimientos para producir falsos efectos paranormales. La popularidad de la médium fue decreciendo hasta que, tras el fallecimiento del doctor Crayton, en 1939, Margaret, que ya arrastraba problemas con el alcohol, entró en una profunda depresión. En una de sus últimas sesiones intentó arrojarse desde el tejado de su casa. Murió en 1941, consumida por el alcoholismo, a los 53 años.

Cuando se cumplían ochenta años de la muerte del famoso ilusionista, apareció una inquietante biografía titulada *La vida secreta de Houdini* (Atria, New York, 2006). Sus autores, William Kalush y Larry Sloman, tras una ardua investigación en la que consultaron más de setecientos mil documentos, llegaron a la conclusión de que Houdini trabajó en secreto como espía para el MI5 y pudo morir envenenado por un grupo de espiritistas. Un *modus operandi*, aseguran, que se había llevado a cabo en otras ocasiones por fanáticos de esa doctrina.

Teniendo como base la investigación de Kaluxh y Sloman, en marzo de 2007, parte de la familia de Houdini, entre ellos George Hardeen, nieto de Theo Hardeen, hermano de Harry Houdini, solicitaron al juez la exhumación de los restos mortales del famoso escapista para que fueran sometidos a la autopsia que no se hizo en su momento, al objeto de que un equipo forense localizara posibles trazas de arsénico en los huesos. En el estudio iba a colaborar el prestigioso doctor Michel Baden, que ya trabajó en las muertes violentas del presidente John F. Kennedy y del activista Martin Luther King. Sin embargo, otros miembros del clan, incluida la familia de Bess Houdini, se opusieron a la pretensión, alegando que se trataba de una estratagema publicitaria para promocionar el libro. Finalmente, el juez denegó la exhumación y la verdadera causa de la muerte de Houdini continúa siendo un misterio.

Los encuentros entre Conan Doyle y Houdini, los aspectos

biográficos y anecdóticos de ambos, los espacios donde se desarrolla la trama, sus viajes —con la única excepción del que realizó Doyle a Estados Unidos en enero de 1927 para investigar la muerte de Houdini—, incluso las pretenciosas sesiones para invocar a los espíritus de Arthur Conan Doyle, en el Royal Albert Hall de Londres, en 1930, y de Harry Houdini, en el hotel Knickerbocker de Hollywood, en 1936, son reales. No obstante, aunque inspirada en hechos verídicos, la trama contiene elementos de ficción que habría que señalar, al objeto de evitar vacilaciones históricas.

Si bien es cierto que sir Arthur expuso en The Crimes Club casos célebres como los de Edalji y Slater, en los que participó para demostrar la inocencia de los acusados, por estrategia argumental, las fechas no coinciden exactamente con las que el escritor escocés expuso en el club privado. Tal fue el caso de su intervención sobre Jack el Destripador, que en la novela se sitúa en 1921, cuando se cree que fue expuesto en los primeros años de la fundación del club, entre 1903 y 1905. En el mencionado capítulo, las graves insinuaciones y los choques dialectos entre el escritor Alfred Woodley Mason y Arthur Conan Doyle son meramente especulativos, aunque ambos coincidieron en dicha sesión de El Club de los Crímenes.

La anécdota del cochero que identifica a Doyle por su equipaje es real, pero ocurrió tres años antes, en 1908, si bien unas fuentes la sitúan en París y otras en Boston.

Respecto a la asistencia de Agatha Christie a la conferencia *La muerte y el más allá* que Conan Doyle impartió en el ayuntamiento de Torquay en agosto de 1920, pese a no recogerse en la biografía oficial, varios autores sostienen la más que razonable posibilidad de que la joven escritora, que siempre mostró interés por el esoterismo y los relatos detectivescos, asistiera a la ponencia de su admirado autor en la ciudad donde ella nació y residió.

En cuanto a los textos literales de la correspondencia entre el escapista y el autor de Sherlock Holmes, aunque buena parte es real, algunos fragmentos se han tomado de las reflexiones que ambos plasmaron en sus respectivos diarios, sin ser necesariamente registros epistolares. La carta del supuesto espíritu de la madre de Houdini, a través de la escritura automática de Jean, es real y literal.